Dear Chinese Readers,

I hope you enjoy exploring the streets of Tokyo with a mysterious Calico Cat!

Best wishes,

Nick Bradley

NORWICH, UK 2024

猫与东京

[英]尼克·布拉德利 著
Nick Bradley

魏 微 译

浙江人民出版社

浙 江 省 版 权 局
著作权合同登记章
图字：11-2023-495 号

图书在版编目（CIP）数据

猫与东京 / （英）尼克·布拉德利著；魏微译.

杭州 ： 浙江人民出版社， 2025. 3. -- ISBN 978-7-213-11726-8

Ⅰ. Ⅰ561. 45

中国国家版本馆CIP数据核字第2024KE0355号

猫与东京

MAO YU DONGJING

[英] 尼克·布拉德利 著 魏 微 译

出版发行：浙江人民出版社（杭州市环城北路 177 号 邮编 310006）
市场部电话：（0571）85061682 85176516

出版统筹：胡俊生

策划编辑：瑰 夏

责任编辑：潘海林 魏 力 张丹龙

特约编辑：涂继文 昝建宇

营销编辑：陈雯怡 陈芊如 霍凌云

责任校对：何培玉

责任印务：幸天骄

封面设计：林木木

内页插图：林木木 韩佳佳

电脑制版：林木木

印 刷：杭州丰源印刷有限公司

开 本：880 毫米 ×1230 毫米 1/32 印 张：15.25

字 数：248 千字 插 页：5

版 次：2025 年 3 月第 1 版 印 次：2025 年 3 月第 1 次印刷

书 号：ISBN 978-7-213-11726-8

定 价：128.00 元

如发现印装质量问题，影响阅读，请与市场部联系调换。

To my parents, for everything . . .

. . . and my brothers, for the rest

献给我的父母，为他们所做的一切……

献给我的兄弟，为他们的其他付出……

I never thought I'd see my book translated into Chinese.

The thought just never occurred to me. I never thought, when I was writing a book set in Tokyo about a cat wandering the streets in the lead up to the Tokyo 2020 Olympics...well, I never thought the Olympics themselves would be postponed to 2021.

Writing the book was a wonderful process for me. I'd returned from Tokyo to England in 2015 to attend the Creative Writing MA at the University of East Anglia, famous for producing many of Britain's finest novelists like Ian McEwan and Kazuo Ishiguro. I was so excited to attend this course, and after many years of living in Japan, getting some distance from the country I loved and returning to England to focus on my studies gave me the perfect environment to try to write about the elusive and wonderful city that is Tokyo. I knew right from the start that the city itself, and my fictional stray cat Naomi would be the two constants throughout the novel that would link its interconnected characters. I also knew from the start that I wanted to capture both the light and dark sides of Tokyo. The joy, and the pain.

So many things regarding the publication of my debut novel I thought would happen, didn't happen. There was no book launch. I didn't get to go see my book in bookshops as I'd always dreamed... but, upon its release in lockdown of 2020, things I would never expect to happen started to happen. The book connected with readers, and not just in my own language, but many others as well. It got chosen by the BBC Radio as a book club pick; my favourite living author David Mitchell who wrote Cloud Atlas posted about it on social media; it began to be translated into many languages, and even though the world felt smaller, living cooped up in my house in Norwich with my then girlfriend (now wife), and our little black and white cat Pansy.

Our cat Pansy was the basis for the cat, Naomi, in this novel you now hold in your hands. I met her just a month after I started writing this book back in the autumn of 2015. I'd already decided my cat was a calico before I'd met Pansy, so her appearance differs, but the personality of my fictional cat, the movements, the grace all came from her.

We can learn a lot from cats – they often seem to encapsulate the air of philosophers – Zen-like and thoughtful. I always saw Pansy as the embodiment of a poet. She would sit at the window, or in the garden, and admire nature, taking life as it came. She never hunted birds, or killed animals. She just watched, and pondered, ever so deeply, this strange existence we call life.

I have extremely fond memories of visiting China in the past – and I still remember clearly the kindness and warmth of the people, the wonderful architecture, and of course the delicious food I encountered when I travelled there on short holidays – an easy flight for me while I was living in Japan.

Pansy passed away in 2021, but I like to think she lives on forever in the pages of this book. I'm so happy that Chinese readers now have a chance to meet her, and I hope you enjoy the book as much as I enjoyed writing it.

Nick Bradley

Norwich, 2024

我从未想过自己的书会被翻译成中文。准确地说，这个想法从未在我脑海中出现。我从未想过，我会写一本以东京为背景的书，讲述一只流浪猫在 2020 年东京奥运会前夕漫步街头的故事……好吧，我也从未想过，这届奥运会居然推迟到了 2021 年。

对我来说，写这本书是一次美妙的旅程。2015 年，我从东京回到英国，攻读东英吉利大学的创意写作硕士课程，该校培养了伊恩·麦克尤恩(Ian McEwan)和石黑一雄(Kazuo Ishiguro)等众多顶尖的英国小说家。我非常期待学习这门课程，在日本生活多年之后，我离开深深留恋的异国他乡，回到英国专心学习，这些为我提供了完美的环境，让我能够尝试书写那座神秘而美妙的城市——东京。我从一开始就打定主意，这座城市本身和流浪猫"直美"将是书中的两个主要元素，它们将一系列人物和故事串联起来。而且，我一开始就知道，我想捕捉东京的明与暗，欢乐与痛苦。

《猫与东京》是我的处女作，但很多事情没有像我期待的那样发展。没有图书发布会，我也没有像一直梦想的那样去书店看自己的书……但是，这本书于2020年出版之后（当时正值新冠疫情期间），意想不到的事情发生了。这本书收获了英语读者的喜爱，也收获了其他语言读者的喜爱。本书不仅入选BBC Radio书迷俱乐部春季选书，我最喜爱的作家、《云图》（Cloud Atlas）的作者大卫·米切尔（David Mitchell）也在社交媒体上发文赞赏。《猫与东京》开始被翻译成多种语言，世界好像变小了，不过我和女友（现在的妻子），还有我们的黑白猫潘西依然住在诺维奇的房子里。

潘西是书中二花猫的原型。2015年秋天，我开始写这本书，一个月后我遇到了潘西。我一开始便决定，书中出场的是一只三花猫，所以尽管潘西的外表与它不符，但书中那只三花猫的性格、动作和优雅全都源自于她。

我们可以从猫身上学到很多东西，它们似乎常常具有哲学家般的气质，如禅宗一般深思熟虑。我一直把潘西看作是诗人的化身，她会坐在窗前或花园里，欣赏大自然，接受生活给她的一切。她从不去追鸟儿，也不会伤害其他小动物。她只是观察着，深深思考着我们称之为"生命"的奇特存在。

我仍然记得以前拜访中国留下的美好回忆——善良和热情的人们，美妙的建筑，当然还有我在短短旅途中尝过的美食，全都如此令人难忘。我当时在日本生活，所以去中国旅行很方便。

2021 年，潘西去世了，但我觉得她永远活在这本书中。我很开心，中国读者能与她相遇。希望你们喜欢这本书，就像我自己享受本书的写作一样。

尼克·布拉德利

2024 年春，于诺维奇

目 录

青猫

荻原朔太郎（大正 12 年）

この美しい都會を愛するのはよいことだ
この美しい都會の建築を愛するのはよいことだ
すべてのやさしい女性をもとめるために
すべての高貴な生活をもとめるために
この都にきて賑やかな街路を通るのはよいことだ
街路にそうて立つ櫻の竝木
そこにも無數の雀がさへづつてゐるではないか。

ああ このおほきな都會の夜にねむれるものは
ただ一疋の青い猫のかげだ
かなしい人類の歴史を語る猫のかげだ
われの求めてやまざる幸福の青い影だ。
いかならん影をもとめて
みぞれふる日にもわれは東京を戀しと思ひしに
そこの裏町の壁にさむくもたれてゐる
このひとのごとき乞食はなにの夢を夢みて居るのか

A Blue Cat

by Hagiwara Sakutaro (1923)

Translation by Nick Bradley

To be in love with this city is a good thing

To love the city's buildings, a good thing

And all those kind women

All those noble lives

Passing through these busy streets

Lined with cherry trees on either side

From whose branches countless sparrows chirp.

Ah! The only thing that can sleep in this vast city night

Is the shadow of a single blue cat

The shadow of a cat that tells the sad history of humanity

The blue shade of happiness I long for.

Forever I chase any shadow,

I thought I wanted Tokyo even on a snowy day

But look there – that cold ragged beggar in the alleyway

Leaning against a wall – what dream is he dreaming?

青猫

〔日〕荻原朔太郎（1923 年）

（英文翻译）尼克·布拉德利

爱上这座美丽的都市，是美好的事

爱上这美丽之都的建筑，亦是如此

为了追寻所有温柔的女子

为了追寻所有高贵的日子

穿过熙攘的街头，流连于这座都市

那道路两旁并排的樱花树

枝头也传来无数雀儿啁啾。

啊，可谁与这大都市的夜一同入眠

唯有孑然一身的青猫之影

那是诉说人们悲伤历史的青猫之影

是我苦苦追寻不已的青色幻影

为了追寻一切幸福的幻影

我也爱上这雪花飘扬的东京

可看呐，小巷里那衣衫褴褛的乞儿

冷得背墙而寐的他，此刻又是哪般梦境？

Chapter 1
文身

健太郎拿起一杯热咖啡，贴近唇边，吹了吹杯子散出来的热气。文身店的里间泛着昏暗的光，在笔记本电脑屏幕亮光的映衬下，他灰白色的胡须看起来有点像是蓝色。打开的网页上，一长串链接缓慢滚动着，映在他的镜片上。健太郎握着蓝牙鼠标，上面满是油腻的手指印。咖啡太烫，这会儿还喝不了。他把咖啡杯放在桌上，挨着杯垫右边，漫不经心地挠了挠裤裆。

健太郎点开一条链接，屏幕弹出加载条。

不一会儿，屏幕上出现了一段网络直播，不知道是在谁的卧室里，看样子是一间小公寓，书架上摆满了法律教材——

可能是哪个大学生住的公寓。床上一对情侣正在接吻，赤身裸体，对他人的注视浑然不觉。

健太郎坐在电脑前，盯着屏幕看。他拉下裤子拉链，把手伸进去。

这时店铺的门铃响了起来。健太郎僵住了。

"请问有人吗？"一个女孩子的声音从文身店外间的会客室传来。

"不好意思，等一下。"健太郎迅速关上笔记本，定了定神，走出去招呼客人。

一名女高中生站在门口。一眼看过去，这个女孩似乎没什么特别的地方。她穿着最普通的那种水手服，留着最普通的短发，穿着最普通的宽松袜子。她的头发染的是金色，有点引人注目，但这年头，学生染发再常见不过。这个女孩看上去是高中快毕业的年纪，无意间进了这家店。

"这位小姐，有什么需要帮忙的吗？"健太郎尽量用招待客人的那种声音说道。

"我想文个身。"女孩抬起下巴说道。

"啊，这位小姐，我想问一下，你是怎么找到这家文身店的？"

"一位朋友推荐的。"

"你朋友是……？"

"我朋友是谁不重要。我想要一个文身。"说着，女孩朝文身店的里间走去。

健太郎把一只手撑在墙上，伸手拦住女孩。"小姑娘，别傻了。你还太小。"

女孩看着健太郎的胳膊。"我已经 18 岁了，还有，不要叫我'小姐'。"

健太郎尴尬地放下手。"你好好考虑过了吗？"

"嗯，考虑过了。"女孩直视着健太郎的眼睛，"我想要一个文身。"

"我建议你现在回去，再考虑几天。"

"我已经认真考虑过了，而且考虑了很久，我要文身。"

"也许有些事情你没考虑到呢。文了身，你就没法泡温泉了。"

"我不喜欢泡温泉。"

"别人会以为你是黑帮。像你这样漂亮的年轻女孩，文身可能有点吓人。"

女孩翻了翻白眼，"我不在乎别人怎么想。我想要一个文身。"

"文身很贵的，可能要花上 300 万日元。"

"我有钱。"

"我跟你说，我这家店是传统文身店，也就是手雕工艺，每个步骤都是手工完成。我可不是涩谷那些用新花招的新潮文身师，来找我文身的黑帮，都受不了手雕的痛。"

"痛，我能忍。"女孩直直地看着健太郎说。

健太郎发现女孩的眼里有一些东西，那是一种柔和的亮光，呈现出淡淡的、近乎透明的绿色。他从来没发现哪个日本人有这样的眼睛。

"我想想。"健太郎把前门的标志牌翻到"暂停营业"那一面，然后示意女孩跟着他走。

"到里间来，我们谈谈吧。"

两人走进里间，健太郎打开天花板上的灯，那张供客人平躺的文身床映入眼帘，还有这些年来店里文过身的客人的照片——赤裸的背部、臀部和手臂上，有发出嘶嘶声的龙、张大嘴的锦鲤、赤裸着上半身的女人、各路神明，还有精心设计的汉字。这些客人大多是黑社会。

健太郎的手艺是从浅草的一位大师那里学的，他如今以精湛的技艺，还有对艺术的献身而闻名。他最痴迷的事情就是给完美无瑕的新皮肤刺上图案，在一块又一块裸露的皮肤上，用墨水刺出不一样的风景。在健太郎眼中，唯一能与在别人身上雕出一份杰作的满足感相提并论的，就是对黑帮分子身体的支配感。

"可能会有点疼，"健太郎会这样告诉他们。

"我能忍受，"这些黑帮分子会这样回答。

他们都这么说。

接着，健太郎便开始手头的工作，用上从大师那里学来的传统手艺，用金属针在他们的身体上点着、刺着，在这些人的身体上留下永恒的印记。他能在他们肌肉和身体的微妙变化中感受每一寸痛苦，听到他们咬紧牙关的声音。一想到能够掌控这些黑帮分子、这些犯罪世界的领袖，健太郎就会感到极大的满足。这种富有创意的控制是至高无上的；他可以自行决定，把什么样的图案、什么样的故事，永远文到他们身上——有时人去世了，文身还能留下来。如果哪位客人把皮肤捐给病理学博物馆，火化前，皮肤会从他们的尸体上割下，再加以妥善地处理和存放。健太郎的许多作品都摆放在病理学博物馆的玻璃柜中，供众人参观。

他知道自己是最好的文身师——就像那些敬重他的黑帮分子，把他当成艺术家一样。但找他文身的女人不多，哪怕是女黑帮分子也不会来找他文身，而是去其他地方。

可现在，一个女孩站在他的面前。

- 猫与东京 -

她问："我要坐在哪里？"

"噢！等一下。"他从角落里拖过一把椅子，放到离自己近一些的地方，"这儿，坐吧。"

她小心翼翼地坐下，将手放在腿上。

"那，你想要什么样的文身？"

"城市。"

"城市？"

"东京。"

"这个文身可不太……传统。"

"那又怎样？"她的眼睛闪烁着。

"你想文在什么地方？"

"背上。"

"这可有点不好办……"

"那你看着办，先生。你能文还是不能文？"

"当然可以。语气别这么冲。我只是想弄清楚怎么文。"健太郎托着下巴，看着关上的笔记本电脑，然后有了灵感。"噢！稍等一下。"

他打开笔记本电脑，用手指敲了一下键盘，不耐烦地等着屏幕亮起来。屏幕亮了，画面中一个女孩正面对着摄像头，弓着背，笔记本电脑的扬声器发出低低的呻吟声。

健太郎赶紧关上浏览器窗口。

他的脸涨得通红，瞥了一眼坐在旁边的女孩，但她正在看墙上之前那些客人的照片。看来自己侥幸逃过一劫，躲过了尴尬。

健太郎又打开另一个浏览器页面，选中之前保存的一个书签，跳转到谷歌地图。软件加载完成后，他在搜索栏中键入"东京"两个字。地图放大，城市填满了整个浏览器窗口。他点击卫星地图，用鼠标放大，这座城市的细节变得越来越大。那些被道路分隔的建筑网格，沿着狭窄巷道蜿蜒流动的运河，广阔的东京湾，还有像大血管和毛细血管一样的火车轨道，将人们输送到整座城市的各个地方。

"太神奇了，"她说，"我想把这个文在我背上。"

"不行，这是不可能的。"健太郎说。

"我来找你，是因为别人都说你是最好的文身师。"女孩叹了口气。"看来他们说错了。"

"没有哪个文身师能帮你文这个图。"

"要是我肯出价，肯定能找到合适的人。"

"问题不在于价钱，而在于技艺。东京货真价实的文身师没几个，我就是其中一个。"

"那你为什么犹豫？"

"文这个图需要时间。可能需要一年，也可能需要四年。"健太郎摘下眼镜，用满是汗水的手掌揉了揉脸庞。

"我有时间。"

"而且也很痛。"健太郎强忍着一丝得意的笑。

"我说了，痛不是问题。"

"你得脱光衣服，趴在桌上。"

"没问题。"女孩毫不犹豫，开始解衬衫的纽扣，没有一丝羞涩。

健太郎感到胃里一阵暖热，马上低头看着地板。他跑到浴室去拿婴儿油。其实婴儿油之类的完全用不着，但有那么一念之间，健太郎想借着涂婴儿油，触摸女孩的身体。健太郎想起了师父，那时候自己还是学徒，跟着师父学手艺。如果师父看到他玩这种婴儿油的把戏，肯定会气得从坟墓里爬出来。健太郎回到文身室，女孩已经脱光衣服，趴在桌上。他简直不敢相信自己的眼睛，女孩的皮肤是那样完美，那样无瑕，她腰部的肌肉线条是如此流畅，一直延伸到圆润的臀部，她的双臀是如此丰满，双腿是如此健美。健太郎走过去，咽了咽口水。

"呃，我只需要往你的背上擦点油。"

"随你便。"女孩微微动了一下。

健太郎在右手上挤出一大团油——瓶子发出"噗"的一声，他差点就想说不好意思，但想了想，还是没说出口。他合上瓶盖，把油搓进女孩的皮肤。油在灯光下闪闪发光，之前胃里的那种暖热开始向下蔓延。

　　"那……你叫什么名字？"

　　"直美。"

　　"唔……直美……好听的名字。还有……你有男朋友吗？"女孩稍微翻了一下身子，面朝健太郎，直视着他，她的眼睛闪烁着柔和的绿光。

　　"听着，老板，不要打什么歪主意。我来这里，是为了文身，这就是我的目的。我刚才发现你在电脑上看一些奇怪的东西，我对此没意见——每个人都有自己的生活方式，这点你也明白。你通过网络摄像头偷窥那些情侣，我不知道他们会怎么想。也许这才是你应该考虑的事情。但你要是打我的主意，那就错了。我付钱给你，是为了文身，所以专业一点，好吗？"

　　健太郎那双油腻的双手无力地举在空中。"偷窥？摄像头？我不知道你在说什么——"

　　"别再废话。我不想听。"女孩躺了回去，"顺便说一句，你的拉链没拉上。"

- 猫与东京 -

健太郎低头看了看自己的裤子，拉上拉链，然后开始工作。

△▲

健太郎一直都很擅长文身。他可以连续几个小时集中精力——要是客人不叫他休息，他再累也不会停下手头的活儿。给客人文身时，他总是全身心投入，所以作品也总是受到同行艺术家的高度赞扬。

接下来几个月，直美只要有时间就会来店里，健太郎也一直很高兴能见到这个女孩。他向浅草最好的刀具商定制了一些特制的超细针，在直美的背上、肩膀、手臂、臀部和大腿上描绘着整座城市。他从道路、建筑轮廓、河流开始——得先把轮廓描出来，才能考虑上色。也就是说，自己必须把东京那幽灵般的骨架描出来，先完成这一步，才能描影和上色。整个文身需要几年的时间才能完成，而且在此期间直美需要定期来店里，这样他可以每次完成一部分——还有一个小问题，那就是文身客人每次能忍受多少疼痛。

健太郎直接投入这座城市的描绘工作中，他总是用传统的手雕法刺青，这次也不例外。他用金属针深深地刺进直美的皮肤，雕刻着、描绘着。直美绝对算得上自己遇到的、最能忍的客人之一。在疼痛面前，她甚至连眼都没眨过。他的眼镜上夹着一副放大镜，这样方便绘制那些最精巧的细节，雕出东京的细微特征，而且从远处看，整座城市的结构仍然保持不变。

唯一让健太郎苦恼的是：刺青时不可能将整座城市完全记在脑中。他必须把东京分成一小块又一小块，还要参考笔记本电脑上放大的部分。以前的文身设计，每次健太郎都能记住整幅画面，但这次不同，这座城市太大了，任何人都不能在脑海里完整地把它记下来。

直美来了几次，轮廓才描绘出来。健太郎最后完成的部分是自己在浅草的文身店。他计划将文身店的屋顶留白，用来签名——就像自己一贯以来的做法那样。

刺完城市的黑色轮廓后，健太郎接下来要做的是上色、画阴影，还有一些细节工作。他决定从涩谷开始。

"唔。"他停下来思考。

"怎么了？"直美抬起头问道。

"哦，我只是在想，是让人们真的穿过涩谷的十字路口，还是让他们等绿灯。"

"我不要任何人。"

"什么意思？"

直美把头躺回桌上，闭上眼睛。"我只想要城市，不要任何人。"

"但没有人的话，就不算城市了。"

"我不在乎。这是我的背，我的文身。我付了钱的。"

"唔。"

健太郎从直美的话里听出了一丝骄傲。确实，直美定期付钱，是个好客人，但他是东京最优秀的文身师之一。客人总是会按照他的设计来，从来不会对他的工作指手画脚。健太郎内心的艺术家之火烧了起来，但正如日本的那句谚语所说："客人就是神。"

好吧。她说不要人。动物不是人，对吧？

健太郎自顾自地笑了笑，在涩谷的忠犬八公像对面涂上了一只小猫——两团颜色，就像一只三花猫，然后继续工作。

▲

就在文身的着色阶段，健太郎开始失去理智。

他刺青的时候，直美会和他聊天，让他描述正在文东京的哪一部分。她会告诉健太郎，不同的地点要呈现什么样的季节，然后健太郎会给秋天的枫树上红色，给银杏树上明亮的黄色，给上野公园春天的樱花上淡粉色。

"你现在在文哪里？"她会问。

"银座。我刚刚完成了中银大楼。"

"好。银座是冬天。"

"我明白了。"然后他会给那些夜间落下的纤细白雪着色、上阴影。这座城市变得像一块用四季拼成的被子。

健太郎每在直美的身上刺下东京的一部分、和直美聊到这个地方，她往往都会去一趟那个地方，下次再来店里，给健太郎捎来一份小礼物或纪念品——原宿的糖果，池袋的饺子，这个时候他会感到自己的脸因尴尬而泛红。

有时他们会一起喝绿茶，直美会给他讲发生的故事或她看到的事情，比如她每次经过新奥林匹克体育场，场馆的建设情况如何。她把自己在东京看到的所有人的故事都告诉健太郎，健太郎则静静听着，从不插嘴。

▲

有一次，健太郎连续工作了几个小时，停下来休息，顺便清理工具，这时直美指着一本大大的歌川国芳浮世绘画册。健太郎从书架上取下画册，让直美拿到扶手椅上坐着翻看。歌川国芳一直是健太郎的艺术灵感之源——

- 猫与东京 -

师父曾给他介绍了歌川的作品，让他照着歌川的画作练习了几个月，才在真人的皮肤上开工。直美坐在椅子上，书放在膝盖上，慢慢地翻着书页。

"这些画太棒了。"直美一边说，一边端详着每幅画，有时还用手指沿着那数不清的猫，还有妖魔鬼怪的线条描画着。

"他是个传奇。"健太郎叹了口气。

"我喜欢这一幅。"直美用手指敲了敲书页，健太郎看过去，那是宫廷中的一幕，背景中漂浮着一个幽灵般的猫头。猫用后腿站着，像人一样拿着手绢，舞动着，双臂伸展开来。

"是啊。"健太郎想着自己在直美的背上文了一只猫来捉弄她，差点没笑出来。

"还有这些人。"她把书举起来给健太郎看，"歌川把这些歌舞伎演员都变成了猫！"

"真的很有趣。"健太郎说着，走过去，站在直美的身后看着画册。

"继续吧。"直美用冷冷的眼神看着健太郎。

"实际上，那时候歌舞伎成了既喧嚣又颓废的东西——几乎就像狂饮乱舞的宴会一样。"

"有意思。"她咧嘴笑道。

"是啊，但政府可不这么认为。他们禁止了以歌舞伎为题材的绘画作品。"

"简直疯了！"

"确实疯狂。不管怎样，歌川用猫替代了人类演员，这样便绕过了审查。"

"聪明人。"直美抬头看了看三只穿着和服的猫咪图片，它们围坐在一张矮桌旁，弹奏着三味线。

"我师父对歌川很着迷。"

"你师父现在在哪儿？"

"他去世了。"健太郎用手指了指墙上的一张照片说，"那就是他。"

直美看着照片，照片上一个脾气暴躁的男人和年轻时的健太郎站在这家文身店前。"看起来有点严肃。"

"我师父确实很严肃，很严厉。我凌晨四点就得起床，整天都在文身店干打杂的活儿。就这样干了两年，他才让我碰针，才让我碰一点皮肤。疯狂的老头子。"健太郎摇摇头，微笑着。

直美若有所思地看着健太郎。"你为什么不收徒弟？"

健太郎轻轻叹了口气，语气里没了平日里的傲慢。"该从何说起呢……"

"从头说起？"直美耸了耸肩。

"好吧，政府又干了一次好事，坏了文身的名声，就像那个年头查封歌舞伎一样。他们给罪犯文身，把文身跟罪犯联系在一起，所以干这一行的人越来越少。要知道，过去文身可是很光荣的事情，这可是消防员的标志。人们喜欢和尊重消防员，不像现在这些粗鄙的黑帮分子，把文身当成一种炫耀。你看我，说着说着就岔开了话题……我一开始想说什么来着？"

"你说现在为什么没人想当文身师了。"

"哦，对。当然，涩谷现在有业余文身师，他们用新潮技术文身，没人想学老式的手雕法了，没人想干又苦又累的手艺活，谁都想走捷径。但他们算不上真正的艺术家。"

"就像你一样。"直美冲健太郎微笑着。

健太郎脸一红，低头看着地板。"得了，别夸我，直美。"健太郎喝完茶说道，"我们接着文吧。"

就是那一天，健太郎第一次遇到了怪事。

当时他正在给文身着色，目光恰巧扫过已完成的涩谷部分。他看到忠犬八公的雕像，接着把视线投向原宿的购物街，突然之间，他的脑海里有什么念头闪过。他把目光又转回雕像。

那只猫不见了。

健太郎眨了眨眼，摇了摇头，也许自己太累了，所以看走了眼。他又定睛一看：没看错，那只猫确实不在原来的地方了。

也许是自己曾幻想着在直美的身上文一只猫？没错，这是对"猫不见了"最简单的解释。可能是自己梦到把那只小猫文进去了，而且这个梦如临其境，所以当成了现实。肯定是这样，一切都没问题。有时候，梦境确实会跟现实混淆在一起，不是吗？

然而就在同一天，就在健太郎准备为东京塔周围的区域着色时，他看到了一个让他打冷战的东西。他的视线沿着滨松町车站往东京塔周围的区域走，就在主干道旁边的一条小巷里，他看到了那只猫。

"见鬼了……"

"怎么了？"直美动了一下。

"哦，没事。"健太郎说着，手中的针有点颤抖，但他稳住了。也许自己记错了这只猫最初的位置，肯定是这样。他没管这只猫，继续手头的工作，给东京塔的红白图案上色。

可是直美下一次来文身的时候，健太郎在滨松町车站附近的小巷里寻找那只猫，却没有找到。然后，健太郎"来到"

吉祥寺，为井之头恩赐公园的树木着色，这次他看到那只猫蜷在公园中央的湖边。

这只猫绝对在移动。

健太郎开始害怕直美定期来文身。每次他都要先找到那只猫，才能开始手头的工作。有时候健太郎会花上一个小时在这座城市中四处搜寻，直到看到那只猫，才能用针和墨水开始文身。为了寻找那只猫，文身的进度也耽误了，超过了原本计划的时间。健太郎花多少时间，直美从来没有意见，可渐渐地，文身变得越来越令人疲惫，就因为被那只猫的幽灵困扰。他会梦到猫在城市里游荡，他会在噩梦中醒来，剩下的大半夜都睡不着，身上冒着汗，为了找到这只捉摸不透的猫而紧张和不安。你抓不到我，猫嘲笑着说。那目光坚定的绿眼睛眨巴着，看着健太郎。愚蠢的老头子。抓不到，抓不到，就是抓不到。健太郎想抓住它的脖子，摇晃它，把它分割出来，从他的作品中彻底拽出来——他的艺术，他的东京，最重要的是，他的直美。

因为她是他的，不是吗？她就躺在自己的面前，一天又一天。

有一次直美来店里，健太郎差不多一个下午都在找那只猫，扫视着街道和小巷，但哪里都找不到。一种宽慰的感觉如温水般涌上心头——这只猫肯定从头到尾都是自己的幻想。

可是，当健太郎的目光在六本木游走时，他的心沉了下去：那只猫就在那里，正好从一个地铁出口出来。它的尾巴高高扬起，仿佛在嘲弄他。

那天他只匆忙工作了 30 分钟，然后直美离开了店里。

▲▲

健太郎差不多快要完成直美的文身时，他才明白，自己必须做点什么。他的眼圈黑了，胃口也没了，东西吃不下，整个人变得骨瘦如柴。他脏兮兮的胡茬变成了乱蓬蓬的胡子，眼睛像沉入颅骨深处的黑色墨点一样，茫然地凝视着文身店的墙壁。以前，健太郎很少外出，很少和人打交道。他通常大部分时间都在上网，要么翻看艺术类书籍，要么在纸上画图和设计。但这一回，他去了浅草的老街，一边嘀咕着什么，一边快步走着，迎头撞上了一个戴紫色头巾的流浪汉。健太郎的怒火一下就上来了，疯了似的朝这个陌生人大喊，流浪汉不停地道歉，直到健太郎继续往前走去。他从

- 猫与东京 -

浅草的一位著名刀师那里买了一把刀，以前他经常来这里光顾。刀师有点疑惑地看着憔悴的健太郎，没说什么，也没有问，为什么从来只买针的他，这次买了刀。

　　健太郎带着刀，回到店里，把刀磨得锋利。他试了试，只需轻轻一压，刀刃就能从他的手指上勾起一丝鲜血。他把刀粘在桌子底下，粘在直美看不到的地，然后等着直美的到来。

　　直美来了，这是最后一次文身，两人都明白。直美像往常一样迅速脱掉衣服，健太郎尽量表现得若无其事。直美和他谈起曾经去过的一次夏季烟火节，给他看了自己挑选的浴衣照片。健太郎点了点头，微笑着，假装在听。

　　这次的文身进展得很顺利，一种眩晕的满足感让他欢欣鼓舞，因为这个清醒的噩梦即将结束。他完成了直美手臂上北千住（Kita-Senju）最后一部分的着色，然后扫视着浅草地区，寻找最后空白的地方——他自己文身店的屋顶。他的视线从浅草寺的雷门一直扫向他的店面。他要做的是：在文身店的屋顶签上自己的名字，宣告文身完成。然后，他会伸手拿刀，了结一切。

可是，健太郎正准备签名的时候，他看到那只猫坐在文身店的外面。

他当时就知道，而且百分百地肯定，如果他越过直美身上的文身，抬头往外看，他会看到那只猫真的坐在店外面，一双绿色的眼睛在盯着他看。

健太郎咽了一下口水，闭上了眼睛。

这座城市依然在那里，就像从太空中看到的一样。他的心灵之眼是俯瞰这座城的摄像机，然后摄像机开始放大画面，放大到地球，到日本，到东京，一直到每一条街道。摄像机穿过他文身店的红色屋顶，他看到自己正在直美完美的背上文身，文上这座城市。摄像机没有停下来，他失去了控制。摄像机再次穿过文身，继续朝下：穿过日本，穿过东京，来到浅草，穿过他文身店的屋顶，然后又穿过文身。一遍又一遍，一遍又一遍。

除非睁开眼睛，否则自己永远会困在这里。循环反复，永远不停地放大这座城市，永远被困在此地。但健太郎一直闭着眼睛。

因为当他睁开眼睛，他就会发现，文身店的屋顶上已经没有让他签名的空间，而是变成了真正的红色屋顶。他会看到一座城市，数百万人在其中移动，穿梭在地铁站和建筑物、公园和高速公路之间，过着自己的日子。城市通过管道运送他们的排泄物，用金属容器运送他们的身体，保留着他们的秘密、希望和梦想。他将不再坐在屏幕的另一侧观看，而是成为其中的一部分。他将成为这座城市的一员，成为这座城市无数人当中的一员。

健太郎仍然闭着眼睛，伸手到桌子底下，拼命地摸索着那把刀。

他睁开眼睛，颤抖着。

直美背上的肌肉收缩着，活了起来。

她背上的那座城市，也活了起来。

Chapter 2

坠落的言语

"曾经有个精明的古董商，名叫五左卫门。"

大桥停了下来，他的眼睛在昏暗的灯光中闪烁着。他的头上戴着紫色头巾，灰白的头发扎成一把，满是皱纹的脸上留着乱蓬蓬的长胡须。对这个年纪的人来说，大桥已经算瘦削了，不过还是有一点肚腩。他跪在坐垫上，双手放在面前，这是落语家最常用的姿势。

"五左卫门是个狡诈之人，"大桥继续说着，声音在寂静的房间中发出轻轻的回响，"他不假思索，装成一个穷和尚，去那些老人家里物色值钱的东西，拿到自己的古董店高价出售。"

- 猫与东京 -

大桥曾在各种热闹场合表演过落语，他的观众中有富人，也有穷人，但他每次说故事，都像最后一次登台那般认真——就好像自己说出来的句子，会随着自己那垂死的呼吸传入观众席一样。今天的这个故事，是大桥特意为观众精心挑选的。他清了清嗓子，继续往下讲。

"有一天，这个老奸巨猾的五左卫门从一位妇人那里骗来了一个昂贵的书柜，然后到了一家汤圆店，准备歇歇脚，吃个饭。他坐在店外的凳子上，等着上菜。就在等候的空当儿，五左卫门看见一只脏兮兮的老猫正在舔着碗里的牛奶。可是，他感兴趣的不是这只猫，而是那个碗。老猫正在贪婪地舔着牛奶，盛着牛奶的碗是个古董——五左卫门十分肯定，这个碗可以卖300个金币。一想到接下来要把这个碗骗到手，五左卫门的心头就涌上一阵熟悉的兴奋感，背上出了一阵凉汗。这时，汤圆店的店主——一位老妇人端着他的饭菜出来，五左卫门定了定神。"

大桥说到不同的角色，声音和举止会完全变样，让人觉得角色好像附在他身上一样。演五左卫门时，他转向右边，

双手合十，说话滑稽风趣。演老妇人时，他转向左边，驼背弯腰，容貌扭曲，瞬间看起来像老了 30 岁。于是一来二去，大桥用欢快生动的语调，向观众表演着这个故事。

"你的猫好可爱啊。"五左卫门说。

"什么？那只老猫？"老妇人惊讶地回答。

"是啊。真是一只惹人怜的猫。"五左卫门蹲下来，抚摸着猫，猫弓起背，朝他嘶叫着，"它让我想起了自己的猫，可惜……还是不提了，说起来都伤心……我的几个孩子是那么喜欢那只老猫……"

五左卫门假装把一声啜泣憋回去，老妇人把头歪向一边。

"也许……哦，我这样做可能太过分了。"他抬起头。

"什么？"老妇人噘着嘴说。

"是这样的，你愿意把这只猫卖给我吗？"

"那只老臭虫？"

"没错，就是这只迷人的猫。"

"我不知道该不该卖。这只猫能赶走店里的老鼠。"

"我愿意付……"五左卫门的声音稍微有些颤抖。

"你愿意付？"老妇人一边的眉毛挑了起来。

"三个……不，两个金币？"

"你明明说的是三个。"

"好吧，老太太，你可真会讲价。三个就三个吧。"

"说定了。"

五左卫门微笑着。他递给老妇人三个金币，蹲下来抱起那只猫，结果手上立即被猫咬了一口。但五左卫门顾不上这点痛，赶忙扑向他真正的目标——那只昂贵的、猫刚刚用来喝奶的碗。

"喂，"老妇人尖声说，"你在干什么？"

"哦，我只是拿猫的碗。"

"你这是要干什么？"

"猫需要这个碗来吃东西。"

"我另外给你拿一个。"老妇人走进店里，拿出一个便宜的旧碗。她用围裙擦了擦，围裙上留下了一块棕色的污渍。

"可是，这只猫肯定会想念它自己的，呃，专门属于它的碗。"

"那只猫随便给什么碗都行。再说，你不能拿走那个碗，它值 300 个金币。"

五左卫门很震惊，但还是竭力掩饰自己的表情。

"300 个金币？你让一只猫用这么贵的碗喝奶，也太奢侈了吧。"

"是奢侈了点，但这样我就能用三个金币卖掉那些脏兮分的猫了。"

老妇人得意地笑了笑。

◢◣

大桥完美地结束了这个故事，微笑着向观众深深地鞠了一躬。他擦去额头上的汗水，这是对《猫之皿》无懈可击的演绎。

观众席传来"喵"的一声。

大桥从脏垫子上起身，走向那只三花猫。作为今天唯一的观众，它一直静静地坐着，挺直身子，爪子放在前面——就像大桥表演故事时的姿势一样。大桥轻轻地抓了抓猫的耳朵后面。

"现在我给你找点吃的。"

一人一猫离开了废弃胶囊旅馆的会议室，穿过斑驳的走廊，走向大桥睡觉的地方。旧旅馆很暗，但大桥在这里猫了那么长时间，闭着眼睛都能在这个地方走动。人能在黑暗中走动，猫就更没问题。也幸亏这里光线暗，不用看旅馆那些令人不悦的东西：

墙上长出的真菌、烂掉的地板、剥落的壁纸，还有麒麟啤酒旧海报上的鬼脸，那些微笑的脸孔成了碎片，随着时间的推移，一点一点地脱落了下来。

十个月前，三花猫第一次带着大桥来到这座空无一人的旅馆，当时他在城里游荡，想找个地方睡觉。一个冰冷刺骨的夜晚，大桥正在桥底瑟瑟发抖，这只小猫舔了舔他的手，看着他的眼睛，然后走了几步，停下来，等着这个老头子跟上来。这家旅馆多年前就关门大吉了，后来也没人想费工夫去打理，算是经济泡沫破裂——供应过剩，需求不足的又一位受害者。如果大桥把这个故事告诉别人，他们可能不会相信，但这只猫真的救了他的命。

一猫一人走过一排排空荡荡的"胶囊"：这些睡觉用的胶囊一个叠着另一个，像短了一截的棺材。胶囊前部有一幅小卷帘，睡觉时可以拉上，把入口遮住。在过去那个颓废年代，醉醺醺的上班族要是错过了末班车，可能会睡在这些胶囊里，但如今除了大桥之外，其他的胶囊都没人用了。

大桥弯下腰，猫进胶囊舱内，打开一个小型电池灯。这间小卧室空荡荡的，为了装饰，大桥在墙上贴满了老照片，而且都是一些精心挑选、能让人想起往日美好时光的老照片。照片上的大桥更年轻、更苗条，身穿着气派的和服表演落语，给粉丝签名，与粉丝打招呼，上电视，与名人会面——那时他的演出座无虚席，是与电影明星和艺术家一起抛头露面的时代，也是一去不复返的时代。

大桥把几张老旧的全家福照片夹在太宰治的《人间失格》里，几乎不再翻看。反正，他从来没有真正喜欢过太宰治。

大桥跪在蒲团上，把手伸进舱里，从购物袋里摸出一盒罐装鱼，拉开拉环，放在地板上给猫吃。猫叫了一声，小口地吃着鱼，大桥一边漫不经心地抚摸着猫，一边翻着一份报纸。

猫吃饱了，看着手拿报纸、盯着虚空发呆的大桥。猫想要大桥和它玩，于是用头蹭着大桥宽松的袖子和裤子，把自己的气味都蹭上去。大桥对这个动作的理解是——"你是我的"。他从购物袋里拿出一个三文鱼饭团，撕掉包装纸，慢慢地啃着，就着购物袋里一瓶冷冷的麦茶，把饭团送进了肚子。

"我们马上就出去溜达，我和你一起，"大桥一边吃一边对猫说，"今晚我可能会去见一些朋友。"

猫舔了舔爪子，眨了眨眼。

△△
△

　　大桥悄悄地从窗户溜出去，进入后巷——他总是这样进出胶囊旅馆，三花猫第一次带他来的时候，也是这样进出。他从不光明正大地走前门，免得引起警察或周围那些好事之人的怀疑。大桥也会让猫出去玩。白天，三花猫独自外出，去寻找比大桥给的猫粮更好的吃食。

　　大桥白天也会外出找空罐头。

　　他穿过马路，溜进小巷，拿下盖在木制手推车上的蓝色防水布。大桥费了老大劲儿，才用一些木头和两个旧自行车轮组装成了这辆手推车。大桥把它推到大街上，车轮发出熟悉的嘎吱嘎吱声，每次他外出拾荒，这熟悉的声音都会陪着他走街串巷。

　　大桥会花上一整天，在街头巷尾搜寻易拉罐，拿去当废品卖掉。东京街头有数以百万计的自动售货机，大桥就在这些售货机旁边的小垃圾桶里翻找。他会把每个垃圾桶都翻个底朝天，用一根重重的金属棍把铝罐压扁，这样手推车就能装下更多罐子。车轮的嘎吱声，还有他在人行道上用金属棍压扁罐子的声音，交织在一起，这些机械又重复的动作，成了大桥的日常。他会尽量多攒一些罐头，把它们压得更扁，装进袋子里，带到称重站换钱。

大桥刚开始过上这种生活时，街头对他来说就是一座迷宫。无尽的便利店和连锁餐厅，统统汇入一条漫长的街道，这条街道穿过新宿的摩天大楼，穿过原宿的服装店，穿过银座的百货大楼，一直延伸到沿东京湾排列的高层公寓楼。在过去的那段时光中，大桥不需要靠走路穿越整个城市——他总是坐出租车或地铁，但现在的他，只能靠这双脚走东走西，所以花了一些时间才摸清方向。

　　这段时间，东京在他的周围旋转得如此之快。汽车飞驰，火车在高架桥上呼啸而过，人群涌出地铁，在他推着手推车慢慢穿过街道的时候快步走过。大桥曾经也是个行色匆匆的赶路人，不惧东京的步伐和脉搏。可是现在，他已经没法再乘地铁，也不能乘电梯去摩天大楼的顶层欣赏景色。如今，这些摩天大楼只是他辨识方向的地标。那些从高处欣赏到的城市日落美景，成了渐渐淡去的回忆。当他闭上眼睛想象这座城市时，他能看到的，只是街上低矮的景色。

　　找了一整天的易拉罐之后，大桥已经是背也痛，腿也酸。他在一家罗森便利店门口停下，走向后门。他坐在自己的手推车旁，耐心等着。时间一到，门打开来，一个 18 岁左右的男孩走了出来，他穿着蓝白相间的罗森店服。

　　"大桥先生！"男孩喊道。

"啊! 真人君。"大桥站起身来打招呼，"你今天过得好吗? 学习怎么样?"

"哦, 都好, 都好。"男孩看起来有点疲惫, 用一只手笨拙地梳理了一下略显凌乱的头发。大桥喜欢这个男孩的发型, 他不像大多数年轻人那样, 用发胶把头发搞成刺猬头。真人另一只手握着一个塑料袋, 藏在身后, 没太露出来。

"太棒了。你快毕业了吧?"大桥站得笔直, 一动不动, 两只手十分正式地放在身体两侧, 整个人站在手推车前面, 想把它挡住。

"对。其实, 我刚毕业。"

"接下来有什么打算?"

"我申请了一家大型公关公司法律部门的实习工作, 他们在给奥运会做宣传。"真人君耸了耸肩, "我父母安排的。"

"他们一定为你感到骄傲。我也是。"

真人微笑着, 然后想起另一只手上那让人有几分尴尬的塑料袋。"哦, 给你。"他递过去, 袋子发出了叮当声, "没几个罐子, 但这个星期我只能弄到这么多了。"

"真人君! 太多了, 真的太感谢了。"大桥翻着袋子里的东西: 鱼罐头、几瓶麦茶和饭团——都是店里准备扔掉的过期物品。大桥的手碰到一瓶酒, 他停了下来。"啊……真人君，这是？"

"怎么了？"

"这烧酒……恐怕，我用不上。"大桥从袋子里拿出那瓶酒。

"抱歉，我忘了你不……呃，反正你拿去吧。也许你的朋友可以喝？"

"我还是不拿了，如果你不介意的话。"大桥把那瓶酒递给真人，"真是对不起，我不是故意挑三拣四。我不能……要不你自己留着？你是一个……好……该怎么说……"

大桥看着墙，想要避开真人的目光，一阵尴尬的沉默降临。

"好吧……如果你确定不要的话。"真人接过酒瓶。

"太感谢了，真人。祝你晚安。"

"你也一样，大桥先生。下周见吗？"

"如果不麻烦的话，那就太好了。"

"保重。"

"再见。"

大桥把袋子挂在手推车上，从便利店推到了街对面。真人一直看着这位老人，直到他转过街角，消失在视线之外。他想了一会儿，看着这么一位好人倒霉的样子真是令人难过——大桥总是那么彬彬有礼，那么庄重。他的灰色胡须和头发看起来有点像游戏《街霸Ⅱ》中的元（Gen）。

真人摇摇头，回到了店里。

▲

傍晚时分，累了一整天之后，大桥会在营地跟朋友们碰面——这是一个由蓝色防水布和纸板构成的小村子，就在公园旁边。这里靠近铁轨，只有无家可归的人才会光顾。住在这里的人努力维持着营地的秩序——谁要是不够整洁，可能会被赶走。冬天时节，营地的气味还不算刺鼻，但到了盛夏，附近的居民会抱怨尿骚味儿臭不可闻。旁边一辆辆列车驶过，车轮在轨道上发出"哐当哐当"的声音，不断提醒着时间的流逝，就像这块营地的钟楼似的。住在营地的人都很低调，安安静静地过日子，而且大多数时候警察也睁只眼闭只眼，随他们去。

大桥沿着一排排整齐的小屋走去，寻找他的朋友。

"这边！"有人喊道。

大桥转过身，看到三个男人围在一棵树下的小火堆旁，这个公园只有稀稀拉拉的几棵树。他朝着几人走去，步伐庄重。

"晚上好，先生们。"大桥说。他脱下鞋子，跟其他人的鞋子一起放在一边，坐在地上铺的蓝色防水布上。草地上整齐地排着四双鞋子。

岛田用一贯的认真表情点头致意。

"晚上好，大桥先生。"高的圆脸上总是挂着暖暖的笑容。

"你们今天都忙活了些什么？"身材瘦削，长着龅牙的堀笑着。

"还是老样子。你们怎么样？"大桥从包里拿出一瓶麦茶，递给他们。几个人都婉拒了，他们现在已经非常了解大桥，也就没有拿清酒给他。

"我去教堂了。"岛田说。

"我弄到了一些免费的食物。"堀说。

"那是灵魂的滋养。"高感慨地说。

"是啊……还有汤。"堀笑了笑。

一列火车隆隆驶过，暂时打断了几人的谈话。

"大桥先生你也应该来的，弄点免费的吃的。"

"是啊，大桥先生。上帝的心中总有你的位置。"高眼神恳切地说。

"噢，我还好。"大桥回答道，尴尬地看着中间那个小火堆中舞动的火焰，仿佛里头有什么东西需要他马上盯着

- 猫与东京 -

看一样。他环顾四周，最后目光落在高胖子上的十字架上面。

大桥想起来，他们几个曾经拉着他去了一次教堂。堀和岛田去教堂不过是装装样子，假装虔诚罢了，不过高是真的信教，而且是深深地相信。眼看着周围所有这些倒霉的人，为了弄到免费食物而想尽了招数，大桥感到很难过。领到食物之前，他们不得不听一个穿着廉价西装、头发梳得光亮的传教士大谈特谈，耶稣如何为拯救所有人而死。那个传教士脱口而出，广岛和长崎人为自己的罪行付出了代价。大桥听到这番话，一时难以置信。这个人怎么能把这么可怕的事情说出口？他真的相信自己嘴里的那番话吗？自那之后，大桥再也没有去过教堂。一想到基督徒趁别人最穷困潦倒的时候笼络人心，用廉价的食物，还有糟糕的思想喂养他们，他就感到恶心。佛教徒永远不会这样做。还有那些在院子里分发味噌汤的妇女，她们虽然一副高人一等的架势，但起码不会乘人之危。她们从不正眼看这帮流浪汉，大桥从她们皱鼻子的样子就能看出来，她们讨厌流浪汉身上的臭味和邋里邋遢的打扮。她们的布施不过是为了显摆自己的善良——这点心思不用说都知道。

"我听到了一些谣言。"岛田说。

"是吗？"大桥看着一脸认真的岛田。

岛田抬起头。"他们对城里那些无家可归的人下手了。"

"具体是怎么回事？"大桥挪了挪身子，好坐得舒服一些，然后啜了一口麦茶。

"奥运会，"堀说，"岛田，你接着说，把你知道的告诉大桥。"

"事情是这样的……"岛田喝了一点清酒，"街上有人失踪了。就像谷本，你还记得他吗？没人知道他在哪里，就这么不见了，好几周没见到他了。就这么消失了。自从宣布举办奥运会以来，有些事情就变了。老房子拆了，拿来建新体育场。他们正在清理街道，整顿这个地方，你知道的，就是除掉和赶走那些不受欢迎的房屋和人。"岛田哼了一声，"东京变了。"

谈话再次停顿，又一辆列车轰隆隆地驶过，准点到达。

"也许谷本先生回家了？"高说，几个人又继续聊了起来。

"过上这种生活之后，没人还能回家。"岛田说着，一边伸出脏兮兮的手掌。"这些脏东西……洗也洗不掉。甚至在家人眼里，我们现在也连人都算不上。"

大桥茫然地望着天空，其他三人小口地喝着手中的清酒。

"我听说，他们把人装进货车带走了，"堀说。

"谁说的？有人看到货车了吗？"大桥问道。

"不知道。就是有人这样说。"

"他们会把上车的人带到哪里？"

"谁知道呢……"岛田说。

"这事有点蹊跷。"大桥一边说，一边看向远处。

"就像高的呼吸一样。"堀咧嘴一笑。

四人围着火堆坐着，小口地喝着手里的茶和清酒，若有所思地看着火焰。突然，暗处传来响亮的声音，把几人从共同的沉思中唤醒。

"嘿！"

"完了，该死。"岛田喃喃自语。

"呃。"堀摇了摇头。

大桥觉得自己的心沉了下去。

"你们这帮混蛋在干吗？"一个高大而笨拙的身影走向篝火，这模糊的影子越走越近。

"没干吗。"堀说。

"什么叫'没干吗'？你们看起来就像有事情。你们在喝什么？"

"我这里有麦茶，你要一点吗？庆太先生。"大桥说。

"啊呸，麦茶！谁喝那种垃圾？除非你加了点料，那还差不多。"庆太结实的身板出现在几人面前，那长有麻点的皮肤在火光的映衬下微微闪烁。他盯着大桥，但大桥依然呆呆地凝视着前方。

"抱歉，我不喝酒。"大桥说，虽然他敢肯定庆太已经知道了。

"扯蛋，我见过你醉得像只臭鼬，尿在裤子里。"庆太说。

"我想你一定弄错了。"大桥冷静地说。

"你是说，我在撒谎？"庆太绕到岛田身后，找到了几个人一直在喝的那瓶廉价清酒，那酒用一个大塑料瓶装着。"看吧，老子找到了。"

庆太拿起酒瓶，打开盖子，大口大口地喝了起来。他那握瓶子的手少了两根手指——无名指和小指。

"喂，你悠着点喝！那瓶酒是大家一起喝的。"堀说。

庆太停下来，擦了擦嘴角的酒，怒气冲冲地盯着堀。

"喝点怎么了，我喝的是我那一份。真他妈小气。"

大桥举起手说："得了，我相信酒还是够的——"

"谁问你了。"庆太转身对大桥说，"你他妈以为你是谁？"

"我只是想——"

"你都不住这里。我看见你四处晃悠，好像比别人过得好似的。来了又走，走了又来，你以为你是什么大人物啊。"

"我真的——"

"你以为自己比我们过得好。晚上悄悄溜走，去了哪儿，谁也不告诉。你是不是根本不是流浪汉？我打赌你有地方住，搞不好还有女人给你做饭，你只是过来占我们这些可怜虫的便宜。"

大桥微微颤抖着。

高替大桥开脱："庆太，大桥不是故意惹你的。他只是——"

"我管他想干什么。他最好小心点。"

"你在威胁我吗？"大桥死死地盯着庆太。

庆太把酒瓶盖上，扔到一边，拉起袖子，露出黑帮文身，然后伸手从口袋里掏出一部巨大的手机，看起来像是 20 世纪 80 年代留下来的文物。每当掏出手机，庆太的眼中都会闪着令人不安的光。他演起黑社会来，绝对有几分说服力。

"我跟你说，别招惹我，好吗？"庆太说，"只要我一个电话，打给兄弟几个，他们就会过来，把事情料理得清清楚楚。"

庆太狠狠地盯着大桥，直到大桥目光垂下，摇着头。

"各位，我想我该告辞了，祝你们晚安。"

"别走啊，大桥，"岛田说，"现在还早呢。"

"谢谢，但我今天累了一天了。"大桥穿上鞋子，拿起购物袋，"祝你们晚安。"

大桥走开的时候仍然能听到几人的声音渐渐淡去。

"庆太，你为什么老是这样？"

"什么？明明是大桥先惹我的！他先开始的！他就是个势利眼，以为自己比别人过得好。"

"他是个好人。"

"他让我起鸡皮疙瘩。我不相信那些不喝酒的人。"

"哦，得了吧。"

"他戴的那紫色头巾是几个意思？看起来像个傻子。"

大桥穿过空荡荡的街道，悄悄溜回旅馆，倒在自己的胶囊舱里，这才松了一口气。他把几条毯子都裹在身上，睡着了。

▲▲

第二天早上，大桥喂了猫，吃了一个饭团，喝点麦茶，就当是早餐，然后溜出旅馆，又开始了捡罐子的一天。

对大桥来说，拖着步子走是一天当中最难熬的时光。走路的动作，走路的节奏，总是让他的思绪在回忆中跳跃。他会想起自己的童年，接着是高中，然后那画面晕开，他成了落语家学徒。

曾几何时，表演就是他的生活；如今那段时光却一去不复返。那位曾经收他为徒的老师，看到现在的他会做何感想呢？

大桥不想去想这些问题，因为所有的记忆都坠向同一个深渊。他宁愿去想营地的那些朋友。

这些朋友各有各的过去，各有各的秘密。不过，营地的人常说：过去的就让他过去吧。这里的人从不讨论过去的事情，因为他们已经为曾经的所作所为付出了应付的一切代价。过着流浪汉的生活，等于是为过去还债。这就是他们应得的惩罚。

不过大桥能从朋友的言谈中看出一些事情。

基督徒高会带着一个洋娃娃睡觉，有时候他不小心说漏嘴，东京腔会变成九州方言。大桥对高的洋娃娃有一些猜想，但他努力不去想这些。岛田是个严肃的人，除非他有重要的事情要说，平时不大开口，大桥很喜欢他这一点。长着龅牙的堀是大阪人，无论说什么，都跟说笑话似的。可是，对他们几个人来说，这种自娱自乐的精神很重要。如果不能自嘲着过日子，又该去何处寻找这种日子的意义呢？

至于庆太……唉，庆太。虽然大桥不想承认，但他宁愿庆太不是营地的人。他的身上文了东西，手指也少了两根，大家都知道他曾经是个黑社会。他还天天把那部又大又笨的手机带在身上，威胁说要给曾经的弟兄们打电话，真是让人觉得好笑。他既然有弟兄们当靠山，那他怎么从来没有拨通过电话，哪怕挨了几个小混混的揍，也没有喊弟兄们来帮忙？不过，跟大多数流浪汉相比，庆太打起架来确实厉害。

他们几个有时候会挨别人的打。

对现在的他们来说，这已经算不了什么大事。年轻的小混混喝了酒，会过来找点乐子。最可怕的是独自一人遇到小混混，会被打得半死不活。这些小混混会合起伙来对付单身流浪汉，不停地拳打脚踢，一直打到筋疲力尽为止。大桥记得，第一次挨揍那会儿，随着拳头和踢打落下来，身上的痛好像没那么痛了。被人殴打，就像经历一场风暴——风雨终究会停下。这个过程中，要么就是有什么东西让自己麻木，感觉不到痛了，要么就是小混混打累了，下手变轻了。

不管怎样，打着打着，身上的疼痛都会减轻。最好的办法就是身体放松，不要抵抗，这样骨折的可能性会减少。最糟糕的是，要是被打掉一颗牙，那吃东西就麻烦了。大桥总是拼尽全力抱住头，免得头被打。但是，有时那些小混混的脚、拳头或手肘会击中他的睾丸。然后他会感到一种前所未

- 猫与东京 -

有的痛，整个肚子好像被啃噬了一样。

大桥每次出去找易拉罐，都会尽量看看街道四周，观察周围环境。他会欣赏看到的美景，还有那些给他带来愉悦的小事物。早晨太阳升起，穿过建筑物之间的缝隙，朦胧的天空模糊了远处摩天大楼的顶部，云朵聚了又散，那图案看起来就像一群猫在追逐彼此。不管这些愉悦多么微不足道，生活终究没有抛弃他。

大桥还会观察路过的行人。他会尽量不引起别人的注意，再说，大多数人路过他时，都会把头转开。还有极少数人会盯着大桥看，好像他做错了什么事，要不就是低声嘀咕"倒是找份工作啊"之类的话。不过，大桥在街上碰到的大多数人都在这座大城市中独自生活着，这让他感到一丝安慰。

上午 11 点，大桥到了新桥区，这会儿已经很累了。他从自动贩卖机买了一罐咖啡，打开盖子，坐在自己的手推车旁环顾四周。旁边有两名出租车司机，站在自动贩卖机旁，喝着咖啡，抽着烟。其中一个矮胖，另一个瘦高，但他们都对大桥先生微笑着，打了招呼。出租车司机总是让他想起自己的兄弟太郎。太郎现在怎么样了？这是另一段让他感到羞愧的回忆。

胖出租车司机走过来，递给大桥三个空罐头，大桥跟对方说谢谢。稍微休息过后，大桥把四个罐头，包括自己的那一个，统统压扁，扔进罐头堆里，然后继续往前走。回到旅馆，他把手推车藏在巷子里过夜，然后去看望那几个朋友。

▲

大桥觉得事情有点不对劲，他靠近营地时，听到了喊叫声。

他蹲在灌木丛里，像猫一样弓着身子，从远处观察着帐篷。

一个身穿制服的人提着高那只玩偶的腿，保持一臂的距离，免得被玩偶碰到。还有人戴着手铐，被带走了。穿制服的那几人把帐篷给撕得稀巴烂，拉起蓝色防水布，胡乱塞进了皮卡车的货厢里。他们还撕烂了硬纸板，堆成了一堆。

有几个流浪汉想还手，但穿制服的那些人身体更壮，他们平时吃得更好，头脑也清醒，而且他们有伸缩警棍。其中一人拿出警棍，大桥忍住没叫出声来。那人手腕轻轻一转，警棍就甩到了最大长度，接着他慢慢走向一个背对着他的抗议者。"啪嗒"一声，狠狠地打在那人的膝盖上，抗议者倒了下去。流浪汉一个接着一个，被拖过拆得七零八落的营地，塞进了一辆车的货厢。不对，等等，等一下。那辆车不是警车，是一辆货车，它没有那种闪烁的警灯。大桥费力地看清了货车上的字，上面用黑字醒目地写着"大扫除"。

该走了。

▲

大桥跑了起来。每一步落在地面，他都能感到那圈小肚腩在抖动，随着那上了年纪之后胸脯下方松弛的皮肤而抖动。他的肌肉暂时忘记了一整天辛劳带来的痛苦，身体里的每个细胞都在拼命，拼命逃离那座用蓝色防水布搭起来的、慢慢凋零的城市。

大桥一边跑，脑海里一边浮现出一段奇怪的回忆。那是他高中时的一堂生物课。老师告诉全班人，如果一个男人或女人在原地跳跃，只要他们的身材良好，那么就只有性器官会抖动。如果任何其他部位抖动了，就说明有多余的脂肪。一切都要派上用场才行；只有肌肉才有用，脂肪是没用的。大桥想到了营地：它是否是这座城市多余的脂肪？它是否需要像吸脂手术一样被抽去？它是否已经从肌肉中被切割、被刮除、被处理掉了？然后，他的呼吸之间，只有一些词语在脑海里有规律地跌落：多余的、不必要的、不好看的、平凡的、没有防备的、未知的、无关紧要的——等等，那不是一个词，但它看上去应该是——

"喂！"

不知道从哪个地方传来的声音。大桥扭头看了一眼，继续往前跑。

"大桥！"

那人又叫了一声，不过这一次明显是在叫他的名字。大桥转过身去。

他四处看了看，巷子拐角处露出一张笑容满面而又熟悉的脸。

"这边！"

大桥朝着笑容走去。等他走近了，一只瘦弱的胳膊把他拽进了一条小巷。就在这时，一辆警车呼啸而过，那警笛声发出一声扭曲的嘲笑。这一场玩笑，这些上了年纪的流浪汉都不会参与其中，永远都不会参与其中。

大桥靠在小巷肮脏的墙上，喘着粗气。

"大桥先生！感谢上帝赐你平安。"

高的上帝一直在保佑着他。

"其他人都还好吗？"大桥喘过了气，直起了腰。

"他们抓走了岛田。"堀看起来眼神黯淡，比平时更加憔悴，"高去教堂了，我去自动售货机买了杯饮料。我们回来时，那些人已经开始拆帐篷，把人拖到车上。"

高的上帝显然认为岛田不值得保佑。也许他太微不足道了。

"我们接下来该怎么办？"堀问道。

"或许我们可以在教堂找到庇护吧？"高满怀希望地看着他们两个。

大桥犹豫了一下。"我有个主意。"他慢慢说道。

"什么主意？"堀满怀期待地笑着。

大桥咽了一下口水。"我知道一个地方，我们几个都能住下，有足够的空间。"

"什么地方？"

"但你们得答应我保密。"

"当然了，大桥。我们会保密的，就像老鼠一样不吭声。"

"好的。跟我来吧。"

大桥希望自己的声音没有暴露出自己的犹豫。这个决定会不会是个错误？

▲▲

"到底在哪里？"

大桥打开摇窗，堀和高走了进去。

"小心——就站在那里，靠着墙。我一进去就告诉你们该怎么走。"

"黑漆漆的，大桥。我们这是在哪？"

"等等。"大桥走进浴室，轻轻拉下身后的窗子，留下一条小缝，"等我一下。"

"你不关上吗？"堀问道。

"我有个朋友，喜欢早上来看我。明天我会介绍你们认识的。"

"是女朋友吗？"堀笑了。

"你们明天就会知道的。"大桥微笑着说。

他伸手从口袋里掏出一支小手电筒。

"这边走。"他打开手电筒，朝着浴室的出口方向示意。

"天啊！我们在哪里？"

"我看像是个公共浴池。那是浴池吗，大桥？"

"这是一家老式胶囊旅馆。"

"哇！你一直住在旅馆里！你简直像个国王，大桥大人！"高的声音充满了敬畏，而不是嫉妒。

"嘿！你怎么没告诉我们这个地方？"堀兴奋地说道，"浴池还能用吗？我想泡个澡。"

大桥手电筒的光扫到堀的方向，对方眨巴着眼睛。

"喂！看着点你的手电筒！"

"哦，不好意思！"大桥用手电筒照亮了浴室四周，映照出陈旧的灰色瓷砖，还有远处墙上的马赛克，这些马赛克拼凑出了一座斑驳老旧的富士山，周围环绕着森林、湖泊和云朵。瓷砖的一部分已经脱落，留下了一幅残缺的富士山拼图。

"这里没有自来水，"大桥说道，"所以我们恐怕泡不了澡。跟我来。"

三人穿过胶囊旅馆。他们中途需要停下来，留点时间给堀和高，为这座废弃旅馆各种幽灵般的有趣物品惊讶和感叹——存物柜的门从铰链上掉了下来，墙上的壁纸脱落，走廊的地板上积了厚厚的黑色尘土和污垢，所以他们走得比平常要慢。这些东西，大桥现在都习以为常了。

三人到了胶囊舱，大桥指了指自己的那一个。堀和高恭敬地点了点头，各自选了一个胶囊。他们中间隔了一个空胶囊，这样彼此离得近，又能保留点隐私。

"接下来，先生们，想吃点晚餐吗？"

"噢，太好了！太感激不尽了。"

"我饿得要疯了！"

三人坐下来，吃了一顿简单的饭菜，大桥从自己的私人物品里拿出饭团和麦茶，平均分着吃了。三人坐在昏暗的灯光下，每个人都沉思着，脸上的眉头渐渐深深地皱起来了。

"接下来，"打破沉默的是大桥，"我们该怎么办？"

"也许我们应该去教堂？"

"我觉得这个时候可能有点冒险。"堀说。

"上帝会为我们提供——"

"很抱歉，高先生，但我同意堀的看法。"大桥庄重地说，"我们不知道教堂安不安全。也许他们现在跟警察串通好了。谁知道呢？"

"但我们从哪里弄吃的呢？"高抬头看着天花板。

"我可以弄一些。"大桥说。

"够三个人吃吗？"堀问。

"我想可以。"

"人活着不只是为了吃饭。"高引用了《圣经》里的一句话。

"不过《圣经》里提到了饭团吗？"堀问道，"想象一下，耶稣打开一个饭团会是什么情形。"

连高也忍不住笑了。

那天晚上，大桥他们早早地散了。这一天大家都过得不容易。三人彼此道了晚安，回到了自己的胶囊，独自思考着，渐渐地入了梦乡，忧愁和焦虑奏出刺耳的摇篮曲，无情地撕扯着湿漉漉的梦境。

▲

早晨，小小的光束从旅馆高高的窗户中射进来。多云的日子里，这些光线算不上光亮，但阳光充足的时候，胶囊舱就会沐浴在温暖的光芒之中。在这样的日子里，那只三花猫会找到一小块一小块的阳光，摊开肚子，躺在阳光里的地板上。

大桥早早醒来，去迎接这位毛茸茸的伙伴。他躺在地板上，这样猫就可以跳到他的肚子上。三花猫的爪子踩在大桥柔软的肚子上，一晃一晃的。他轻轻地挠着三花猫的下巴，另一只手抚摸着猫拱起来的背。猫发出愉快的咕噜声，就像汽车在红灯处减速的声音一样。他端详着三花猫的脸，还有它略略发红的下巴，它的嘴角淌着口水。那双美丽的绿色眼睛，看到了什么呢？大桥经常想起自己的父亲。大桥的父亲很喜欢猫，他的书房里总是有猫走来走去。孩提时代的大桥，最喜欢的事情之一就是

在父亲书房的角落里蜷缩着，一边看落语汇编，一边抚摸着猫，安安静静地待着。

这双绿色的眼睛都见过些什么？这只猫是从哪里来的？想象一下，它窥见的所有秘密和谎言，那些人们以为没人在看的时候做的事情。

"这位是你的朋友吗？"

猫转过头，看着从胶囊爬出来的堀。大桥感觉三花猫的爪子稍微扎进了肚皮里，它可能正在想，眼前这个长着龅牙的男人是敌是友，自己该不该逃走？他会不会给自己喂三文鱼吃，就像戴着紫色头巾的这位朋友一样？

"别害怕。这是堀先生。和堀先生打个招呼吧。"

"聪明的小家伙。"堀在三花猫的耳朵间挠了挠，大桥感觉猫的爪子缩了回去。"多漂亮的小猫啊。看它背上美丽的颜色——形状看起来是那么熟悉。是公猫，还是——'

这时，前门的方向传来一阵撞击声，两个男人叽里咕噜说着什么，沿着走廊朝他们走来。大桥从来没从那条走廊进出过。一个大块头挤进了房间，大桥感到肚子里一阵沉重。那是庆太。高跟在后面。

"你们这些家伙，一直躲在这里！就像老鼠躲在洞里一样！"

"大桥先生！"高微笑着，有些不自在，"主赐福，让我们今天早上相遇了！"

"拜托，先生们，"大桥站起身，放下猫，"以后不要从前门进来。从窗户进出好吗，就像我给你们示范的那样。"

"行了，别发火。"庆太扭动着身子，钻进一个空胶囊，躺了下来，就像在自己家一样。

"对不起，大桥先生，"高小声说道，"我确实让他跟我去后巷，但他还是从前门冲了进来。"

"没关系。"大桥轻声说道。

"你们在嘀咕些什么？"庆太在胶囊里大声喊道。

大桥摊开手掌，捂住脸。

"有吃的吗？我饿死了，"庆太探出头来问道，他对着三花猫点了点头，"这只脏兮兮的猫是谁的？"

大桥起身，从塑料袋里掏出一些吃的，平均分给了每一个人，给猫也喂了吃的。粮食越来越少了，他得尽快从真人那里再弄点食物来。

▲▲

那天晚上，大桥回到旅馆，撞见了不同寻常的一幕。

他从窗户爬进去，立马就知道出了什么问题。他甚至在旅馆外就能听到说笑声。大桥朝着声音的方向走去，笑声变得越来越响亮。

有人在房间中央生起了一小堆火，火苗蹿着，一大群人围在火堆旁。他看出来其中一人是庆太，正在大口喝着一大瓶烧酒，还有一些他从未见过的人。这些人都站在火堆旁，大声说着话，兴奋地聊着什么。高和堀也在里头，大声笑着。他俩抬头看到大桥，脸上灿烂的笑容消失，变成了窘迫。

"瞧瞧谁来了。"庆太醉醺醺地冲着大桥嘲笑。

"先生们，我可以问问这里到底发生什么事了吗？"大桥对高和堀说。

"只是小聚一下，没什么。"高说。

"关你什么事？"庆太讥笑道。

"这么说吧，这里也是我的家。我比你早来。"大桥说，"如果你能对这个地方表示一点尊重，那我感激不尽。"

"你的家。"庆太哼了一声。"笑死我了。你不过是碰巧找到了一栋空房子。谁还找不到空房子。你们看看他，戴着那俗气的头巾，好像他是哪个城堡的国王似的，结果只有一只蠢猫做伴。"

一伙人发出一阵笑声。连堀和高也笑了。

"行吧，只要你们小声点就行。如果有人找过来，事情就不好办了。"大桥径直走向他的胶囊。

"来吧，大桥。过来和我们喝一杯。"堀小声说。

"不用了，谢谢。我累了。"

大桥钻进胶囊，拉上门帘，待坐好之后，又看起了他那本已经翻旧了的《细雪》（*The Makioka Sisters*），装作没听见外面的吵闹声。

"嘿，大桥。"是庆太。

大桥放下书，朝着帘子皱了一下眉头。如果自己不出声，也许这个傻瓜会识趣走开。

"大桥。"

"什么事？"

庆太拉开帘子。

"是这样的，很抱歉，我不是故意想要这么粗鲁。给你。"

庆太递过一只有缺口的玻璃杯，那里头装着透明的棕色液体。

"这是什么？"大桥问道，戒备地看着庆太的脸。

"你最爱的，麦茶。"庆太笑了笑，"你可以在这里一边喝一边看书，也可以过来和我们聊聊天。你自己定。我只是过来讲个和。"

"谢谢你，庆太。谢谢你的一番好意。我还是和你们一起吧。"大桥从胶囊里爬出来，接过庆太递过来的茶杯，两人一起走回到人群里头。

堀正在讲一个关于武士和牧师的笑话，就快要讲完了，大桥静静地坐着听着。

这个笑话的内容很精彩，但是堀讲故事的技巧跟大桥还是有一定的差距——节奏完全不对，中间的唠叨也太多。堀最后说出笑点，大伙儿又一阵爆笑。这阵大笑声回荡时，大桥感到一阵恐慌，胃缩成了一团，眼前浮现出那些印着黑色字体的面包车在附近街道转悠的画面。他伸手拿起几乎忘了的杯子，喝了一口麦茶。

那个味道。

大桥差点就要咽下去，但还是吐了出来。他把玻璃杯扔到地板上，摔得稀碎。他整个人颤抖着，心里的怒火翻腾着。他气的是自己曾经的所作所为，气的是这玩意儿毁了他的一生、他的家人、他自己，还有他的生活。这一切全都是他自己的错。大桥看着庆太，庆太正一边打嗝，一边狂笑着。

"我杀了你。"大桥低声说。

庆太还在笑。

大桥冲向庆太，堀走上前，想抓住大桥的胳膊，拦住他，可是被大桥甩开了。接着，大桥双手环住庆太的脖子，用力

- 猫与东京 -

往下勒。其他人想拉开他，但劲儿不够大，拉不动。大桥用力勒着，拼命勒着，用内心深处所有的憎恨、遗憾和绝望勒着。他看着庆太的脸从红色变成青色，可他还是没有松手。

要不是一股铁一般的力量把大桥拉开，他还会勒下去。这股力量把大桥的双手按在背后，然后把他从庆太身上拉开。他看见庆太在大口大口喘着气。接着，他感到一圈冰冷的金属铐上了自己的手腕。大桥环顾四周，只能看到一片蓝色。没有面孔的人，穿着蓝色制服，围着自己，高高地矗立着，怒视着自己。大桥终于能看清几个朋友的脸，他们的脸上写着恐惧——那是对蓝色制服的恐惧，还是对大桥本人以及他想杀了庆太的恐惧？

"他……他……想杀了我！"庆太的嘴唇变成了紫色，鼻孔也张大了。

"把他们全都铐起来，"这些影子里传来一个响亮的声音，"把那堆火给灭了。"

接着，一群人被推进车里，你推我，我推你，在黑暗中颠簸着，大桥凝视着黑暗。

▲

"早上好。"

大桥睁开眼睛，迷迷瞪瞪地看着面前模糊的身影。

"来，"一个身影拿出一杯冒着热气的咖啡，"喝吧。"

"谢谢。"大桥小心地接过杯子，用另一只手揉着眼睛。在牢房的硬板凳上睡了一夜，他的身上被硌得生疼。

"我给你一分钟醒醒瞌睡，不过接下来要带你去审讯室。"

大桥抬头，看到一位年轻的警察站在敞开的牢房门前。他看起来二十几岁，面容和蔼，让大桥想起了真人。大桥将冒着热气的咖啡杯举到嘴边，轻轻吹了吹，喝了一小口。

"我这是在哪里？"大桥问道。

"拘留所。我们只用跟你快速地了解一下情况，实际上就是走一下流程——然后你就可以走了。"

"谢谢。"

"走吧，先生。我们有一大堆谈话要进行，所以希望可以按计划走。你可以带上咖啡。"警察朝着敞开的房门示意了一下。

大桥站起来，迈着踉跄的步子，跟着这位警察穿过走廊。他们的脚步声在墙壁间发出回响，就像他在人行道上用棍子杵罐头发出的铿锵声。这声音在大桥的胃里深深地回响着，让他感到有点恶心。

审讯室很简单：黄色的墙壁，中间一张桌子，头顶一盏

- 猫与东京 -

荧光灯，桌子两侧各有两把椅子，面对面摆放着。警察示意大桥坐下。

"你在这里等着。马上会有人过来和你谈话的。"

大桥小口地喝着咖啡，盯着墙壁发呆，想着接下来会发生什么事情。门打开，打破了他的沉思，一名年长的警察进来，手里拿着一些纸。

"你好。不用站起来。我叫福山，有一些问题要问你。"

"你好，福山警官。"大桥微微鞠了一躬。

这位警察坐下，手里拿着一支笔，悬在一张表格上，准备填写。"首先，你身上有没有任何身份证明？"

大桥摇了摇头，低头看着地板。

"没关系。那我们把这张表填一下，好吗？姓什么？"

"大桥。"

"名字？"

"一郎。"

警官点点头，潦草地写着。"年龄？"

"64。"

"职业？"

"嗯，我想……"

警官抬起头。"你有工作吗？"

"嗯，我捡易拉罐。但我想……"

"嗯……也许可以归类为废品处理。雇主的名字？"

"我没有真正的雇主……"

"嗯。我就填失业好吧？也许这样更简单。"

"好的。"

"地址？"

"呃，其实……"

"露宿街头？"

"可以这么说。"

"没问题，大桥先生。你能提供一位亲属的地址吗？随便哪个亲戚都可以。哦，还有他们的电话号码。我们需要给他们打个电话，让他们来接你。"

"这个……"

"随便哪个亲戚都可以，大桥先生。"

"我和任何人都没有联系。"

"听着。"警官摘下眼镜，揉了揉眼睛。"大桥先生，我真的能理解，这一切对你来说有多么困难。也许你和家里人闹翻了，也许你不想再和他们往来。我完全理解。但你真的必须给我们提供这个信息，否则……怎么说呢……"

"我有一个弟弟。"

"太好了！"警官脸上有了希望，"他的地址是什么？"

"我好多年没和他说过话了。"

"你知道他的地址吗？"

"我觉得我知道。"

"太好了。你可以在这里写下来。"警官给了他一支笔和一张小纸片。

大桥写下了多年前去中野拜访的那所房子的地址。他记得自己去那里参加家庭聚会，和弟媳打招呼，和小侄女玩。弟弟太郎总是很知足。虽然没多少钱，但他娶了个漂亮妻子，有个阳光开朗的女儿凉子，院子里还有一株老樱树，所以日子过得很满足。太郎本来可以取得更大的成就，而不仅仅是当一名出租车司机。他一直在写诗歌，美妙、梦幻而又充满意象的诗歌。父亲曾为这个儿子感到非常骄傲。

大桥曾在那棵樱树下为两家人表演独家落语。他想起了那时的观众，眼睛里涌出了泪水：兄弟太郎、弟媳、侄女凉子，还有他自己的妻子和女儿。大桥还记得自己讲故事的时候，两家人笑容满面的样子。可是，当自己的表演变得越来越古怪，父亲便不再来观看。

太郎现在肯定会以他这个哥哥为耻。

他把纸片递给警察，警察看了看，立马又把纸片推了回去。"写上你弟弟的全名吧。"

大桥写下汉字——大桥太郎。

"你的书法很漂亮，如果你不介意我这么说的话。那行，我这就去确认一下。放轻松，一切都会没事的。"

这么多年过去，用这种方式跟弟弟重逢，真是糟透了。大桥心不在焉地举起咖啡杯，凑到了嘴边，但只喝到了杯底冰冷的糊糊，留下一嘴的苦涩。

大约十分钟后，警官带着一名穿西装的男子回到了房间。大桥一眼看过去就不喜欢这个人。他很难说清究竟是为什么，但他感觉这个人有些虚伪，尽管对方努力表现得和蔼可亲。别的不说，这人用发胶把头发弄得油光滑亮，这点就让大桥喜欢不起来。还有这人一副油腔滑调的样子，让他不经意想起了那个对广岛和长崎胡说八道的教堂传教士。

"大桥先生。很抱歉，我给你写下的地址打了电话，但很遗憾，你弟弟已经不在那儿住了。现在的业主也不知道他搬到哪里去了，我们弄不到登记信息，找不到他的新住处。"

"哦……"

"现在，大桥先生，你能再认真想想，还有其他亲戚吗？任何人都行。远房叔叔，表兄弟。任何人都行。""我没有其他亲戚了。"

"你再想想，大桥先生。这很重要。"

"对不起。我没有其他亲戚了。"

警官叹了口气。"嗯，那我别无选择，只能登记成'无固定住所'，把你转交给这位先生，他是田中先生。""很高兴认识您，大桥先生。别担心，我们会照顾您的。"这个虚情假意的男人露出一丝傲慢的微笑，时而看着大桥，时而看着警官，就像在观看两个不擅长打网球的小孩在打比赛一样。

"对不起，大桥先生。我们无能为力。"警官站起身离开了。

大桥和穿西装的男人留在房间，那人坐到了警官刚刚坐的椅子上。

"接下来，大桥先生，我们会把您带到我们的设施那边，离这不远。那是一个为您准备的、美好的新家……"

大桥听着一大段迂回的解释，这套说辞是专门拿来骗人的。不过他看穿了这一切——那个男人想拿走他最后的一点世俗财产：他的自由。

三花猫轻手轻脚走过小巷，朝着旅馆窗户走去，接着它放慢了脚步。空气中有一种奇怪的东西，一种气味——烟味？有什么不对劲。浴室窗户仍然开着，猫悄悄地溜了进去。

　　走廊里很安静，三花猫迈着稳稳的步子，奇怪的气味变得越来越变浓。它走近胶囊，看到火堆的残骸，一个人也没有。它紧张地"喵"了一声，打破了寂静。

　　紫色头巾的男人不在床上。他的东西都不见了，但他的气味还在。

　　猫发出呜咽声。

　　紫色头巾的男人去哪儿了？

　　早餐在哪里？

　　三花猫等了几分钟，打了一个大大的哈欠，然后慢慢地照着原路返回。

　　猫在小巷中游荡着，肚子饿得咕咕叫，得找点吃的。猫的步伐有一点不安，隐隐约约能看出来它的日常被打破了。它会想念那个紫色头巾的男人，但不知怎的，它觉得一切都会好的。这座城市是自己的朋友，这座城市会让自己活下去。

- 猫与东京 -

◢◣

紫色头巾的男人再也没有紫色头巾了。

那些人拿走了他的头巾，给他穿上橙色工装，带他去了新家。身后的门被关上，大桥发现这个房间比他习惯了的胶囊舱大一些。地板上铺着榻榻米，还放了两个蒲团。有个大个子躺在其中一个上面，裹着毯子，鼾声震天。这个小房间确实比他习惯了的那个更干净、更宽敞，但这里的窗户上有栅栏，门上有锁。

大桥在空着的那个蒲团上瘫坐下来，舒了一口气。就在这时，毯子下传来的鼾声停了。大桥瞥了一眼，毯子拉开，露出一双懒洋洋的眼睛。那人看到大桥之后，震惊得往后退了退，那双眼睛睁得更大了。

"哦，是你啊。"毯子下传来低沉的声音。

"你好，庆太。"大桥叹了口气。

"我还没有原谅你。"庆太拉下毯子，坐了起来。

"我也没有原谅你。"大桥嘴唇紧闭。

"不说这些了，我们到底在哪里？监狱吗？"庆太打了个哈欠，揉了揉眼睛。

"我觉得不是监狱。警察不是放你走了吗？"

"对我来说就是个监狱。"

"不，不是的。"

"得了，冷静点，小心头发不保。"

大桥伸手摸了摸头发。头巾不见了，他的秃头露了出来。

"如果你用这种口气跟我说话，庆太先生，那我宁愿不说话。"

"这话从一个想杀了我的人嘴里说出来，也是够可以的。"

"我没打算杀你，庆太。"

"你明明就是这样打算的。"

"行吧。你看看你自己做的事。你觉得应该吗？"

"我只是开个玩笑。如果我知道你这么疯狂，我也不会开这个玩笑。"

"听着，庆太。我不想和你一起待在这个房间，我想你也是。但我们别无选择。过去的就算了吧，往前看好吗？"

"我没意见。"

大桥闭上了眼睛。

"我现在真的想喝一口清酒。"庆太嘟囔着。

大桥想了一下。他没有告诉庆太，这里肯定一滴酒也没有。两人静静地躺着，感受着这个陌生又乏味的新家。

"啊。"

大桥看着另一个蒲团上裹着的那团毯子。庆太扭动着，看起来很不舒服，而且床单上有明显的汗渍。

现在是晚上，就在熄灯前，大桥能听到看守的皮靴在走廊发出的嘎吱声。这里不是监狱，家里人随时都可以来接人，但是每天晚上，他们在食堂坐下用餐之前，一身西装革履的看守站站长田中会用洪亮的声音宣布道："对于你们这些人来说，这里比外面街上要好。这里更安全。"

虽然才过了几天，大桥就发现这里的食物真的没法下咽，比他们在教堂吃过的糊状物还要差。如果站长发现你摆弄盘子里的食物，可能会瞪你一眼，更可怕的是会被扣分，这样特权就没了，比如去这栋楼那个铺了石子的庭院走一走之类的。吃饭的时候，还有在院子里放风的时候，大桥会四处寻找高和堀，但没有找到两人的踪影。也许他们在另一层楼——这个设施好像是轮着用的。

每个窗户都有铁栏，让大桥不禁想起光线透过旧旅馆那些肮脏的窗户撒进

来，铺成一块又一块柔软的阳光毯，他就在地板上跟猫一起玩耍。他的猫现在在哪里呢？他想念她。夜晚总能给人带来一丝宽慰，因为他可以暂时忘记自己在哪里。不过这会儿庆太又开始发牢骚了。

"你还好吗？"大桥问道。

"别管我！"

"怎么了？"

"这个破地方怎么可能没有酒？"

"喝点这个吧。"大桥递给庆太一杯水。

"滚开。我不需要你的帮助。"

"喝了吧。你很快就会感觉好些的。"

"你怎么知道？这位我才不喝——谢谢你——先生。"

"我酗过酒，庆太。我喝过的酒比你多得多。但是我挺过来了。"

庆太拉下毯子，疑惑地看着大桥，额头上渗出了汗珠。

"你确定会好吗？"

"我肯定。只要几天，而且我知道这很难受。不过你很快就会感觉好多了，但是你必须补充水分。"

庆太伸出颤抖的手，想从大桥手中接过杯子。

"该死。"他差点把杯子摔了。

"来，我来帮你。"大桥小心翼翼地把杯子递到庆太嘴边。

庆太看起来就像个小孩子，一副可怜兮兮的样子，咕噜咕噜地喝着。

"去睡觉吧。"

他们熄了灯，只留下微弱的光亮。

大桥几乎就要进入梦乡，庆太又把他吵醒了。

"嘿。"

"什么事？"

"你是醒着的吗？"

"怎么了？"

"抱歉，我吵醒你了吗？"

"睡吧，庆太。"

"睡不着。"

"怎么了？"

"我就是忍不住想东想西。"

大桥嘟哝着："好吧，别想了。"

"我做不到。"

"你不能安静地想吗？"

"对不起。"庆太安静了几秒钟，"可是你从来没有过这样的时候吗？"

"什么样的时候？"大桥坐起身，拉开毯子。

"无法停止思考的时候。回顾你一生中的每一个选择，结果每一步都走错了。你曾经做过的事情，让你落到了这步田地。"庆太盯着虚空，仿佛在看大桥看不见的东西，"但凡当初的选择有一点点不同，但凡当初做出了更好的选择，你现在就会在一个更好的地方。"

大桥突然躺了回去，转身朝另一边躺去，没有说话。

"或许，"庆太说，"我们只是不走运。"

"我知道自己不是不走运。"

"为什么？"

"我曾是世上最幸运的人。"

"为什么这么说？"庆太略略坐起身。

"我在很好的环境下长大，有一位慈爱温柔的母亲，一位很有天赋的父亲。"大桥吞了吞口水，"后来，我娶了一位漂亮的妻子，有一个可爱的女儿，还有梦寐以求的工作。"

"发生了什么事？"

"无所谓了。"

"是酒害了你吗？"

"我不想谈这个。"

"随你。"庆太停了一下，又接着说了下去，"我知道这一切都是自己的错。我父母劝过我，叫我不要加入黑帮，但是那时我太年轻，太愚蠢。我满脑子想的都是耍帅和泡女人。我还记得当初去浅草文身，我只是想让那个女孩对我另眼相看。我以为加入黑帮，就能有钱，有地位。结果她还是跟别的男人走了，她说那人更体面。我永远都赢不了。"庆太叹了口气。"我应该听父母的话。黑帮没有像他们说的那样关照我。我只是犯了几个错，就剁了我两根手指，把我踢出去了。没有哪个黑帮愿意接受我。"

"不是这样的，庆太。"

"是真的。我知道自己很粗鲁，很惹人厌。没人喜欢我在身边。"

大桥在蒲团上挪了挪，看着庆太那壮实的黑色轮廓。"你是我们当中的一员，庆太。我、岛田、高和堀。我们现在是你的家人。"

庆太头部的轮廓转向大桥。"真的吗？你是认真的吗？"

"当然。"并不是真的，但大桥为了好好睡上一觉，什么都愿意说。

"谢谢。"

"没关系，庆太。我们睡会儿吧。"

接着是一阵短暂的沉默，半睡半醒的庆太轻声说着。

"我相信你的妻子和女儿仍然爱你，大桥先生。"

大桥咽下喉咙里突然涌起的一阵情绪。

"晚安，庆太。"

▲

那天晚上，他梦见了东京，就像之前许许多多的夜晚一样。

这次的梦跟之前的不一样：他推着手推车往前走，头顶是紫色和橙色的天空，街道空无一人。他走在铜绿锈迹斑驳的摩天大楼之间，看到远处海湾旁的建筑物正在沉入地下。大地震动，建筑物纷纷倒塌，消失得无影无踪。这就是所谓的液化。然后震动停止，一切又归于宁静。

火车上一个人也没有，车厢在铁轨上生了锈。便利店看起来像被洗劫过一样，食物从货架上散落，流到街上，但都腐烂变质，无法食用。空了的咖啡罐堆积得像山一样，到处都是碎片和废弃物。唯独没有人的影子。

他继续走，直到碰到他的老朋友——那只猫。

"跟我来，"猫说着，跳到一堵高墙上，"快来。"

"我跳不了。"

"你能跳的。不要用两条腿，用四条腿试试。这样跳起来更方便。"

他跪了下来，双手扶
地，果然感觉脚下变得更轻更
灵活。他跳上猫旁边的那堵墙，猫看起来一
脸得意。他在猫的眼睛里看到了自己的影子。他
现在也变成了一只猫，他们再也不需要言语来交流。

他们一起在屋顶爬着窜着，直到爬上腐烂的摩天大楼的
最高点。他们在树丛中爬行，钻进狭小的空间，追逐老鼠，
穿越空无一人的街道。

这座城市成了他们的天下。

⁂

"后来她们怎么样了？"

"谁？"

"你的妻子和孩子？"

大桥没有理会这个问题。

"你有一个女儿，对吧？"庆太继续问道。

大桥迅速瞥了一眼庆太。他知道庆太没有恶意，但这个
问题还是惹人烦。

"我们能谈点别的吗？"

"你为什么总是回避呢？"

"回避什么？"

"谈论你的过去。"

"因为这不关你的事，庆太。"

"难怪她们离开了你。"

"你说什么？"

"我说，难怪她们离开了你。"

"你再说一句。"

"什么？你从来不谈论自己的事。你就是一个自以为是、自高自大的老头子。我再也受不了了，和这种自以为是的老家伙关在一个牢房里。"

"我还跟一个哭哭啼啼的黑帮废物困在一起。"

"去死吧，老东西。"

砰的一声响，门打开了。

"如果你要硬闯，还敲门干吗？"庆太抱怨说。

"庆太，安静点！"大桥说。

门口站着一个面无表情的男人。"你们哪个说的？"

"是他。"庆太指着大桥。

警卫将目光转向大桥。"你给我当心点。自以为是的家伙。"

"我没——"

"不想听。你们两个都受处分。明天不能离开房间。"警卫砰的一声关上门,一切又变得寂静。

"混蛋。"庆太低声说。

大桥翻了个身,但是他太生气了,睡不着。

过了一会儿,他坐了起来,摆出那个熟悉的姿势。"好吧,庆太。你想听故事吗?我给你讲个故事。曾经有个叫大桥的人,他拥有一切,又失去了一切……"

大桥端坐在蒲团上,双膝收拢,双手摆在面前,用他曾经最自豪,也永远最自豪的落语家的姿势。

至少这个姿势,永远不会被人夺走。

Chapter 3

街头霸王Ⅱ（加速版）

古烈场景／音速轰／猛虎上升切／瑜伽烈焰／瑜伽火球／
回旋鹤脚蹴／波动拳／升龙拳／第一回合／开始

"你不觉得他看起来就像达尔西姆（Dhalsim）吗？"
京子俯身靠近我，悄悄地对着我的耳朵轻声说道。

我感觉她的热气喷在我脖子上，在这个充斥着烟草和
廉价酒气味的卡拉OK包厢里，我嗅到了她身上的香水味。
这是她对我说的第一句话。我们在同一家公关公司共事了一
阵子，但从未交谈过一句。工作的时候，她总是直直地看着
我，我对她也没有多想。这一刻之前，好像我们对彼此都是

透明的。

我转过头，看向她指的那个方向。那人用瘦骨嶙峋的手拿着烧酒杯，另一只手握着麦克风。

"你说什么？"我听清了她的话，但几乎不敢相信这话是从她嘴里说出来的。

"噢，得了吧，真人君！达尔西姆！你知道的，街头——"

"《街霸Ⅱ》。我觉得你说的是这个。"

"你不觉得吗？"她这次咯咯笑着问。

我又看了看那个男人。他那颗光头摇晃着，口齿不清地唱着歌，手里的烧酒时不时溅到他旁边睡觉的女孩身上。既然京子都指出来了，没错，那男人确实像。他的面部表情完全就是达尔西姆。一模一样。就是你给他来一记上勾拳，把他打得往后退的时候，那种快要眩晕的表情。

"瑜伽烈焰。"我说道。

她喝的那口饮料从鼻子喷了出来。"停！"

"我不知道你也玩游戏。"我说这话的语气不对。我希望自己在惊讶中带着友好，但我听上去就像个混蛋。

"哦，我不玩游戏。"她啜了一口饮料，看着歌词在卡拉OK屏幕上滚动，"好吧，除了《街霸Ⅱ》。"她歪了歪嘴，露出一丝微笑，"不可告人的爱好。"

"哪个版本？他们出了好几个。"我坐得更直了。

"加速版。"

我凑近了一点。"你什么时候开始玩的？"

"我哥有一台超级任天堂。我们小时候经常玩。"她的眼睛里闪烁着屏幕的灯光。

"喂！你们两个！在聊些什么？"部门经理隆从"达尔西姆"身边走过，坐在我们中间。他身上有股味道，好像那身西装已经穿了一个星期，衬衫上还有酱油渍，他经常这副派头。隆转向我，嘟囔着："真人，你在缠着她吗？"然后搂住京子。

"京子酱！来一首。你一晚上都没唱过。像你这样漂亮的女孩，一定有天籁般的嗓音。"

"哦，隆君。你知道我不喜欢唱歌。"京子拿起一瓶大大的冰镇麒麟啤酒，给隆的空杯子倒酒。她从手提袋里拿出一条小毛巾，小心翼翼地擦去手上的水汽。

"你的嗓音听起来很有……男人味。再给我们唱一首吧？"

我点了一支烟，看向另一边。

晚上出来聚会真是让人烦恼。如果我能像那个做翻译的美国女孩芙洛一样，摆脱这些麻烦事就好了。她只用说自己不舒服，别人就不会再为难她。为什么我不能这样做呢？事实就是这么悲哀：我是日本人。出头的椽子会先烂。

不过这种下了班之后的聚会，从来没人有机会聊聊天，彼此了解。我们所做的一切就是喝得烂醉，唱卡拉 OK，接着听各位老板喋喋不休，吹嘘他们有多么伟大，还有他们刚加入公司的日子里，一切有多么艰难，而我们又是多么轻松，等等。可是我早就知道，他们才是在泡沫经济时代过得最轻松的人。我这一代，从一开始就完蛋了。

这会儿轮到大老板唱。他正在用刺耳的尖叫声演绎 The Clash（冲击乐队）的《伦敦呼唤》（*London Calling*）糟糕版——他这唱得真是毁了这首歌。大老板看起来就像超大号的婴儿，一缕缕头发在他的秃头上飘动着。他唱的甚至都不像英语。我坐在那里，该点头的时候点头，该微笑的时候微笑。我真正想要的是离开这个包厢，回家睡觉。但我现在忍不住去想京子说的话，她说小时候玩过《街霸Ⅱ》。

还是加速版的。

现在我真的，真的想玩一局《街霸Ⅱ》加速版。

▲▲

夜晚就像一个错综复杂的句子，插入了鸡翅、薯条、饭团、啤酒和泡菜等成分。烧酒加冰，烧酒加乌龙茶，烧酒加水，烧酒加烧酒。有个讨厌的家伙脱掉裤子，拿着一只手鼓，《嘿，裘德》（*Hey Jude*）响起的时候，他在我耳边大声敲着，我都能感觉到自己的耳鸣随着音乐节奏而加剧。

我忍不住偷偷看着京子。她穿着粉红色的 Polo 毛衣，奶油色的裤子，长发披肩。她平常不是扎马尾吗？怎么回事？我喝醉了吗？我的意思是，她是个漂亮的女孩。对我这样的人来说，太漂亮了。我一直以为，她是典型的职场女性，跟其他白领丽人一起吃午餐，聊购物，聊化妆，或者聊女孩子该聊的任何事情。

不要误会，男人也会谈论无聊的事情，比如棒球和夜总会（kyabakura）。我受不了这种屁话——人们聊着自己认为该聊的东西，免得社交时显得尴尬。可能是因为京子提到了《街霸Ⅱ》，所以现在我脑海里只有一件事，那就是和她对战。

把她打得体无完肤——当然，是在游戏里。

我看她小口喝着饮料，大老板唱 U2 乐队的《不管你是否在身旁》（*With or Without You*）时，静静地点头附和着，我开始幻想和她对战的场景。

也许她会选择春丽，我当然会选择肯。我们会在美国的古烈场景决斗，因为这个场景的音乐最酷，背景里有战斗机，还有看起来像在自嗨的观众。音乐响起（那个曲调跟什么都很搭），解说员会说："第一回合，开始！"计时器开始倒计时。

也许她会使出第一招，就像闪电一样，迅速朝我扔出一个火球，我会不停地回敬她波动拳。我这人玩游戏很有耐心，就盼着她用扔火球这一招，然后等着她犯下致命错误，因为每个玩家扔一段时间的火球之后都会犯同样的错误。她会变得不耐烦，决定对我进攻。她会跃入空中，对准我的头来一记狠踢。要是有谁看到这一幕，肯定会想："完了，肯要没命了。游戏结束。他的头要被踢飞了。"

他们这么想也没错。哪怕是《街霸Ⅱ》的女性粉丝，可能也会担心我拖得太久，认为我应该还击、格挡或躲避这次攻击。我没这样做，是因为我一直很擅长一件事情（每个人都有自己的一技之长，对吧？）。我总是能用最快的速度，使出肯的杀手锏，而且比跟我玩过游戏的任何人都快。如果我生在古代，也许会作为一名快枪手而出名（就像电影《用心棒》中的三船敏郎那样），又或者，如果我生在美国西部那个年代，我可能会像布奇·卡西迪一样（桑丹斯·基德也许更快一些……）。

然后她会直冲我的头踢过来，我的大拇指会迅速移动，你会听到键盘发出的啪啪声（你的眼睛不会注意到任何动作），但我的操作是：

→↘↓→＋重拳（Hard Punch）

肯会跃到空中（他的横向移动略比隆多，这就是我选择肯的原因），他的拳头会变成一团火焰，直接命中春丽的大腿，她会向后飞去，一屁股摔在地上。然后我再使出强有力的一脚飞踢，把她踢倒在地（她刚想站起来），我又一记迅猛的扫堂腿，把她扫翻在地。她会站起来，晕头转向，头上会有星星（或鸟）飞来飞去，然后我会使出肯的滚动投掷，把她抛到空中。春丽会滑倒在地，踢起尘土，最后停下，时间凝固的瞬间，整个屏幕都会摇晃。然后肯会举起拳头庆祝，我的分数会在屏幕上显示出来——满分 30000 分。解说员的欢呼带着美国口音响起："你赢了！完美！"

我不知道这样做有什么作用。京子不会被我打动，也不会多看我一眼。我知道，朋友不是这样交的。

我又偷偷瞥了她一眼。她现在真的勾起了我的兴趣。

她输了游戏会是什么样？她是那种生气了，把手柄摔在地板上，然后生闷气的人吗？她会在下一局分散我的注意力吗？也许她是输了游戏，也会心平气和的那种人吧。也许她最后会用一脸冷静来惹恼我，对一切都无所谓的样子。

有一件事我绝对肯定：她永远赢不了我，除非我放水。

无论结果如何，我知道自己必须和她玩一盘。

▲

这些卡拉 OK 派对结束时，甚至比派对本身还要难熬。

天色还早，但我们这个年纪，已经不适合在涉谷彻夜撒欢了。我们站在"招财猫"（Manekineko）卡拉 OK 的大楼外，尴尬地等着，不知道接下来该去哪。这种时候，就是那种没人会坦率说出来，接下来想做什么的时刻。有些人心里想回家，但又不希望别人知道自己的真实想法。还有的人，很想去参加二轮聚会（二次会，即 nijikai），继续喝一杯，但是又故作矜持，不想让别人看出来。也许他们想着，如果自己表现得太直白，但是大多数人偏偏没打算去下一家，就会说明自己不够受欢迎。谁知道呢。

不过我心里盘算着别的事情。我坐到京子旁边，打算选个完美时机，不露声色地引起她的注意。有节奏的拍掌声越来越响亮，不管怎样，我需要跟京子聊几句。

"感谢大家今晚的光临。""达尔西姆"负责组织今天的聚会，他热情地挥动着四肢，那颗光头映照出涩谷的霓虹灯。"而且，我相信大家都会同意，今晚的活动非常成功。现在，请大家和我一起，为今晚画上一个圆满的句号——"

"啊——啊——！"我们都转过身来，看到大老板张开双臂，对着夜空发出一声可怕的、野兽般的吼叫。"啊——啊——！"他像大金刚一样捶打着自己的胸口。

"大老板，你没事吧？""达尔西姆"伸出一只胳膊，搭在对方的肩膀上。

大老板耸肩甩开："你这混蛋！"

"大老板！"大家叫起来，所有人都在看着眼前这一幕。

我抓住机会。"京子！"我低声说道。

她慢慢转过头，呆呆地看着我。

"京子，我只是在想……"我松了松衣领，"如果你想，我完全理解，如果你不想……"

"你在说什么？"京子疑惑地看着我。

我必须抓紧时间。大老板抓住一个新来的女孩的肩膀，用膝盖轻轻地顶着对方的屁股，假装要揍她。大家纷纷想拦住他（但又不敢冒犯）。"大老板！请住手"，担心的喊叫声此起彼伏，新来的女孩一脸惊愕地看着老板一边对着天空发出难以理解的尖叫声，一边不停地用膝盖蹭自己的屁股。

"京子，你想不想和我一起去玩《街霸Ⅱ》？"

"去哪里玩？"京子挑了挑眉毛。

"去游戏室。附近肯定有。"

突然传来一阵咳嗽声，京子转过头，朝"达尔西姆"的方向点了点头。他想办法平息了这阵骚乱，大老板奇迹般地冷静下来，现在大家都围成一圈，把手掌伸了出来，然后一脸期待地看着我。

"哦，抱歉。"我伸出双手，大家拍手祝贺聚会成功。

聚会就这样结束。

今晚打不成《街霸Ⅱ》了。

▲

散会之后我本想回家，不过看到京子留下来参加二轮聚会，我也决定留下来。几个人朝一位前辈大力推荐的一家酒吧走去。我自顾自地边走边抽烟，突然感觉肩膀被人一拽，一股力量把我拉进了一个门口的凹处。

"搞什么——"我转过身，看到京子把手指凑到嘴唇上，然后用手捂住了我的嘴。

我俩站在门口，看着其他人一一走过，他们兴致勃勃地聊着天，朝酒吧走去。等最后一个人走远，京子把手从我的嘴上拿开。

"走吧。"

"去哪里？"

"这里。"她朝我们身后的双层门走去，门自动滑开。

门一打开，我立马听到了僵尸爆炸、威力升级、超级跳跃、极速冲刺和爆破攻击的巨大声音。我跟在京子身后，走进游戏室条形灯刺眼的灯光中。五光十色的像素在周围闪烁，把我们浸泡在绿色、红色和蓝色的灯光里。在震耳欲聋的音效声中，凯莉葩缪葩缪的舞曲从墙上高高挂着的大音箱传出来，响个不停①。我们沿着太鼓手和吉他手的通道走去，他们配合着疯狂的舞曲声，还有乌兹冲锋枪的射击声，不停地敲打和演奏出一致的节拍。看起来京子以前来过这里。她径直朝着最远的那面墙走去，旁边有一台看起来很老旧的投币机。

京子在投币机前停下："来吧。"

"哇哦！老式的。"我说着，拿起零钱包，拿出两个100日元的硬币。

"硬币不行。"京子扬起手。"你需要从那边拿代币。"她指着墙上的一台机器。

---

① Kyary Pamyu Pamyu，官方译名为卡莉怪妞，早期译名为凯莉葩缪葩缪，本名竹村桐子，出生于1993年，日本女性模特和歌手，主要活跃于服装杂志《Zipper》等，是青文字系的代表模特之一。——译者注

"没问题。"我大摇大摆地走过去,像个大亨一样,扔进一张 1000 日元的钞票,拿了一把代币。"你看这些够了吧?"我把代币递给京子。

"绝对够了。"京子把代币放在机器旁,攥了两个在手里,蹲下来,分两次塞进投币口。

机器发出熟悉的胜利声,屏幕出现"投币数:2"的字样。我让京子站在左边,我自己站在右边。我们站得这么近,我不知道自己是不是在幻想,但我感觉我们身体的某些部位触碰到了。我有一种奇怪的兴奋感,就像电流在我们两个之间跳跃一样。

"准备好了吗?"她看着我,手悬在第一个玩家的"开始"按钮上。

"当然。"我把手放在第二个玩家的按钮上,这按钮有点黏糊糊的。

"数到三。"京子深深地呼了一口气,"一、二、三!"

我们同时按下按钮。

屏幕冻结,变成白色,显示出四个字。

游戏结束。

"该死的!"我用拳头砸向机器的侧面,"快点!"

"没关系,"京子轻声说,"肯定是坏了。"

"什么玩意儿。能找谁投诉吗？"

"据我所知，没有。"

"该死。我正盼着玩儿呢。"

"没关系。"

"我们现在怎么处理这些币？"

"我们可以玩其他游戏？"京子阳光灿烂地说。

"但我想玩《街霸》……"我听上去像个发牢骚的小孩。

她卷起粉红色的毛衣袖子，看了看小小的银手表。"时间有点晚了。"

"是啊。也许我们该收工了。"我感到很沮丧。

游戏中心的声音、玩家们的欢呼声和喊叫声充斥着我的耳朵，突然让我感到不舒服。刺眼的闪烁灯光和刺耳的音乐声让人有点受不了。

"我们能再找一家吗？"我起身往外走去。

"这些代币呢？"京子问。

"不要了。"我挥了挥手，继续走着。

到了外面，我靠在墙上，大口呼吸着新鲜空气。

"你没事吧？"京子身后的滑动门关上了。她站在那里，把外套整齐地叠在手臂上。

"没关系，我没事。只是需要喘口气。"我想掩饰自己的失望。

"那……"她说。

"那……"我附和着。

"你累了吗?"她问。

"不算累。"我点燃一支香烟。

"因为,嗯,我知道这样很疯狂,可能有点远,但……"京子咬了咬嘴唇。

"是吗?"我吸了一口烟,把烟雾从京子身边吹向繁华的霓虹灯大街。

"我知道一家酒吧。实际上是我朋友的酒吧。"

"是吗?"

"是《街霸》的主题酒吧。"

"不会吧!"

"可不是吗!这家酒吧叫'瑜伽烈焰'(Yoga Flame)。酒吧有《街霸Ⅱ》的公仔和纪念品。老板有一台巨幕电视,接了超级任天堂,客人可以玩个够——只要客人花钱买饮料就行。"

"太棒了。我们去吧!"

"我很开心你说想去。但唯一的问题是……"京子挠了挠头。

"什么问题？"

"这家店在千叶。"

"千叶？"

"是的，太远了，对吧？算了吧。也许以后再说吧。"

"不远。我们今晚可以去。千叶也没有那么远。"

"真的吗？"京子的眼睛亮了起来，"你不介意？"

"当然不介意。只要能玩《街霸Ⅱ》。"

"太棒了。"她拍了拍手，"嗯，末班车很快就要走了。我们去便利店吧，可以买点啤酒和零食带上路。"

⁂

我们坐在列车上，手里拎着便利店的塑料袋，里面装满了冰镇罐装啤酒，我买的是泡菜猪肉饭团（配了限量版咸海苔），京子的是一袋绵软白三明治（去边，涂满了丝滑的花生酱）。

中途换了几次车，不过我都是跟着京子走。从京子麻利转乘的动作来看，她显然经常走这条线。在车站和站台上，她能径直穿过那些摇摇晃晃寻找末班车的醉汉。最后，我们终于赶上了直达千叶的快速列车，两人放松下来，开了两罐啤酒。我手里拿着便利店的袋子，有点紧张，我清了一下嗓子，告诉京子我在法学院念书时曾去罗森打零工。

京子的眼睛一亮，用英语说："Don't you know that's against the Law...son？"（你不知道那是违法的吗……年轻人？）然后又切换回日语说："明白吗？Law に違反した……若者（违法的……年轻人）！"

接着是一阵尴尬的沉默，京子的脸红了。我本来应该笑的。我为什么没笑呢？京子的笑话讲得很好——但我更惊讶的是京子的英语发音竟然这么好。她的口音无懈可击。我的英语也还行——过了英检和TOEIC；掌握了很多棘手的语法和词汇，但我的口音很重，一直无法摆脱学校学到的那种片假名发音。可是，为什么我没有反应？我本该笑出来的。

"真好笑。"我笨拙地说。

她捶了一下我的胳膊。"别装了。"

"没有，我是认真的。"天呐，我听起来像个混蛋。

"所以，你也在便利店打过工，是吗？"京子咯咯笑着，"我现在还经常做噩梦，梦到一排排的货架呢。"

"我讨厌打开这些东西。"我举起手里的袋子，把它系成一个整齐的结，放进口袋里。为了让京子笑起来，我讲了自己在便利店打工时那些疲惫的故事，讲了那些每天来到店里的人，有的滑稽，有的怪异——我讲了自己遇到的所有人：

那个眼睛怪异、文身吓人的女孩，还有总是买便当做午餐的出租车司机。那些顾客有没有谁注意到我辞职了？他们有没有注意到我，还是说，我只是他们眼中的工作机器？那个戴紫色头巾的老好人后来怎么样了？我以前常常在店外遇到他，把准备扔掉的过期食物给他。可怜的老人。我还没辞职，他就不再来了。

"干杯。"京子说着，用她的金色朝日啤酒罐碰了碰我的，把我带回了现实。她故意把自己的罐子放得比我的低，这个动作稍微让我有点恼火。好像在说她先比我碰杯似的。

"干杯。"我咽下啤酒，咂了咂嘴。

"那么……"京子说。

"那么……"我说。

"我想我们以前从来没正式打过招呼，请多关照。"她低头鞠躬。

"我也是，请多关照。"我鞠躬鞠得更低，说得更正式，希望能够弥补刚才没有先举杯为敬的遗憾。

"你太拘谨了。"京子从手提袋里拿出小毛巾，绕着啤酒罐擦了起来。

"那，你怎么对去千叶的列车这么了解？"我使出一脚飞踢。

"因为我住那儿。"京子格挡了我这一招。

"你为什么住在这么大老远的地方？"我给京子吃了一记扫堂腿。

"房租便宜。"京子跳过我的腿，"你住哪儿？"她朝我脸上一脚踢来。

"嗯……"我惊住了。

"不好意思，我问得太多了。"京子身手敏捷地跳回她那一侧的屏幕，血条满了，"你什么时候开始玩《街霸》的？"

这类问题更容易回答。"我小时候跟兄弟们一起玩。"

"哥哥，还是弟弟？"

"都有，我是老二。"

"老二？我也是。谁玩《街霸》最厉害？"

"呃……这个问题很难回答。"

"为什么？"她喝了一小口啤酒，小口小口地吃着三明治。

"小时候，我哥哥厉害，经常把我们打趴下。"

"那后来呢？"

"我也不知道，但有一天，我把他给打败了。"

"哇哦，干得好。"

"不是……那天并不愉快。"我回想起那天的事情，弟弟因为我赢了游戏而开怀大笑，但哥哥气得火冒三丈。他愤怒地颤抖着，但他没有打我，而是抓住弟弟，打他的脸。我眼睁睁地看着，吓坏了，不知道该怎么办。"不说那些了，那你和你哥哥呢？你之前说和他对战了。谁更厉害？"

"当然是我。"

"那你哥哥现在在哪里？"

"他死了。"京子看着窗外。

"哦……请节哀。太糟糕了。"

京子低头看着手里的三明治，皱起了眉头。"不，我很抱歉。"

"什么意思？"

"唉。"京子摇了摇头，用手敲打着自己的额头，"我哥哥不是真的死了。我不知道自己为什么说了那样的话。对不起。我说得太过分了。"

"哦……"我喝了一大口啤酒。她是不是疯了？

京子把手放在我的胳膊上。"听着，我不知道自己为什么会这么说。你能不能就当我没说过？"

我咽下啤酒："当然。"

"我哥哥没死。我们也没有闹翻或者别的什么，我们相处得很好。他住在群马县。他结婚了，妻子很可爱，有两个漂亮的孩子。我经常去看他们。但是……"京子再次望向窗外，看着黑暗。就在黑暗中的某个地方，波浪缓缓地滚过地平线，但我们看不到。也许我们都能感受这些波浪在随着列车一摇一晃。

"但是？"

"但是……我不知道。说起来很蠢。难道你从来没有觉得世事变化无常吗？就好像，哪怕你的生活中没有发生过戏剧性或可怕的事情，但成长的过程本身就像是一次巨大的创伤。每当我想起小时候和哥哥坐在榻榻米上的时光，想到这样的时光一去不返，我就感到无比痛苦。这种怀旧的波涛不断提醒着，我们永远无法回到过去。那些坐在地板上的孩子，那么童真，那么快乐，现在已经死了。永远不会回来了。我弟弟就别提了，他比我小很多……他连小学都不去上了，也不和任何人说话。我对此无能为力。他曾经是个如此快乐的孩子，但好像长大这件事正在慢慢地扼杀他……"

我不知道说什么，所以保持沉默。我简直不敢相信，京子会如此坦率。

"不好意思，我说的都是一些乱七八糟的事情。"她叹气道。

"不，不会啊。我都懂。家家都有难事。"呃。我的语气听上去又像一个混蛋。

"谢谢你。"京子转头，转过身冲我微笑，伸手从袋子里拿出一个泡菜猪肉饭团递给我，"你是一位好听众，你知道吗。"

"干杯。"我拿起饭团，我们的手指轻轻碰到，她的眼睛瞥了一下我的眼睛。我迅速找了点话头。"那，你最喜欢的《街霸》角色是谁？"

京子连眼都没眨一下。"肯。你呢？"

我之前为什么以为她会选春丽呢？天啊，我真是性别歧视。"肯。"

"真正的玩家之选。"她笑了。

"玩游戏时，你会用提速绝招吗？"我考验她。

"当然。"

"你还记得怎么做吗，因为有时我会忘记——"

"下，R，上，L，Y，B。你必须在控制器2上面按这些按钮。"

哇，她真懂行。"嘿，你听说过M.拜森的故事吗——"

"拳击手巴洛克在美国一开始叫作M.拜森，因为他是按照迈克·泰森的形象设计的，但后来卡普空公司担心会被拳王泰森起诉，所以换了名字？"

"有关《街霸》的事情，你真是无所不知啊？"京子令我刮目相看。

"因为你没问我那些我不知道的事情？"她咯咯笑着。

"我能坦白一件事吗？"我说。

"说吧。"

"有两个招数我永远都使不出来。"

"真的吗？"

"是真的。我永远使不出达尔西姆的瑜伽瞬移，也使不出桑吉尔夫的螺旋打桩。我不好意思问别人，不过我想问一下，你能使出这些招数吗？"

"我花了很多时间练习。这些招式很难。"

我低估了这个女孩。

"我把头靠你肩膀上会不会太粗鲁？"

"你靠吧。"

京子把头靠在我肩膀上，她的头发扫过我的领口，我感受到了柔软。

"到站了叫我。"

"没问题。"

▲▲

列车离东京越来越远，车厢里的人越来越少。现在车厢几乎空无一人。我们肩并肩坐着，面对着黑暗的窗户，在明亮的灯光下，看不清外面。我思考着。我知道自己永远无法在《街霸Ⅱ》中击败京子。就像这列火车终究会到达千叶车站一样，我肯定会被打败。

我正想着这个问题，列车又靠了站，没有乘客上来。熟悉的嘟嘟声响起，车门即将关闭，一只小三花猫跳过车门变窄的缝隙，跃到对面的座位上。

"哇！"我不禁叫出声来。京子动了一下，但没有醒。我的左手立即小心翼翼地伸向口袋，准备拿出手机，拍下这只通勤猫。

这只猫端坐着，直视着我。

在那双发光的眼睛中，我看到了一些东西，一些混乱的东西。它的虹膜映照出了一座城市。这只猫好像能看到我们所有人在四处移动一样，东京的影子在它的眼球上弹跳着，但它拒绝了人类的任何思想或控制。这只猫没有主人，我对此感到羡慕。

京子的头依然靠在我的肩上，她轻柔地呼吸着，

胸口有规律地上下起伏。我的手仍然蜷在口袋里，摸着手机，但就在我拿出手机的时候，列车又靠了站。车门打开，猫就像明确知道自己要去哪里一样，跳了出去，下了车。我看了看自己拍的照片：模糊又抖动的垃圾。那只下车的猫就是一团模糊不清的东西。我点击手机上的垃圾桶图标，这一幕被吸入虚无。我从手机上方看过去，透过车窗看到猫在站台上漫步，尾巴高举着。列车再次摇晃起来，我放松下来，闭上了眼睛。

有时候我觉得这座城市就像个庞大的有机体。它就像一个巨人，我们所有人都是它的一部分，公路、水路、隧道和列车，把我们框了起来。我们眼前的路好像早就规划好了，没有偏离的余地。这就是那只猫与我们的不同之处。它可以自由自在地跳上跳下列车，人类却被这座城市的命运所束缚，没有人能够摆脱它的掌控。我很想收拾行李去乡下，但我无法离开。我被困在这里。幼儿园、小学、初中、高中、大学、实习、实习到工作、工作到退休、退休到死亡。这就是我的生活，我前方的路早就铺好了。我自己，还有每天擦肩而过的数百万人，都是一样。城市需要我们，我们也需要城市。这就是他妈的共生关系。

▲▲

让我暂停一下。

到目前为止，读者可能已经注意到，我一直用的是过去式。有些人可能一直在想："最后发生了什么？"事实是，我正在讲述当下发生的故事。我现在正坐在这趟列车上，和京子一起。那只猫刚刚跳上了车，又跳了下去，让我想起了今天晚上发生的事情。

我不知道别人有没有过这种沉重的感觉，比如你知道接下来会发生什么。就像我现在坐的这趟车，不会偏离轨道一样。我一坐上车，就感觉自己知道今晚会发生什么。实际上，我敢百分百地肯定。接下来事情会是这样的：

我们会到达千叶站，我和京子都会很激动。

我们会去她朋友的酒吧，一直聊个不停，讨论我们是多么想打一盘《街霸》。

我们会讨论每个人拿多少颗星星，打到几阶之类的。

快到酒吧的时候，我们会看到门上印着大大的"瑜伽烈焰"（YOGA FLAME），可是，当我们看到门口贴着的那张白纸，两人都会沉默下来。

我们甚至不用看就知道，上面大概写着："家中有事暂停营业。致歉。"

然后我们会讨论一番，想其他的办法。也许我们会去酒吧喝一杯，决定接下来该做什么。还有，也许我会不假思索地讲一些蠢话，比如：

"嘿！我们可以去情侣酒店！"

京子会厌恶地看着我，说："你把我想成什么人了？"

然后我会意识到，自己说的方式不对，接着我会说："不，不是那个意思。我的意思是有时候情侣酒店有游戏机。我们可以在千叶找一家有超级任天堂的……这样我们还是可以玩《街霸》。"

京子还是会对那句话耿耿于怀，然后说"你听着，我不是什么浪荡女人"之类的。

然后我会感到尴尬和愠怒，因为这不是我的本意。

我们会争论起来，京子会意识到我不是那个意思。然后我会一脸歉意，垂头丧气的样子。她会说抱歉，然后说："我家离这儿不远。如果你愿意，可以在这儿过夜。"

我会说："你有《街霸Ⅱ》吗？"

她会说："没有，但是……"

我会说："没关系。我还是回家吧。"

她会说："但是早上才有车。"

我会说："我等一下没事的。"

她会说："好吧，那我陪你吧。"

我会说："不用了，没关系。你还是回家吧。"

我们会沉默一会儿。

京子会说："行，那再见了。"

我会说："再见。"

我们会转身，朝着不同的方向走。

星期一早上我会见到京子，她见到我的时候，我就像透明的一样。

▲

所有这一切都还没有发生。我仍然坐在车上，想象着未来。但为什么感觉好像这些事已经发生过了呢？而且好像已经发生了成千上万次，好像剧情永远都是这个走向，好像这座城市的闭路电视画面不停地循环一样。京子的头依然靠在我的肩上，我能想到的，只不过是我们能否掌控自己的生活。我要如何改变未来？命运是什么？不就是在硬核模式下玩游戏，当你已经耗尽了生命值，然后犯下那个致命错误的瞬间吗？不就是在最后一击来临之前，像永恒一样漫长的痛苦时刻吗？你知道自己搞砸了，并且没有回头的余地。你可以随时按暂停键，但无法阻止即将发生的事情。

我要再开一局，取消暂停，把这个游戏玩到最后。

京子抬起头，睁开眼睛。

"我们到了吗？"

Chapter 4
櫻花

　　"去上野，谢谢。"她说道，低下头，坐进了后座。

　　我点头，拉动方向盘下面的拉杆，后门自动关闭。车子在沉默中发动了。她穿着一件粉色的和服，上面有樱花图案，非常精致。从她梳的传统发型，我猜她是外地人。东京女人已经不梳这样的发型了。我猜她来自一座有些历史的城镇——也许是京都之类的地方。有钱，非常有钱。我不愿猜她的年龄——这样做不太礼貌。有时候，如果我感到无聊，时间过得很慢，我会试着去弄清乘客是什么样的人。他们上车时，大概估摸一下，他们是什么样的人，他们做什么以及他们要去哪里，是件好事。不过我不习惯窥探别人的生活。

大多数时候，我只是专心开车，尽量不多管闲事。别人的事轮不到我来管。

"春天真美，对吧？"她说。

"确实美。"我回答。

"我很多年没见过东京的樱花了。"她叹了口气。

"你从很远的地方来吗？"

"金泽。我不常来东京，来一趟对我来说就是享受。"

"这样啊，希望您在这里过得愉快。"

"谢谢。"后视镜里的她微笑着，"我来看我的美国朋友，她来自俄勒冈州的波特兰。她以前住在金泽，但现在搬到这里当翻译了。"

我微笑着。这些住在东京之外的人让我惊讶。没有哪个东京人第一次见面就谈这么多私事。我们有一会儿没说话，但过了一会儿，她又说了起来。

"您去过金泽吗？"

"没去过，"我说道，"我不怎么出门。"

"我想您工作肯定很努力。"

"还好，算是。"

"您有孩子吗？"

哇，这是个很私人的问题。"有，一个女儿。"

"她住在哪里？"

"纽约。"

"太棒了！她在那里做什么？"

红绿灯变成红色，我不得不轻轻踩了刹车。"嫁给了一个叫埃里克的美国人。他是个好人——喜欢喝酒，啤酒和烧酒都爱喝。过新年的时候他们回了一趟日本，玩得很开心。看到他们回美国总是令人伤感。我女儿快要生了。谁能相信？我，竟然要当爷爷了！"

"您看起来不像是当爷爷的年纪。您多大年纪？"

"60。"

"等宝宝出生了，您和您的妻子会去纽约看望吗？"

我不知道该说什么，但我不想让气氛沉下来。"希望如此。"

"你们俩会度过美好时光的。"

嗯，她会的。"希望如此。"

我开到上野，她从钱包里拿出整洁的钞票，付钱时向我致谢。我找零钱给她，拉动拉杆，打开后门。这自动门真是方便。我敢打赌纽约的黄色出租车上没有这种设备。她向我点头示意，我也还礼。下车的时候，她娴熟地把一只手放在和服下，接着走上街头，与其他三位女士会面，她们都穿着

- 猫与东京 -

春天色系的和服。我看到了她提到的美国朋友——金发碧眼，身上的和服非常适合她。她们立即开心地聊了起来——那位美国女孩的日语很流利。然后她们朝公园走去。我发动车子，她们的谈话声越来越远。

▲▲

今天赏花的人都出动了。他们坐在樱花树下，喝着啤酒，吃着便当，便利店买来的塑料盒装炸鸡在他们手里传来传去。几个上了年纪的男人喝醉了，躺在地上铺着的蓝色防水布上睡着了。每个人都把鞋子整整齐齐地摆放在防水布旁边。成百上千双鞋子，大多是白领的黑色皮鞋，不过也有凉鞋、高跟鞋和运动鞋。我在想，在赏花的一片混乱中，会丢多少双鞋子。

我希望自己也能加入其中，在树下赏花喝酒。但我要吃个午饭，小睡一下。小憩是度过漫长工作时间（上午八点到凌晨四点）的唯一办法。我几乎很少在家，但这样正合我意。我真的不喜欢独自一人在家。空荡荡的屋子，只会让人想起过往的时光。待在家里让人难受。空无人睡的床铺，空无人坐的椅子，抽屉里那双没人用的筷子，架子上摆在汤碗旁边的饭碗，现在落满了灰尘，都让我想起过往的时光。说来好笑，虽然我搬到了现在的新房子，离中野的老房子远远的，但我还是舍不得扔掉她的东西。

我走进一家罗森便利店，大多数日子，我都是去的这家店。我买了一个便当和一瓶绿茶，向一位新来的收银员点头微笑。这里的员工似乎经常变动，打工人不断地来了又走。最近我注意到，这家店的许多员工都来自其他亚洲国家，比如越南和中国，有的可能是学生，我很高兴看到他们来日本学习日语。店里所有食品和饮料的包装上都装饰着樱花，我被啤酒罐上五彩斑斓的粉色设计所吸引。唉，工作。

我一般在车里吃午饭，这样我可以听点音乐。车里的播放器放着一张卡特·史蒂文斯（Cat Stevens）的 CD。有时我开车会放这张 CD，但有些客人会抱怨。我还是趁休息时间或独自开车时听音乐吧。

我驶过一条小路，看到一个完美的停车点——一棵樱花树下，树的枝条从路旁探出头来，所以树下有一些阴凉。我坐在车里，放上音乐《父与子》（Father and Son），吃着我的便当，喝着我的茶，抬头看着樱花。这是属于我一个人的赏花时间。

我吃完饭，把座椅放倒，伸出手垫在脑后，抬头看着樱花。一阵大风吹来，花瓣纷纷随风舞动，就像粉色的雪花一样飘落到挡风玻璃上。我闭上眼睛，几乎能感觉花瓣落在我的脸上。

▲▲

我做起了梦。我知道自己在做梦，因为我在父亲的书房里，他还活着。我看见他正在写小说。他用的是那支老式的自来水笔，他去世前把笔给了我。他在正方形的稿纸上，用亮蓝色的墨水小心翼翼地圈出汉字。我走进书房，他抬起头，微笑着。书房到处都是整齐的纸堆，都是准备寄给编辑和出版商的。除此之外，还有摇摇欲坠的书堆。书柜下角堆满了我哥哥一郎读了无数遍的落语书。他蜷在地板上看书，又变成一个小男孩。

我还留着父亲给我的那支笔，不过现在放在抽屉里，已经好多年没用过了。我答应过父亲，要多写一些诗。但自从遇到她以后，我再也没写过诗。遇到她之后，我便失去了写作的需求。凉子出生之后，我只想着工作，为她们赚钱，让她们过上幸福的日子。

我又一次回头看父亲的脸，结果那张脸变成了哥哥。他跪坐着，穿着和服，双手整齐地放在前面，好像马上要开始表演落语的样子。

- 猫与东京 -

一郎一直都是那个说故事的人，那个著名的落语家。

现在他也走了。

她去世时，我甚至无法打电话告诉他这个消息。

△

手机闹铃把我吵醒了。阳光透过车窗洒进来，我出汗了。背疼得厉害，我打开杂物箱，翻找着那瓶药。我的手指哆嗦着打开瓶盖，好不容易才拿稳一片药。我把药片放在舌头上，尝了尝它的苦味，然后用茶渣把它冲进了肚子里。然后，我戴上一双干净的白手套，戴好帽子，照照镜子，开车上路。

我路过上野车站，看到一个30多岁、长相怪异的男人招手示意。他的头发又长又乱，胡子也没刮。从衣着和外表来看，这人就像当天不用上工的工人。他默默地坐上车，我们便出发了。

"您去哪儿？"

"秋叶原。"他看着窗外说。

窗外的建筑蜿蜒曲折，一座接一座地向我们涌过来。艳阳高照，正午的高温炙烤着沥青路面，波光粼粼的热浪悬在半空中涌动着。我打开空调。电器街高楼的玻璃幕墙映着深蓝色的天空，白色绒毛般的云朵在灰色混凝土大楼的窗户上变幻着。如果我有笔，我会把这些东西写下来。父亲一定会喜欢的。

我们路过人行道上的一群外国游客，那人说："这是我的错觉吗？城里最近到处都是老外？"

他捏响了指关节。我打了个寒战。

"是啊，我为此感到自豪——"

"我觉得恶心。"他没在听我说话。

"是吗？"

"来了这里，又不尊重我们的文化。连日语都不说。"他轻蔑地说道。

"真的吗？"

"他们来到日本，践踏我们的寺庙、神社和坟墓。他们不尊重我们的历史、我们的文化。他们去酒吧寻欢作乐，喝得烂醉，对日本女人动手动脚。他们把我们当傻瓜看。"

"非常抱歉，这位客人，但是怎么说，可能是我的误解，我以为他们是对我们的文化感兴趣才来的——"

"哦，你这么认为啊？"他喉咙里发出一声怪异的咳嗽，就好像我说了这世上最愚蠢的事情一样，"美国人向我们投放炸弹，阉割我们，让我们接受他们的和平。这不是我们想要的和平，而是他们想要的和平。日本已经沦为亚洲的笑柄，因为每个人都踩在我们头上，我们却听之任之。外国人不尊重日本，也不尊重我们的文化。我觉得恶心。"

我心想，这纯粹是胡扯，但我不能对客人说这种话。

"我明白了。"我说出口的是这一句。

"谢谢。我就在这里下车。"

我停下车，他付了车费。我给他找零钱，他递给我一张名片。

"如果你感兴趣的话。"

他下车走了，我看着名片。这是一张用便宜纸做的破旧名片，上面写着"勿做蚂蚁！"。这是什么？右翼团体吗？我向窗外望去，看到他消失在一家有外国女孩提供服务的"咖啡馆"里。我摇摇头，把名片塞进搁脚处的小垃圾袋里。

接下来的几个小时，我跑东跑西，载了几位客人——一群去卡拉OK的女高中生；一对相扑力士，他们坐上来的时候，车子嘎吱作响，稍微往后闪了一下；还有一位友好的老教授，手里拿着一沓在神保町书店买的二手小说。日落时分，我在东京站附近转悠。下班了，丸之内的办公楼变得空荡荡的。大部分高级职员一整天都待在樱花树下喝酒，现在初级职员也下了班，匆忙赶去参加庆祝活动。我在东京站外的出租车候客站接到一位年轻人，他要去新桥。看样子，这位年轻人一路上喝了不少。可能是外地出差的商务人士吧。

"抱歉，可以开慢一点吗？"他一边说，一边咳嗽。

"当然，先生。对不起，刚才开得太快了。"

"没关系，我只是……我只是……"

"您没事吧？"我准备靠边停车。

"我需要——"他发出干呕的声音，用手捂住嘴巴。

我从侧袋里迅速拿出一个呕吐袋递给他。他呕吐的时候，我把头扭向一边。我听到水一样的东西溅在纸袋底部的声音，酸味扑鼻而来，我偷偷用手掩住鼻子，然后把车窗微微打开。

"抱歉。"他说。

"没事，先生。我经常遇到的，不用道歉。"我对他微笑，看到他的嘴角垂着一条长长的唾液丝，一直垂到袋子边上。我从车门侧袋拿出一包纸巾递给他，这纸巾是专门为这种情况准备的。

"谢谢。"他擦了擦脸。

"您还可以继续坐下去吗？"我问。

"我觉得可以。能开慢一点吗？"

"当然。您喜欢卡特·史蒂文斯吗？"

"喜欢。"他微笑着说。

我按下 CD 播放器上的播放按钮。

夜晚的城市滑行着。白天交通拥堵，车辆挤成一片，水泄不通。但到了夜晚，道路清空，我开着出租车，载着一个又一个客人，一路畅通无阻。车轮胎驶过，混凝土演奏着平静的曲子。整座城市就像被安放在滚珠轴承上，围绕着我移动一样，而我是那个站在中心，将万物连接在一起的人。我喜欢这种感觉。它让我想起每次睡前我都会想的事情——从孩提时代起，我就一直有这样的念头：我的蒲团变成了魔毯，我可以躺在上面，在街道上空飞翔。人们看着我，指指点点，有时我会把速度慢下来，和人们聊聊天。

　　腰又一次痛起来，我又吃了一片药，然后在出租车候客站停下来喝咖啡。和田和山崎在自动贩卖机旁蹽着步子，抽着烟。和田更胖了，山崎则更加消瘦。从远处看，两人就像是迪士尼一部电影里头两个滑稽的小动物，凉子还小的时候，我们一起看过这部电影。它们叫什么名字来着？其中一个是疣猪，另一个是爱说俏皮话的老鼠或者之类的东西。

　　"哦，这不是太郎先生吗！你好吗？"

　　"还不错，山崎先生。你呢？"

　　"整天卖命工作，却不能抱怨。"

　　我往自动贩卖机里投入 120 日元，买了一罐冰镇黑咖啡。

- 猫与东京 -

我拉开拉环，舒了一口气。

"太郎先生，抽烟吗？"和田用胖胖的手晃动着烟盒。

"谢谢。下次我请你。"我拿了一根，山崎伸出他那只长胳膊，点燃了打火机。

"胡说，你请和田抽了那么多烟。白吃白拿的家伙。"山崎笑了笑，露出了被烟渍染黄的牙齿。

和田看起来有点受伤。

"说到白吃白拿，你儿子怎么样了，山崎？"和田朝我眨了一下眼。

山崎翻了翻白眼。

"哦，别提了。我在家已经听够了老婆唠叨，你们两个就不要再提这些烦心事了。老实说，我很庆幸有这样一份工作，一整天都不用待在家里——我开出租车就是为了从家里逃出来。"

"太郎先生，你家里人怎么样？"和田转向我。

山崎朝和田瞪了一眼。我假装把烟雾从他俩身边吹走，看着另一边，因为我不想让和田尴尬。也许他还不知道我妻子的事，所以我换了个话题。

"有人知道巨人队的比分吗？"我问。

"你觉得我们有时间关心棒球吗？"山崎说，不过他听起来松了一口气，因为我换了个话题。

"我都不想看这个赛季。鲤鱼队让我郁闷得很。"和田是广岛人，而且以自己的出身为荣，"嘿，我们一起喝一杯吧，太郎先生？"

"啊，我说不好。"我说。

"去吧！会很有趣的。"山崎说。

"我知道一家很不错的御好烧——我朋友开的。"和田说。

"和田，"山崎说，"太郎先生是土生土长的东京人。他很有品位的，你觉得他想吃那种乡巴佬的东西吗？"

和田轻轻地拍了一下山崎的后脑勺，我们都笑了。我们站在一起聊天抽烟，他们记下我的手机号，这样好尽快安排一起喝酒的日子。接着是一阵尴尬的沉默，虽然他俩都知道我也想站在那里喝咖啡抽烟，但时间就是金钱。我说该走了，和田用他那胖胖的手好心接过我手里的空易拉罐，就像往常一样。我点头告别，回到我的出租车上。我正准备驾车离开，看见他俩又点了一根香烟，不禁好笑。那两个家伙还有工作时间吗？

现在是傍晚时分，天上没有星星，城里到处都是霓虹灯，被夜幕笼罩着。道路纵横交错，立交桥和隧道蜿蜒交织。一切纠缠着、盘绕着，就像乌冬面碗里白色的厚面条一样。夜幕降临，这座城市开始出汗，散发出汗臭味。烟雾从新桥站铁轨下的烤鸡肉串摊位飘散出来，飘过明亮的彩灯，飘过黄色的昭和时代电影海报，那海报已经从墙上剥落了。办公室职员来到外面，他们把倒着放的空啤酒箱当成便宜凳子，坐在上面，抽着烟，聊着天，吃着烤鸡肉串，用一杯杯冰镇啤酒把食物冲进肚子里。

夜色渐深，醉汉们变得更加喧闹，更加孤独。我看到一群年轻的上班族，胳膊搭在彼此的肩上，对着夜空大声唱歌。还有一个年轻人站在人行天桥上，朝下面的马路撒尿，他的几个朋友在一旁起哄。我不禁笑了起来。这帮人需要发泄。他们每天都被禁锢在办公桌前，困在小隔间里，为公司打工。可怜的家伙。我永远受不了这种禁锢，所以我选择开出租车。开车上路，我就是自己的老板。没有人告诉我该做什么，该去哪里。一切由我做主。

那天晚上，我在六本木载了几位客人。两个男的和一个女的。那两个男的穿着黑西装白衬衫，看起来像上班族。女的看起来有点特别。她穿着粉色Polo毛衣和奶油色裤子。粉毛衣让我想起之前搭车的那位女子——穿着粉色樱花图案和服的那位。但这个女孩更年轻，扎的是马尾辫。其中一个男的和这个女孩子静静地上了车——男人穿着夹克，看起来整洁睿智，头发梳得很得体，完全不像现在一些年轻人那样，弄得跟刺猬头似的。另外那个男的磨蹭了一会儿，因为他正在对着远处的某人咒骂。等他好不容易上了车，我看到他把夹克脱了，衬衫也没塞进裤子里，他的胸袋下方有一处酱油污渍。可怜的女孩被困在中间的座位上。

"涩谷！"那个邋遢的家伙说。

"不，"另一个男的说，"抱歉，隆。我要走了。不喝了，我要回家了。"

"得了吧，真人！别扫兴嘛！京子，你是想再喝点什么的，对吧？"

"唔，我们已经喝了不少了……"女孩回答说。

"扯淡！这晚上才刚刚开始。司机！带我们去涩谷！"

"明白了。"

我朝着涩谷的方向开去，不过我预感这一单可能会有些麻烦。车上要是坐了三个喝醉了的人，一般会吵起来。

"我们去哪家酒吧？"那个喝醉了的、叫隆的人说。

"我身上的现金不多了。"另一个叫真人的说。

"司机，可以刷信用卡吗？"隆问。

"可以的，"我回答道。"不过您有现金的话就更好了。

用信用卡的话，公司会让我自己付手续费。"

"没问题。你能带我们去取钱吗？反正我也得取点钱出来。"

"当然可以。"

我在取款机前停了车，隆拿着他的信用卡下了车。其他两人坐在后座，小声说着话。

"我们怎么摆脱他啊？"真人说。

"天呐，"女孩京子说，"我不知道。他喝醉了真的很烦人。"

"我们在地铁站提前下车怎么样？然后我们可以坐地铁去别的地方，或者回千叶？"

"完美。"

"司机，你能先在哪个地铁站放我们下车，然后再送我们的朋友去涩谷吗？"京子用稍微大一点的声音问道。

"没问题。"

我忍不住想，等下可能要吵起来——另外那个男的肯定会有意见。我内心纠结着，想告诉他们成熟一点——凡事好好沟通，好好表达自己的想法。如果是在纽约，凉子现在待的那座城市，出租车司机也许会说点什么，但这是在日本，人们总说客人就是神。你怎么能告诉神该怎么做呢？

隆坐回车里，漫不经心地把一叠一万日元的钞票塞进钱包里。

"好了！让我们去狂欢吧！"

车快开到地铁站时，我通过后视镜看着他们。真人把手伸进口袋，拿出更多的钞票。

"拿去，应该够了。"他把钞票递给隆。

"这是干什么？"隆问。

"我们就在这里下车。"真人说。

"你是什么意思？你们要去哪？"

我停下出租车，打开了真人座位那一侧的车门。他先滑出来，京子跟着下了车。她站在真人旁边，但两人没有挨着。

"你们要去哪？"隆又问道。

"回家。"京子说。

"不是说好去涩谷喝一杯吗？"隆的声音带着点哭腔。

"对不起，隆。我们累了。你去吧，不用管我们。"

"喝一杯再回去吧？司机，不好意思，我也下车。"隆把钱递向我。我刚要伸手去接，不过想了想，又把头转了回去。

"不了，隆，"真人说，"我们回去了。"

"好吧。"他把钱递给真人，"拿回去。我不要。"

"别傻了，收下吧。你可以在涩谷喝一杯再回去。"

"用不着。我自己有钱。"

"那好吧，如果你执意这么做的话。"真人把钱拿了回去。

隆皱着眉头。

"明天见。"京子说。她冲隆微笑着，挥了一下手。

"行吧。"他说。

然后我关上出租车的门，朝涩谷开去。

"该死的混蛋，"隆在后座自言自语，"出尔反尔的混蛋。"

我没说话。我跟很多醉汉打过交道，开出租车搭过醉汉，家里也照顾过醉汉——一郎喝得烂醉如泥的时候，我都扛过来了，这个家伙也没问题的。

"该死的。"

我放了卡特·史蒂文斯的音乐。希望音乐能让他开心一点。

"关掉那玩意儿。"

"对不起，先生。"我关掉音乐。

"该死的混蛋。好心情都毁了。"

"您还去涩谷吗，先生？"

"当然去！还用问吗？"

"对不起，先生。"我碰了碰自己的帽子，点了点头，"我只是确认一下。真的抱歉。"

"你只管做你自己的事。开好你的出租车，管好你他妈自己的事。"

"我很抱歉，先生。"

他望着窗外，摇着头。我们正驶向涩谷的全向十字路口。现在是午夜时分，年轻人都打算不醉不归，喝到凌晨。

"停车。"

"好的，先生。"

"给你。"他递给我一张信用卡。

"先生，您介意用现金吗，只是——"

"你这是在指挥我？"

"不是的，先生。只是——"

"你他妈的不就是在指挥我。你叫什么名字？"

"先生，您可以看看我的座椅后背，上面有我的名字和号码——"

"我没问你这个问题。我问的是一个简单的问题。你叫什么名字？"

"大桥太郎。"

"嗯，太郎。"他凑上前，我能闻到他呼出来的酒气。"你知道我是谁，我做什么，我父亲是谁吗？我可以让你吃不了兜着走，知道吗？混蛋。"我想起了一郎，还有那天在花园里的樱花树下，他曾经口无遮拦，对家里人恶言恶语。

"对不起，先生，"我小声说道，"我没有任何冒犯的意思。"

"这就对了。记住这一点。客人是我，不是你。"

"好的，先生。"

我麻利地刷了一下他的信用卡，为他打开车门。

"去你的，太郎。你这个垃圾出租车司机。"

他溜下了车。

"谢谢，先生，祝你晚安。"我关上车门，开车走了。

夜里开车，有时我会望着窗外，看到一张面孔在跟我同速移动。那一刻，就好像我们两个都静止不动，两张鬼魅的脸悬浮在空中。有时这两张脸会直勾勾地看着我；有时它们会凝视着远处看不见的东西。那张脸就悬在黑暗中，像映照出来的影像一样。每次我看向这张脸，好像它马上就会飘走。脸会升上高架；我会下到隧道里。就这样，我们渐行渐远。

▲

现在是凌晨一点。我在涩谷的麦当劳停下，每天夜里这个时候，我开到这一片，都会去这家店。如果跟别人说起我为什么老去这一家，别人可能觉得我是个怪人，其实我自己都觉得不可思议。我来这里，是为了见一位上夜班的女孩。她今晚也上夜班，就像往常一样。我排队等着，让别人先点单。我算着时间，这样会刚好轮到她为我点单。

"哦，您又来啦！您好吗？"她问道。

"还好，"我说，"对于一个老头子来说。"

她笑了，绿色的眼睛闪闪发光。"您想要点什么？"

"只要一杯黑咖啡。"

"还要别的吗？"

"也许再来一个那种褐色的煎饼。"

"您是说土豆饼吗？"她咯咯笑了起来。

"是的，就是那个。"

我看着她准备我点的那一份，她把盘子递给我，我对她微笑着说谢谢。她递盘子的时候，袖子下面露出了文身，但我假装没看见。我像往常一样看着她的姓名牌，研究着 N、A、O、M、I 这几个字母，还有她的名字旁边没有星星。我坐在柜台附近的一个座位上，面朝窗外，这样我就能看到她映在窗户上的影子，但又不会被她察觉。她总是对我微笑，有时会问我好不好。可是最近，每次她认出我，我就会有些尴尬。我在想，要是她知道我来这家店只是为了见她，她会不会觉得我是个怪人。她和我侄女园子一样，高高的颧骨，

- 猫与东京 -

笑起来连酒窝也一模一样。园子很早就去世了，那时她还是个孩子。如果她长到 20 多岁，大概就是这个女孩的模样吧。我喝完咖啡，吃了半个土豆饼，准备起身离开，女孩向我挥手。我挥手回应，然后回到出租车上，开到涩谷的一条安静小巷，那里离酒吧远远的。我靠边停了车，吃了几颗止痛药，又打了个盹儿。

△

梦里有一棵樱花树，没有别的，只有一棵樱花树，就像我家老园子里的那一棵。过去，一郎常常在那棵树下表演，后来他总是喝得烂醉，醉到连故事也讲不了。有一次我甚至不得不当着园子和凉子的面，跟他扭打起来。他朝我吐口水，咒骂我。

樱花全开了，我的视线无法移开，这些花的奇异颜色让我着迷——白色中渗着血红色。

花瓣从树上慢慢飘落，像沾了鲜血的白色手帕一样，飘落到地上。我眨了眨眼，再次看去，所有的花都消失了。我只能看到一棵干枯的老树，花瓣在树底下腐烂。

我手机上的语音邮件图标正在闪烁。一个东京的号码，来电是在傍晚。肯定是和田和山崎想约我喝酒。我轻触图标收听。

"你好，我是警视厅的警察福山，我想联系大桥太郎先生，出租车公司给了我这个电话号码。我现在要下班了，您能给我这个号码回个电话吗。如果不行的话，明天我会再打电话的。谢谢。"信息结束。

到底是什么事？但我太累了，无法思考。我要回家，冲个澡，然后睡觉。

路上空无一人，一排排黄色路灯在我飞向西郊的路上迅速掠过。远处的一盏路灯在闪烁，快要开到这盏路灯边时，我的眼睛开始流泪。我眨了眨眼，揉了揉眼睛，但灯光还在闪烁。这光线让人分心。可能这路灯需要换灯泡了。我又揉了揉眼睛，一道闪光划过。一个小小的身影蹿到路上，在我面前停了下来。它的眼睛在远光灯的照射下发着光，就像

来自地下世界的可怕面孔悬浮在空中一样。猫不动，来不及了。为什么它不动呢？我刹了车，可是来不及了——我要撞上它了。我不想，我不想夺去生命，所以我打了方向盘。猫依然没动，我却动不了了。轮胎尖叫着，现在，我要撞上的不是猫，而是一辆停在那里的车，车越来越近，但我停不下来，这下真的完了，我冰箱里的牛奶会变质，垃圾需要扔出去，他们会给纽约的凉子打电话，我没法跟和田还有山崎一起去吃御好烧了。也许这是最好的结局，也许我会再见到她。

接着是哐当的撞击声，还有玻璃碎裂的刺耳声，我的鼻子撞在方向盘不断膨大的白色气囊上，头痛得厉害，还有金属撕裂、撞击和粉碎的可怕声音，还有，还有，还有……除了寂静和烟雾，什么都没有了。我的腿上传来一阵灼痛。

"喂？"

我努力把头从方向盘上抬起来，看着我的白色驾驶手套。其中一只手套的背面有一个大大的红色圆点，看起来像太阳旗。我唯一想到的是这副手套毁了，我得买一副新的。我的手机躺在旁边的座椅上，已经成了碎片。

"你没事吧？"

我微微抬起头，看到一张幽灵般的脸飘浮在空中。它就悬在离我很近的地方。我能看到脸上的关切、怜悯、温暖和同情，还有我曾经如此熟悉的所有情感。我担心这张脸和我会慢慢分离：脸会消失，再次把我留下，它会乘着我的魔法蒲团飘走，离开这座城市，飞进海湾上方的黑暗里。我眨眨眼，透过血迹，我看到一位金发的外国女士和一只狗的轮廓。她是天使吗？我死了吗？她透过碎玻璃盯着我看。我想说话，但说不出来。

"别动，我会叫救护车的。"我听到一句带着浓浓外国口音的日语。

接着一切都变成了白色，跟红色渗透在一起。

Chapter 5
石川侦探的案件笔记 1

他们第一次来事务所的时候，我正在笔记本电脑上跟一位大学老友下将棋。那是傍晚时分，工作没什么进展。

除了源源不断的婚外情调查，我最近接手的案子就只有寻找走失的猫咪了。不知道是不是水里有什么东西，最近街头走失的猫咪数量大大增加。我还遇到一个孩子，他拿着卡通画找过来，上面画着他那只走丢的猫。我问他是否有照片，但他只有几张卡通画。奇怪的孩子。在东京，寻找走失的猫狗对侦探来说是家常便饭，但最近失踪的数量略有异常。街上有传言说，他们为了开奥运会，把宠物清理了。但和大多数谣言一样，如果这些谣言里，有一丝真话，你永远不能确定有几分是真几分是假。

反正我也没什么可以做的——平日里也就是在郊区走一走，张贴一些海报。去他的，大多数人根本就不会看那些玩意儿。如果哪个毛孩子真的被我找到了，我会把它交给妙子，让她带回家，先照看几天。这样我就可以多收一点费。说真的，那些人总是会屁颠屁颠地掏钱——自己的宝贝孩子找回来了，钱不算个事儿。

我正想着下一步棋怎么走，妙子在对讲机上对我说话。

"石川先生。"

"什么事？"

"来客人了。一位男士，一位女士。我让他们进来吗？"

"让他们进来吧。"我继续研究着屏幕上的棋盘，这时两人走了进来。我关上笔记本电脑。

⁂

人们经常聊那些没结的案子和结了的案子。说实话，能结的案子并不多。大多数案子都是无疾而终，永远结不了案。现在我手头就有一大堆没结的案子，而且不能保证会查出什么结果。每个案子都需要时间和运气，大部分是靠运气。有些人是既没时间，又没运气。刚走进我办公室的这两口子，看起来就是我见过最倒霉的一对。就算我给他们一座气派的老房子，里面堆满了钱，要不了一周时间，他们就会流落街头，哆嗦着抱在一起，相依为命。

那个女的看上去非常紧张——双手摆弄着，不知道放哪儿好。那两只手不是在面前揉搓，就是慌里慌张地把凌乱油腻的头发塞到耳朵后面。我能看出来，她选了最好的一套衣服穿来我这里，不过这衣服看起来又破又旧。很明显，她没有多少衣服可选。

她丈夫也是一样的打扮。看来对于这人生的另一半，她也没多少选择。

男人的衬衫上全是污渍（我猜他们午餐吃的拉面），牙齿参差不齐，头发没梳，邋里邋遢。不过他的个头可不小，甚至算得上庞大，不过上了年纪之后，这副身板逐渐干瘪下去。他低下头，好像对自己的身高略感尴尬。

"请，"我指着桌子前的椅子说，"请坐。"

他们拘谨地坐下，把大屁股塞进狭窄的椅子里。

我等着其中一个开口。

"侦探先生。"女人先开的口，她抬起头，不再盯着自己的双手，"我们需要您的帮助。"

"哦，还真是挺意外的。"我需要抽根烟。

"是啊……"她继续说，"我们……嗯……该怎么说呢？"她用力搓着手，手都搓白了。我甚至觉得这双手可能会掉下来。

"那个，那个，您可以——"男人在椅子上往前探了一下身子，用手帕擦着额头上的汗水，"帮我们找到我们的儿子吗？"

太好了。找大活人可是会花上不少时间。

"我先给您二位看看费用，再讨论其他细节。"

我之前就发现了，在钱这件事情上，最好坦率一点。客人要是觉得费用太高，接着就会扯上一大段悲伤的故事来博同情，没有比这更糟糕的了。更要命的是，他们真的会一把鼻涕一把泪地哭诉。

"是的，是的。先弄清价钱。"女人用指甲戳着自己的手腕。

"给。"我把价目表递给他们。

男人接过去，我看到他的眼睛瞪大了，下巴微微往下掉，女人从男人手里接过价目单，然后放回桌子上，拿出一块白手帕，轻轻地擦着自己的手腕。女人把手帕放回包里，我发现上面有一些红色的斑点。

"石川侦探，"男人说，"有没有什么办法……"

"……我们可以分期付款吗？"女人把男人的话接了过去。

"也许我们可以商量一下。"我叹了口气。

接下来的谈话很顺利，但我发现他们的眼神有点呆滞。他们给了我一些他的照片（为什么照片上的人总是看起来好像马上就要失踪一样呢？）。他们走的时候，我说自己会尽力而为的。

但我能感觉到，他们还在担心钱的问题。

▲

接下一桩案子，客户却付不起钱，没有比这更糟的了。很少有人来找我帮忙，却付不起钱，所以接到这种委托，我总是觉得很尴尬。来找我的人通常是这样的：

"石川侦探，很高兴认识您。"

"我也很高兴认识您。请坐。"

我向妙子点点头，但她没等我示意，就把咖啡沏上了。

我们互相鞠躬，交换名片。

接着坐下来，彼此在桌前放下名片，我看了一会儿她的名片。

这张名片很高档，通体白色，上面印着简单的黑色字体，用英语书写。简约——没有电子邮件，没有邮寄地址，只有名字，比如说"杉原弘子（Sugihara Hiroko）"，再加一个电话号码。没有公司名，也没有职务之类的。

"我开了一家酒吧。"她用睿智的眼睛看着我，"一家高档酒吧。我们的客人需要高度保密，所以没印地址。抱歉。"

杉原甚至没看我的名片。

她从外套的里侧口袋拿出一个银色盒子。

"我可以抽烟吗？"

"您请。"我从抽屉最下面那层找出一个烟灰缸，放在她面前。

妙子端着咖啡走进来，小心翼翼地放在桌上。她鞠躬告辞，随后带上了门。

"您来一根？"杉原把打开的烟盒递向我。我看不出是什么牌子，但我能感觉到她的克制。盒子里只有七支烟。

"不了，谢谢。"我回答道，"我戒烟了。您请便。"

杉原点燃了烟，我立刻后悔没有拿一支。她把滤嘴轻轻地凑到唇边，我看到她的眼中掠过一道闪电般的光芒。她从桌子那头直视着我的眼睛。

"石川侦探，那我直奔主题了。我不是那种拐弯抹角的女人，我知道时间就是金钱，对你对我，都是如此。"

"您按您的方式来。"

"我丈夫有外遇，我想捉奸，这样离婚协议会对我有利。"

我让这句话在空气中停顿了片刻。

"您确定他有外遇吗？"

"是的。"

"他最近的行为有没有变化？"

"没有。"

"没有什么可疑之处吗？"

"我不太确定，没有。"

"根据我的经验，有婚外情的伴侣通常会表现出某种行为上的变化——通常是变得更好。您丈夫的穿着是不是跟以前不同了？"

"没有。"

"明白了。他是不是比以前更开心？对您更好了？送您礼物了？"

"这些都没有。"

"我明白了。"我顿了一下，"好吧，冒昧地问一下，杉原女士……您怎么能确定自己的丈夫有外遇呢？"

她深吸了一口烟，把灰烬磕掉，然后呼出一缕烟，烟飘过桌子滑入我的鼻孔。

"石川侦探，我丈夫是个骗子。"

"太遗憾了，我——"

她举起手，示意我打住。"我的丈夫是一个职业骗子。撒谎是他的工作。自从我遇见他以来，他一直在骗我。我们的关系就建立在互相欺骗的基础上。但男人有没有出轨，女人能感觉得出来。这跟证据没有关系——他太聪明了，不会留下证据。但我肯定，我丈夫对我不忠。我只是需要您找到证据。就这些。"

我保持沉默，让她冷静下来。

"石川侦探，您可以拒绝这个委托。您肯定不是我今天在新宿找的第一位侦探。不过，我会给您丰厚的报酬，我对其他侦探也是这么明着说的。我会出这个数字，开支也会报销。"

杉原女士递给我一张折起来的纸。我打开来，看着那些零，又叠好递给她。

"好的，我接。"

这就是我赚钱的方式。去捉那些有婚外情的已婚人士，收集证据。有时我不敢肯定，哪一方才是最坏的，但至少我能拿到报酬。

◆◆◆

等两口子走了之后，我告诉妙子，她可以早点回家，然后我做了一些文书工作，下了班。

外面下着雨，我撑开伞，跟一群穿黑西装的白领工人一起，穿过新宿街头，朝着车站走去。我看起来跟他们完全没有区别。这就是我的优势——随大流，不扎眼，因为出头的椽子会先烂。

新宿。真是个肮脏的地方，所以我的事务所没有开在这里。我是大阪人——土生土长的大阪人。不过，新宿是这座城市最肮脏、最性感的地方，纸醉金迷，无所不有。对于像我这样的侦探来说，新宿简直就是完美之地。这里容下了世间所有的龌龊，有二丁目的同性恋区、变性酒吧、妓院、色情按摩室、情人旅馆，还有出轨的男男女女。

东京的罪恶就藏在这里，我全都看在眼里。我穿着两面穿夹克，戴着帽子，还有假眼镜，把迷你摄像机藏在一支笔里，监视着，蹲守着，那些有妻儿在家中等候的男人就是我的囊中之物。人们永远意识不到自己有多幸福，直到陷入离婚案的泥潭，为此付出巨大代价。

那天晚上，列车又是挤得一塌糊涂。中央线发生了一起自杀事件，所以列车晚点了，车上挤得满满当当。外面下着雨，车厢里又热又潮湿。我硬挤着上了车，列车朝郊区行驶的这一段路，我都不敢大口呼吸。我就这样站着睡着了，差点坐过站。

列车到站，我好不容易挤下了车。这时我突然想起来，早餐之后一直没吃东西。我进了一家拉面店，点了一碗味噌拉面加肉片，还有一杯啤酒。拉面很快就上来了，我实在太饿了，快要吃完的时候，又点了一杯啤酒和一盘饺子。我把拉面碗里的最后一口汤咽下去，看着白碗边上流下的红色油脂形成的图案。它看起来就像锦鲤在池塘里争先恐后地抢着水面的食物，它们那愚蠢的大嘴巴咕咕作响，就像东京一样——每个人都为了一点点面包屑你争我抢。也许是啤酒让我多愁善感了。我需要更多的酒来浇愁。

接着，我去了回家路上的一家御好烧，之前我有一瓶烧酒没喝完，让老板帮我存着，我进去痛饮了一番。老板是个来自广岛的好人，我们总是能愉快地聊上一阵。我们像平时那样开着玩笑，争论大阪御好烧更好，还是广岛御好烧更好（当然是大阪）。这家店的所有客人都能天南海北地聊天，一起开怀大笑——这就是我喜欢这家店的原因。我老家的人也是这样，不分你我。那天我见到了两个之前没见过的客人——一对出租车司机，就像二人转一样。我们坐在一起胡侃，他们给我讲了一个好笑的故事，说有个女孩在店里变成了猫。要我说，那故事就是瞎编的，可他俩说起来的时候，连老板的脸色都变得煞白，点头附和着。那天我喝得有点多，很晚才离开。也许是喝了烧酒的缘故，我最后竟然在店里买了一包卡利科（Calico）香烟，抽了好一阵。

◆

第二天早上醒来，我头痛欲裂，喉咙沙哑，后悔买了烟，还抽了烟。我把烟盒捏烂，把没抽完的烟扔进了垃圾桶。我拉开小公寓的窗帘，往外一看，看到一只小三花猫沿着巷子悄悄走来。猫离我还挺远的，但我一下就认出来了——是那个孩子的猫，那个画卡通画的孩子。我敢肯定，那是个有天赋的孩子，毫无疑问，他捕捉到了那只小猫的某种特质。我本来想冲出去抓住猫，但它一下子溜走了，钻进了篱笆底下。在这座偌大的城市，怕是找不到那小家伙的影子了。可怜的孩子。

接着，我感觉肚子里有一阵奇怪的感觉涌上来。这感觉死死地攥着我，我不得不用手抱着头，整个身子颤抖着。

- 猫与东京 -

也许是头天晚上的酒精在作祟，但以前宿醉喝多了，也从来没有这样过。这次的感觉不同——它钻得更深。

等这阵感觉过去，我走到厨房，倒了一杯水，喝了一小口。我把水端到老扶手椅旁，放在书架的杯垫上。我感觉胃里依然残留着那种空虚感——因为揪心的感觉消失了。我坐下来，拿出手机和钱包，拨通了那两口子给我的名片上的号码。

那位丈夫立刻接了电话。

"喂，你好？"

"我是石川。"

"哦！您好，侦探先生！"

"嘘。听着。我会免费帮你们的。但你们要对这件事保密，可以吗？"

Chapter 6
汉字

　　车厢里有个男人紧紧挨着芙洛，让她感觉很不舒服，所以她决定在新宿站下车。芙洛准备往前走几节车厢，换乘女性专用车。她沿着站台走下去，避开争先恐后下车的上班族，还有等着上车的长队。

　　早上的山手线总是很挤，而女性专用车往往又是最挤的，这段时间芙洛一直都尽量避免乘坐。她站在其他等车的女乘客后面，排着队。她能听到站台人工录制的鸟叫声，还有新宿站熟悉的钟声。警铃响起，列车即将启动，芙洛跟一大堆女乘客一起挤上了车。她和其他人一起走进车厢，一阵冷气打在她身上，车厢里人头攒动，香水和洗发水的气味混在一

- 猫与东京 -

起，氧气都变得稀薄，芙洛发现自己快要窒息了。她尽量不去想自己刚搬到东京时，在列车上晕倒的事情。那真是尴尬的一幕。

她把脸贴在玻璃窗上，环顾着站台。在东京的许多车站都能看到一幅熟悉的小海报：上面画着一个小女孩的轮廓，她的帽子掉在轨道上，旁边的工作人员正在用一根长长的夹子帮忙取回帽子；下面的日文写着："如物品掉落轨道，请联系工作人员。"那张海报总是让芙洛会心一笑。大多数其他海报宣传的都是她负担不起或不需要的东西：旅行、剃须膏、电子产品、健身会员、啤酒；不过后来芙洛又看到站台墙上贴了一幅红黄相间的海报，上面画着一名男性在车上猥亵一位女性的漫画。漫画的结尾是：车站警卫（警察）正在追赶这名男性。旁边写着：

痴漢は犯罪です！
猥亵他人是犯罪行为！

日本铁路（Japan Rail）公司必须付钱张贴海报，告诉乘客，痴汉（即猥亵女性）是犯罪行为，这件事实在是太好笑了。这难道不是常识吗？芙洛又看了一遍"痴汉"两个字。

其中的"痴"意味着愚蠢，"汉"则是指中国人。它与"汉字"一词中的"汉"是一样的。芙洛越想越觉得这个词很奇怪——中国人与日本男性在列车上猥亵女性有什么关系？这个词怎么看都很怪异，而且充满了种族主义色彩。

好在至少有一点大家都同意——在列车上猥亵他人是犯罪行为！

车站开始在她的视线中移动。她盯着站台上工作的一位列车员，列车缓缓驶过，她注意到对方略显惊讶的表情，但还是对他笑了笑，对方也回以微笑和鞠躬，那双戴着手套的手叠握着，摆在熨得整整齐齐的灰色裤子前方。芙洛本想挥挥手，可是胳膊动不了，不过有时候一个微笑也足矣。

芙洛感觉其他乘客的汗水弄湿了自己露在外面的腿和胳膊，空调冷却了皮肤上的汗液，让人觉得冷冷的。她闭上眼睛，尽量想一些更愉快的事情。

芙洛开始用老办法来对付通勤列车上难熬的时光。这技巧是她从听过的一次演讲偷偷学来的——当时一个男人站在演讲厅的讲台上，让每个人想象一生中最幸福的一刻。他告诉满堂听众，无论何时感到压力、愤怒或沮丧，都要记住最幸福的时刻，然后在脑海里唤醒那一刻。芙洛想着富士山山顶清晨的日出，自己曾亲眼见证，那颗蛋黄色的红球如何从云层上缓缓升起，当温暖重新流向冻僵的四肢，登山者纷纷发出感叹声。芙洛上山的时候走得太快，这会儿独自一人靠在一堵旧墙旁边，蜷缩了好几个小时。她觉得自己太蠢了，该带的装备都没有带，现在只能坐在那里发抖，后来一位好心的女士给了她一杯绿茶。最难熬的一刻可以靠富士山山顶的日出挺过去，可是在这之前的时光，又该怎么办呢？

广播里喊出了她要去的车站名。芙洛睁开眼，和其他乘客一起走下车，跟其他白领男女一起，像僵尸一样朝着公司的办公室走去。她一搬到东京，就已经适应了这种状态。

▲▲

"芙洛？"

芙洛还没转身，就知道是谁在叫自己。"你好，京子。"

"啊，芙洛。"京子从头到脚把芙洛打量了一番。京子每天都穿着完美无瑕的粉色 Polo 毛衣和奶油色长裤，就像制服一样，她的衣橱里一定挂满了数不清的粉色 Polo 毛衣，还有熨得平平整整的奶油色长裤。京子的这身行头总是让芙洛觉得，无论自己穿什么来上班，都不合适。"你看到我的留言条了吗？"

"你的留言条？"芙洛已经能猜到接下来会发生什么。

"对，我留在你桌子上的便条。"

"啊，还没有。我刚进来。我现在去看看。"芙洛鞠了个躬。

别人会以为对话就这样结束了，但京子不会就此作罢。

她会一直跟在芙洛身后，穿过开放式办公室的小隔间，走到芙洛的桌子前，一路上都说个不停。"我给你安排了五件事。首先……"

京子开始列举。说到第二项的时候，芙洛已经走到自己的桌子前，拿起京子放在桌上的 A4 纸工作清单看了起来。京子正在逐字复述便条上的内容。芙洛灵机一动，决定对着工作清单听京子解释，结果发现完全能对上。京子说的跟写的简直一字不差。

"奥运会越来越近了，芙洛。我们真的非常感谢你的辛勤工作——你的翻译对这座城市来说是无价的。"京子歪着头，不安地看着芙洛的眼睛，"你有什么问题吗？"

"没有。你说得非常清楚，"芙洛说，"非常感谢，京子。"

"那麻烦你了。"京子低头鞠了一躬。

"这是我应该做的。"芙洛回了一个鞠躬。

她微笑着，看着京子离开，然后在椅子上转了个身，打开了电脑。那台过时的电脑启动时间很长，她决定去自动贩卖机拿一罐冰咖啡。回到座位上时，登录界面已经在等着她了。芙洛登录进去，打开了工作邮箱。

20 封未读邮件。其中一封是京子发的，邮件内容跟她刚刚看到的留言条，还有京子那番"演讲"一字不差。这份资料翻译一下，那份资料也翻译一下。这份有关外国人对歌舞伎看法的问卷填写一下，那份关于相扑的报告也填写一下。这份资料的截止日期是 X 月 X 日，那份资料的截止日期是 X 月 X 日。芙洛叹了口气。

她用另一个浏览器窗口打开了个人电子邮箱。有两封新邮件——一封来自小川老师，一封来自她的母亲。她将鼠标悬停在母亲发来的邮件上，能看到母亲用生硬的罗马字母写的开场白，"很久没收到你的消息了，宝贝。你什么时候回波特兰？"芙洛摇了摇头，点开小川俊逸的日文邮件。她打开邮件，读了两遍。

亲爱的芙洛：

东京的天气怎么样？我想应该很热吧。炎炎夏日，请保重身体。希望你在东京能吃到好吃的西瓜，也许我去看你的时候可以给你带点金泽的西瓜。

我这边一切如常，大家正在准备夏日祭。榊原先生和会话班的其他同学都让我向你转达问候。大家都很关心你是否适应东京的新工作。我告诉大家，你在一家公关公司工作，不再从事电子游戏的翻译工作。听说你在视频游戏公司做得不开心，大家感到很难过，但我们都觉得你的这份新工作更好。最激动的要数榊原先生——我们的芙洛将为2020年奥运会翻译资料！大家都为你感到骄傲。

我想起你几年前第一次来到金泽的时光。那时你刚从美国飞过来，一句日语也不会说。再看看现在的你，为奥运会做翻译！他们应该给你颁发一枚金牌！

你还在继续练习书法吗？希望你没有放下这个爱好——你的才华真的非常出众。我非常怀念我们的书法课。

好了，就说这么多，期待不日与你在东京见面。我们周六早上可以喝咖啡，不过遗憾的是我下午有其他事情。告诉我，你想在哪里见面，几点见面。盼着见到你！

保重！

小川

貓 又附，我写了一个新的汉字给你学习。你认识这个字吗？

芙洛看着这个汉字，想了一会儿。她确定这是"neko"——猫的意思，但还是得查一下。她从桌上的一排书中拿出翻过

很多遍的汉字词典，快速翻动着书页。找到了，这一页，
neko——猫。但这个字与正常的书写方式不一样。一般写作
"猫"——左边的偏旁是犭。小川发来的汉字左边是豸，是
貍（tanuki）的偏旁。这个字的历史肯定更悠久，跟猫与獾、
狐狸和狸猫等其他可以幻化的动物有关。芙洛知道，古时候
的日本人相信"化猫"之类的东西——猫会变成人形，用各
种方式恐吓人们。但这个版本的汉字已经不再使用。小川经
常教自己一些超出日常生活范围的汉字，但这正是芙洛喜欢
小川的地方。

芙洛看到京子的马尾在隔间的另一侧摇摆着。她关上个
人电子邮件窗口，埋头工作。很快，午餐的提示铃响了。她
拿起包，离开办公室，去了一家她经常去的咖啡馆。

她有一个小时的时间。

⁂

芙洛点了一份意面套餐，一杯冰咖啡，坐在角落的一
张桌子旁。她从包里拿出一本日文书和一支铅笔。她停了一
下，想了想，拿出一小沓英语手稿，标题是"复制猫（Copy
Cat）"。她把手稿放在旁边的座位上，开始看那本用日语
写的书。芙洛一手用叉子吃着意面，一只手放在桌上，睁大

- 猫与东京 -

眼睛读着，偶尔放下叉子，在书的空白处写着笔记，给句子画上线。

芙洛吃完意面，全神贯注地看书。手机闹钟响起，提醒她还有十分钟就要回办公室。她把书和铅笔放回包里，服务员来收餐盘，她对服务员微笑着。芙洛还剩下一些冰咖啡没喝完，她倚在椅子上，慢慢地小口喝着，凝视着远处。

一个短发的漂亮日本女人和一个外国男人进了店——男人看起来像英国人，两人刚刚买了咖啡，走到她旁边的桌子坐下。芙洛正在做白日梦，男人春风得意地点了一下头，女人则漠然地挥了一下手，芙洛回了一个微笑。两人大声交谈着，芙洛没法阻止他们。那个男人费力地说着日语，那语调好像是为了芙洛能听懂一样，女人慢条斯理，用傲慢的日语回应着，还时不时说几句完全不带日本腔的美式英语。两人谈的都是一些无关紧要的事情，芙洛想尽量装作没听到，享受最后几分钟的休息时间。

"这家咖啡馆真卡哇伊。"女人说。

芙洛皱了皱眉。卡哇伊——可爱，日语里头用得最泛滥的词之一（而且不得不承认，女性用这个词用得尤其多），随便什么东西都说卡哇伊，以至于这个词几乎完全失去了意义。这家咖啡店不过是用来打发无聊时光的地方，哪有什么特别可爱之处。

"昨天晚上！布隆布隆得厉害！"男人用小孩般的日语说道，一边说一边打着手势。

"你说的'布隆布隆'是什么意思？"女人用傲慢的日语问。

"暴风雨！"男人说。

"对，昨晚打雷了，怎么了？"女人一边改用英语说，一边看向芙洛，好像希望芙洛同情她似的。芙洛闭上了眼睛。

"不，不是雷！闪电！"男人继续用糟糕的日语说。

"哦，乔治。你为什么老是纠结这个话题？"女人轻轻地哼了一声。

男人叹了口气，改成带英式口音的英语说："是这样的，玛丽，闪电用日语怎么说？"

"Kaminari。"女人说。

"不，那是打雷，"男人说，"闪电是什么？"

"我不明白你到底想问什么。"女人说。

芙洛站起身要离开，走了一步，觉得不妥，又回到桌子旁。

那对情侣看着她。

"Inazuma。"芙洛说，然后迅速转身朝门口走去。

门打开时，芙洛听到男人问："她说了什么？"

芙洛走出咖啡馆，没顾得上听女人的回答，也没听到男人喊："等等！小姐！"不过她的脸红了，瞬间后悔和他们说了话。她迅速走回办公室，男人拿着芙洛的译稿《复制猫》追出来，但没追上，回到咖啡馆之后，被女人责备了一通。

▲

芙洛加了几个小时的班，准备离开办公室。她借口身体不舒服，礼貌地拒绝了同事们叫她去喝酒的邀请。她在回家的列车上拿出书，但脑袋不自觉地往下垂，于是她打了个盹。

从车站走回家的路上，芙洛走进一家罗森便利店，买了一份沙拉。她没加任何调料，因为家里的冰箱里有一大瓶芝麻酱。

芙洛关上公寓门，在玄关脱掉鞋子。她一边脱鞋，一边想着"玄关"（genkan）这个词要怎么翻译才好，她每天晚上都在想这个问题。可以翻译成"entrance way（入口）"或"porch（门廊）"，但实际上这两个译法都不太准确。对日本家庭来说，"玄关"指的是室内与室外过渡的一个空间。

芙洛走进闷热的公寓，打开了窗。她没有装空调，因为太贵了，不过她有很多书。书架上都被塞满了，每一格都塞得满满当当。看着这些书，芙洛感到安心和平静。其中大部分她都读过，不过还有很多等着她去读，芙洛对此充满了期待，她联想到了自己最喜欢的日语词之一——"积读"（tsundoku），这个词的含义需要举例说明，比如把书买回来摆在书架上，只囤不读。芙洛打开风扇，走到厨房，拿出在便利店买的沙拉。她从冰箱里拿出芝麻酱，倒了一点在沙拉上，用筷子扒拉均匀。芙洛拿着沙拉和筷子走到桌前，坐在电脑前吃起来。她打开电脑，边吃边看自己最喜欢的日本YouTube 博主的视频。

芙洛边吃沙拉边想——这个念头已经在她脑海里出现了无数次——沙拉用筷子吃可比用刀叉方便多了。小番茄可以轻松地夹起来，整个吃掉，但用叉子会很难叉起来，经常会一下就飞到地板上。

芙洛的脑海中满是这样的想法，但她没有可以分享的人。不过，她总是告诉自己，有了书，谁还需要朋友。她的书架上不仅摆满了她最喜欢的小说，还有许多与日语和日本文化有关的语言学教材、词典和参考书。她认为自己是一位日本研究者，而不是日本通。对她来说，两者之间有很大的区别。日本通指的是那些只喜欢日本，而不想钻研的人。他们认为日本无可挑剔，成天生活在动画和漫画的幻想世界里。

芙洛更愿意把自己看成是日本研究者。她尊重日本的语言和文化，就像她觉得应该尊重每种文化和语言一样。但她意识到，自己的内心有着深深的需求，想要弄清楚遇到的每一个问题，那是对日本相关知识的追求。她想要去学习，去研究，去吸收。

吃沙拉的时候，芙洛从书架上拿下一本厚重的汉字词典，翻阅着，查找"痴汉"或"汉字"中的"汉"。她今天在列车上一直都在想着这个词。芙洛找到了这个词条，一边嚼着沙拉，一边读着词典上的释义，发现这个字有"汉人"的意思，但也可以表示"男人，家伙"。"痴汉"这个词中的"汉"可能就是这个含义。所以，这个词并没有种族歧视，并没有把中国人跟地铁猥亵行为联系在一起。"痴汉"的字面意思是"蠢货"。

芙洛收拾好餐具，来到厨房，打开冰箱，拿出一罐冰咖啡，又从橱柜里拿出一个玻璃杯，然后拿起咖啡罐，停在玻璃杯上方。她看了看手表，摇了摇头，把咖啡罐放回冰箱。她用玻璃杯接上自来水，拿到书桌上。

芙洛坐下来准备工作，她欣赏了一会儿自己刚到东京时，小川送给自己的书法作品。小川写的是"猫"字，但笔画巧妙地描出了猫的样子。小川和芙洛都喜欢猫，而书法则是两人友谊的纽带。在这幅装裱的书法作品旁边，是芙洛、小川还有几个朋友的照片。照片上的几人都穿着和服——春天在东京赏樱的时候，小川选了一件漂亮的粉色和服。芙洛还记得那一天，几人过得非常开心。她们去了上野公园，在樱花树下吃便当，喝绿茶。

这会儿已经是夏天，天气热得很。

芙洛从包里拿出自己一直在翻译的书，打开一个 Word 文档，开始输入她午休时校对好的部分。这是芙洛最喜欢的日本作家的小说，她已经译了好几个月，马上要收尾了。芙洛就像平时一样，沉浸在译书的世界里，一看钟，她惊讶地发现已经凌晨二点了。

她揉揉眼睛，懒懒地躺到床上，不知不觉，闹钟又响了。

▲▲

芙洛的每个工作日几乎都一成不变。这周唯一的不同之处在于，周末有些许期待——小川会来东京。还有，那本翻译了几个月的小说，芙洛也差不多完工了。她打算把稿子润色一下，打印出来，周末喝咖啡的时候拿给小川看。芙洛很开心，事情能按计划进行。

芙洛翻译的这本书，最早就是小川推荐的。小川给她看了这位小说家的一篇儿童科幻短篇——《复制猫》，作者的笔名是西古二（真名是大桥源一郎）。芙洛对这位作家产生了浓厚兴趣，而且十分惊讶其作品竟然还未被翻译成英语。小川总是乐得给芙洛介绍这位作家的生平事迹。

西古二是一位多产的作家，虽然为人有些古怪——他痴迷于猫和汉字，并在孙女被诊断出癌症时开始写故事集，每天为小女孩写一则短篇小说。西古二的长子，也就是小女孩的父亲，曾是著名落语家，但因酗酒问题走上了歧途。因此，照顾孙女的责任落到了西古二的身上，他一整天笔耕不辍地创作故事，每天在孙女睡前读给她听，直到她去世。作者为孙女写的巨著包括 300 个故事，《复制猫》就是其中一则短篇小说。芙洛读完了所有故事，甚至译完了《复制猫》，打算送给小川作为礼物。她目前正计划将其投给文学杂志，但不知道该投给哪家。

不过芙洛一直在翻译的那本长篇小说更多的是出于个人的爱好。

《荒凉海岸》是西古二的巨著，也是他自杀前写的小说。孙女的去世对西古二的文学风格和人生哲学产生了巨大影响。曾经头脑清醒的作家开始依赖酒精，尝试致幻药物。《荒凉海岸》是一位精神备受困扰的天才的杰作，内容晦涩难懂。芙洛把这本书从头到尾读了十遍。这一时期的西古二对 kanji 十分痴迷，也就是日文中用汉字写成的字。作家这时开始产生幻觉，认为自己每写下一个字，这个字就会活起来。在写《荒凉海岸》时，西古二避免使用某些汉字，因为他害怕这些字会从纸上活过来，变成现实中的怪物，在他睡觉时攻击他。他拒绝在小说中写老鼠或蟑螂等字，晚上他会用粉笔在蒲团周围的地板上反复写一连串的"猫"字，因为他觉得这些字会变成真正的猫，保护睡梦中的自己。

完成《荒凉海岸》的手稿后，西古二将其寄给了自己的经纪人，然后用伏特加冲下了一瓶安眠药。

小川和芙洛都对西古二非常痴迷。两人会讨论这位作家的生平和作品，一聊就是几个小时。芙洛会专心听小川抱怨，西古二的作品为什么没有被翻译成英语。她打算改变这个现状。

▲

很快，周末就到了，芙洛给小川发了一条短信，告诉她在哪个车站见面。芙洛选了东京西郊的一家猫主题咖啡馆，打算给小川一个惊喜。金泽没有猫主题咖啡馆，所以对小川来说，此行会成为一种享受。

那天，芙洛为了去车站接小川，提前 30 分钟就到了，为了打发时间，她在附近的公园散了散步。回到车站时，小川已经在外面等着了。她老远就在人群中看到了小川独一无二的发型。那天的小川穿着一袭水仙花图案的白色和服，打着一把白色的遮阳伞，正在仔细地翻看着手中的笔记本。芙洛加快脚步，她想悄悄走近小川，给对方一个惊喜。

芙洛绕到小川背后，拍了拍对方的肩膀。小川轻轻跳了一下，转过身来，面对着芙洛，惊讶立刻变成了一阵笑声，两人兴奋地用手臂环抱着对方，欢快地跳着。几个路人扭头看着她俩，看到这样一位传统打扮的女士和一位年轻的外国女孩欢呼雀跃，显然非常惊讶。

"芙洛！"

"小川老师！"

"哦，别叫我老师！"

"你永远是我的老师。"芙洛咧嘴笑了。

"哦，我只是个傻老鸭！"小川笑了。

"好吧。我们去咖啡馆吧，傻老鸭老师？"

两人笑了起来，手挽着手走向小巷的猫主题咖啡馆。

▲

这家店的名字叫作"Café Neko（猫咖啡馆）"，两人走进去，店里安静得出奇。猫比客人还多。还没进来之前，小川已经猜到这是一家什么主题的咖啡馆，芙洛点点头，对方发出了一声兴奋的尖叫。两人打量着店里的一切，笑容满面。一个看起来像店主的男人走过来，摆上一张矮桌，还带来了几个靠垫。店主说了一下价格，记下了两人点的饮品。这时，一只虎斑猫走到她们的桌子旁，小川抚摸着它。

墙上挂着很多幅大照片，拍的是同一只流浪三花猫。尽管这些照片都拍摄于东京的某个郊区，但每张照片展示的是不同的季节——冬天的雪，夏天的祭典，秋天的落叶，还有春天的樱花。芙洛站起身，去看春天那张。那张照片特别吸引她。小猫端坐着，目光朝下，挑衅地凝视着相机镜头。它看起来如此高贵，身旁落英缤纷，背景中的樱花树模糊得就像粉色的浮雕。与咖啡馆里嬉戏玩耍、性格温顺的猫相比，这只猫看起来与众不同。它带着一点反抗的架势，它的脸上写着故事，它没有归处——是一只真正以城市为家的猫。芙洛凑得更近，凝视着猫的眼睛，看

- 猫与东京 -

到里面有个人影，是正在蹲下来拍照的摄影师的黑色身影。她想知道摄影师会是谁。

芙洛回到桌子前坐下，小川正在认真地挠着一只姜黄色胖猫的下巴。这只猫有点流口水。

"照片很美，对吧？不知道是谁拍的。"小川说。

"是啊，我也在想这个问题。"芙洛说。

"你这些日子过得怎么样？"

芙洛正要回答，那个男人端着她们的冰咖啡回来了。

"谢谢。"男人把咖啡放在桌上，小川优雅地向那人点头，"我想请问一下，这些可爱的照片是谁拍的？"

"哦，一个外国人。"老板一边说，一边看着芙洛，"他叫乔治，英国来的。你是哪里人？"

芙洛正要回答，男人看了看小川。"她会说日语吗？"

小川没有回答，只是点了点头，示意芙洛开口。

"我来自俄勒冈州的波特兰。我是美国人。"芙洛回答。

男人略略后退了一下。"天啊！你的日语真是太棒了！"男人的眼睛瞪大了，"甚至听起来就像日本人！"小川的嘴角微微上扬。

- 猫与东京 -

"嗯，我有一位很棒的老师。"芙洛向小川点了点头，小川挥了挥手，表示不必在意。

"真的说得很好。"男人微笑着对她俩说，"是这样的，这些照片都可以出售——如果你们想买，随时叫我。"他鞠了一躬，走开了，这样两人可以随意聊天，和那些在她们谈话间漫不经心穿来穿去的猫一起玩。

聊天的时候，芙洛感觉精神焕发。她们回忆起芙洛在金泽生活的那段时光，小川聊了各位朋友和同学的近况。芙洛从波特兰里德学院获得文学学士学位后，就搬到了金泽。当时不管对日本也好，还是对日本的其他事物也好，她并不是真的感兴趣，她只想逃离家乡，去别的地方。芙洛向 JET 计划①申请了一份工作，在金泽的初中教英语，她决定去尝试一下。五年后，她已经能说一口流利的日语，后来到东京的一家电子游戏公司工作，担任翻译。

可到了东京之后，芙洛不像在金泽时那样放松。东京让人感到疲惫。这座城市永远都有做不完的工作。有时候，东京给人的感觉太庞大、太冷漠，就像自己就要被这座城市吞

---

① JET 计划是日本政府 30 年前展开的一项国际交流项目，旨在雇佣外国青年到日本各地区，尤其是不发达小乡村，与当地居民互动交流——译者注

噎，却没人注意到一样。这会儿与小川聊天，芙洛才意识到自己有多么想念金泽。小川啜了一口咖啡，滔滔不绝地谈论着班上的学生——谁结了婚，谁生了孩子，谁在列车上喝醉，闹了笑话。芙洛耐心地听着，然后忍不住向小川讲起了自己之前学日语时的一节汉字课，就是那节课，芙洛觉得自己好像突然就学通了。当时的情形是这样的：

芙洛在社区中心一直都很紧张，因为她坐的折叠桌对面就是小川。身子动一下，摇摇晃晃的椅子会嘎吱作响。中心为每个人提供拖鞋，芙洛夏天光着脚，汗水积在脚底，双脚都像被黏在了塑料拖鞋上一样。

她紧张地咬着铅笔，小川则平静地打开笔记本，其他老师和学生的交谈声在四周嗡嗡作响。角落里那个自大的澳大利亚人学的时间最长，他大声说着话，这样就能盖过其他人。芙洛尽量排除各种干扰，专心地听小川讲课。小川讲得很慢、很清楚，总是一笔一画地写出每个汉字，然后再把字讲透。

"汉字非常简单的，芙洛。许多人看着这些复杂的汉字，以为自己永远学不会，以为这些字太难了。但不管什么事，如果我们先从简单的开始学，等掌握了，再学复杂的，就会发现复杂的东西都是由简单的部分组成的，每个汉字都在讲述一个故事。"

- 猫与东京 -

人 + 木 = 休

"左边是人，再加上木，这样就是休。你可以想象成一个人在田里靠着一棵树休息。汉字跟其他汉字组合时，意义会发生变化，因此我们需要注意它们之间的关系。没有哪个字是真正孤立存在的，不管是最复杂，还是最简单的汉字，都有一个故事。记住这一点，芙洛。"

自那堂课以来，时光如白驹过隙。现在的她们坐在东京的一家猫咖啡馆里，芙洛译完的那本小说的初稿就在包里，她准备拿给这位曾经教过自己的老师看，她已经等不及了。

"哦，小川老师，我怕我忘了……"芙洛伸手拿自己的包。

"不！我先来。"小川打开了自己的包，拿出一个包裹，"给，我说过要给你带一点金泽的西瓜。"她把包裹递给芙洛，芙洛双手接过。

"太谢谢您了，小川老师。"芙洛低头鞠躬。

"千万别客气！"小川说。然后，她一边狡黠地笑着，一边拿出另一个包裹。"还有这个。"

芙洛接过包裹，感觉像一本精装书。"这是什么？"

"打开看看！"小川笑着说。

芙洛整齐地撕开封包裹的胶带，书滑了出来。她看到书名，心顿时沉到了胃里。

《荒凉海岸》。

英文版，威廉·H.施耐德译。

"这本书刚翻译成英文！我想着你可能想读英文版。"

芙洛的手在封套上留下了一些汗渍。

"谢谢您。"芙洛尽量表现出感兴趣的表情。

"怎么了，芙洛酱？你没事吧？"

"没事，我没事。抱歉，我有点不舒服。"

"你想喝点水吗？"她招呼那个男人过来，"能给我们一点水吗？"

男人点了点头，准备去给她们拿一壶水，两个玻璃杯。

"你确定没事吗，芙洛酱？"

"没事，我没事。真的。"

小川把手伸过桌子那头，放在芙洛的手上。"你知道，不管什么事都可以和我谈……"

芙洛的内心一下被强烈的孤独感吞噬，几个月来她一直渴望能被他人温柔以待，此时此刻的她却觉得麻木。

男人端着水回来了，小川缩回了自己的手。

"还需要什么吗？"男人问。

"对了，"小川轻快地说，"我想知道那张春天的猫的照片要多少钱？您能帮我查一下吗？"

"当然。"男人走到柜台后面查看了一下。

"你喜欢那张，对吧？"小川问。

"是的。"芙洛说。

男人回到桌子前。"一万日元。您要买吗？"

"你想要吗，芙洛酱？"小川冲着芙洛笑着，"我送给你。"

芙洛有点心烦意乱。"不用了，不用买给我。"

"你确定吗？"小川又问道，"别担心钱——我的钱花不完。"小川笑了。

"不用，真的不用买。"芙洛的眼睛有点湿润，"不过还是要谢谢您。"

小川抬头看着那个男人。"那我们就结账吧。"她又看了看芙洛，"我请客。"

小川结了账，去上洗手间。这时，咖啡馆的那个男人走过来，问芙洛要电话号码。芙洛撒谎说自己没有手机。小川这时回来了，芙洛松了一口气，两人离开了咖啡馆，默默地走向车站。

"对不起，芙洛，我没法跟你单独待太长时间。你知道铃木先生有多苛刻。你想和大家一起聚聚吗？我们特别欢迎你来。我想铃木先生也会很高兴见到你的。"两人站在车站前说话。

芙洛特别想和大家一起聚聚，但她知道自己不善言辞，尤其是在一大群人里头。她已经费了老大的劲儿来掩饰自己内心的感受，生怕小川看出来。她再也装不下去了。

"谢谢，不过我还有一些工作要做。"

"你这些天真是太忙了。"小川笑了，"我特别为你感到骄傲。"

芙洛觉得自己就要哭出来了，她咬住了嘴唇。

"你没事吧，芙洛酱？"小川碰了碰她的胳膊。

"嗯，我没事。"

"很抱歉今天没有多少时间聊天，不过你知道的，如果你想离开东京，随时都可以回金泽。"

"谢谢您，小川老师。"

"保重，芙洛酱。"

"再见。"

两人拥抱了一下，芙洛屏住呼吸，不想此时此刻崩溃。

她们挥手告别，小川穿过检票口去赶火车。她又回了一次头，挥着手，然后乘电扶梯上了站台。

芙洛慢慢地走回家，想到包里没有送出去的那沓译稿，还有那本沉甸甸的精装书，她拼命忍着眼泪。

- 猫与东京 -

星期一早上，芙洛被闹钟吵醒，像往常一样，她今天也不想去上班。

　　她漠然地坐上拥挤的列车，没有书籍或音乐可以消除闷热的车厢带来的痛苦。

　　这次她像其他乘客一样，抓住挂在行李架上的吊环，耷拉着头，把头靠在手臂上，闭上眼睛，想要打个盹儿，哪怕车厢里飘荡着可怕的体味，她也顾不上了。

　　就在芙洛快要睡过去的时候，她觉得有一只手在摸她的胸口。

　　她猛地转过身，四处寻找那个摸她的人，但车上太挤太乱了，她不知道手是从哪里伸出来的。车厢里的体味越发浓了。

　　接着一只手抓住了她的屁股——瘦骨嶙峋的手指用力地捏着她的肉。

　　芙洛本来想尖叫一声"痴汉！"，就像日本人一样，但她想亲手抓住这个家伙。她又假装睡过去，把头靠在手臂上，但她的心脏在胸膛里狂跳。

　　那只手一摸到自己的胸口，芙洛便不由分说地一把抓住，扭着那条手臂。摸她的那个男人发出一声痛苦的呻吟。芙洛咬紧牙关，一边扭着那人的胳膊，就快要扭断了，一边用英语骂着：

"你这头猪。你这头肮脏的猪！"

车上的其他乘客纷纷四处张望，看发生了什么事；芙洛紧紧抓住那个男人的胳膊，用拳头重重地往那人的耳朵上捶了三下。

另一个男人用日语对她大喊："喂！你不能这样做！这是日本！"

芙洛转头对这个男人说："痴汉！"她用日语尖叫道，"他猥亵我！"

车门打开，芙洛哭着奔下了车。她飞快地跑上电梯，想要逃开刚刚发生的这一幕，逃得越远越好。她不想被车上的人找麻烦。

▲

芙洛乘电梯去办公室的那会儿仍然在颤抖。她时不时地捂住嘴巴，免得自己再次哭出声来。电梯里的一位同事向她点头打招呼——办公室里一个不错的小伙子，名字叫真人。他关切地看着芙洛，不过她感到欣慰的是，按照日本的礼仪，人们不会在电梯里和她聊天，也不会问东问西。

她艰难地迈着步子，朝自己的桌子走去，突然间听到有人叫她的名字。

"芙洛！"

她继续往前走。

"芙洛！早上好。"京子有些上气不接下气地跑到她后面，"你没听见我叫你吗？"

"对不起。"芙洛说。

"你看到我的留言条了吗？"

芙洛摇了摇头。

"啊，这样啊。今天我安排了七件事情——"

芙洛感觉到自己的头在摇晃，她努力忍住眼泪。

"芙洛？你没事吧？"京子放下手中正在看的那张纸，直视着芙洛的眼睛。

"不。我不好。"

京子四下看了看，确认没有人在看，然后低声说："跟我来。"

两人没有说话。京子领着芙洛走出办公室，来到女洗手间。

进去之后，京子转向芙洛："发生了什么事？"

"有个男的……在车上……"芙洛哽咽着。

"痴汉？"

"只是……只是太……"芙洛突然大哭起来，接着改口说起了英语，把事情一股脑儿地倒了出来，"事情太多了。我受不了了，我再也受不了了，京子。我努力工作，工作，工作，一切都是白费劲。每天都是同样的事情，没有颜色，没有光，没有希望。这个城市从我的内心吞噬着我。它太他妈大了，太冷了，太无情了。一个男的对我做出这种事情，没有人注意，没有人在乎，没有人阻止他，他们只是眼睁睁地看着——放任事情发生——他们都是共犯。所有这些人，所有这些生活——他们都只顾自己。他们都看不到需要帮助的人……谁知道，也许他们也有自己的苦楚吧。我不该对别人说三道四。"芙洛哽咽了一下。京子盯着她。芙洛深呼吸了一下，然后又用冷静的日语说："我只是……我只是觉得好孤独。"

她用双手捂住了脸。

京子把手放在芙洛的肩膀上，用完美的英语说道："嘿，芙洛。看着我。"

芙洛泪眼蒙眬，抬头看着京子。

"你不孤独。有时候你自己可能会这么想，但你并不孤独。"

- 猫与东京 -

芙洛的鼻涕顺着鼻子流出来，她想用手挡住。

"这座城市太大了，人太多了，很多疯狂的事情，人们都注意不到，要么就装作没看见。我记得自己刚来这里工作的时候，我从家里搬出来，搬到千叶自己住，每天坐车上下班，我也特别迷茫，特别不知所措。我受不了上下班的痛苦。要是发生那种可怕的事情，就更不敢想了。"

"你不是这里的人吧？"芙洛抽了抽鼻子。

"说来好笑，芙洛，我是东京人，土生土长的东京人。我是为数不多的本地人……虽然有时人们让我觉得，我不是本地人。"京子咬了咬嘴唇。

"你是说？"芙洛问。

"没什么……唉……实际上……算了。我也是外国人。我只有一半的日本血统。我妈是韩国人，但我没跟别人提起过自己的出身，因为我想融入这座城市。"京子突然慌了，"天啊，请别告诉任何人，芙洛。天啊，我甚至还没告诉我男朋友呢。"

"别担心，京子。我不会告诉任何人的。"芙洛皱了皱眉头，"但你看起来就像是……日本人。抱歉，我说得有点无礼。"

京子笑了。"呃——不过你也很像日本人啊，芙洛。我们要做的，就是更努力地融入这个地方，对吧？"

两人在镜子前默默地看着对方。京子又开口了。

"也许你会觉得惊讶,但其实在这里工作的很多人都不是本地人,不像我。大多数人都是外地人,来这里寻找幸福。但他们在这里找到的……嗯,并不像传说中的那样美好。"京子停了一下。她走进一个隔间,拿出一些纸巾递给芙洛。"周末你怎么过,芙洛?"

芙洛擤了擤鼻子。"我不知道,我想可能会翻译我的那本小说吧。"

"你在翻译什么书?"

"嗯……我之前在翻译一本小说,但是……"

"谁写的?"

"西古二。"

京子的眼睛亮了起来。"哦!我喜欢他的科幻故事!"

芙洛把纸巾整齐地叠起来。"我也是。"

"听着,芙洛,我这么问可能有点奇怪,但是,你喜欢kanji——汉字,对吧?"

芙洛点了点头。

"试过书法吗?"

"我喜欢书法。"

"你愿意和我一起去书法课吗?我一直在找人一起

- 猫与东京 -

去——我不想一个人去。"

芙洛露出微笑。"我愿意。"

"太好了。"京子笑了笑,"我在千叶找到了一间书法教室,离东京有点远,但是——"

"没关系。我愿意去。"

"太好了。"

"谢谢你,京子。"

两人在镜子前补了一下妆,准备回那间陈旧的开放办公室。芙洛擦去脸颊上的睫毛膏,重新画了眼线。京子扎紧自己的马尾辫,耐心地等着芙洛。

芙洛补好妆,向京子点了点头。

两人准备走出洗手间时,京子握住芙洛的手腕,轻声对她说:

"这座城市很无情,但你并不孤单,芙洛。永远不要忘记这一点。"

她轻轻地捏了捏芙洛的手腕两次,然后松开了手。两人回了自己的隔间,因为她们还有自己的事情要忙。但在穿过走廊,走向小隔间的这一小段路,两人肩并着肩,一起走着。

芙洛重新坐回自己的桌前,点了一下鼠标。

她舒了口气,微笑着。

Chapter 7

秋叶

"我想让你扇我的脸，命令我做一些事。"玛丽用英语轻声说着。

乔治不知道该说什么。他想答话，但只是发出一声低沉的咕哝。

"行吗？"她喝着咖啡，抬起头，盯着他的眼睛，"下次做爱的时候，你能为我这样做吗？"

"但是为什么呢？"乔治不自在地在座位上挪了挪。

"因为我想让你这么做。这就是原因。"

"但是我爱你。我为什么要那样对你？"

玛丽眯起了眼睛。"如果你爱我，就按我说的做。"

- 猫与东京 -

"但是为什么？"

"因为这样我会开心。"

两人坐在高圆寺的"美仕唐纳滋"（Mister Donuts）店里，用红色杯子喝着黑咖啡。乔治40多岁，玛丽30多岁。两人坐在甜甜圈店上面那层，透过窗户可以看到车站。火车哐当哐当驶过，车站的钟声和站台广播声有节奏地传了过来。阳光洒进窗户，哪怕在这样一个秋日的早晨，咖啡馆里也显得非常热。外面是湛蓝色的天空，咖啡馆里的空调嗡嗡地转着，在刚刚过去的漫长夏天，为成千上万的客人带来了凉爽。这会儿店里只有几位客人：一位拄着拐杖的老人独自坐着；三个高中生坐在一起傻笑；还有几位年轻的母亲，全都在一边看手机，一边漫不经心地晃着自己的孩子，如果孩子哭闹了，就"嘘"地哄上一声。

玛丽看了看婴儿车里的婴儿，又看了看坐在她对面的乔治。她心不在焉地从刚点的甜甜圈里选了一个。乔治拿出一根烟，点燃了。玛丽叹了口气，拿起那本翻旧了的《麦田里的守望者》，继续读了起来，尴尬地结束了对话。

▲

乔治拿起自己的圆珠笔，继续在笔记本上写着什么，嘴里漫不经心地叼着那支烟。

他们第一次相遇是秋天

在镇上最大的公园里

树木闪烁着金红色

那天他喝得烂醉如泥

那个秋天的她

却清醒得像块冰

他一直在喝酒

一整夜喝个不停 [注：这一小节的音节需要再考

虑一下？]

一直喝到太阳升起

一年复一年

她都会拾起一片红叶

夹在她的书里

一页又一页

一列用色彩拼成的目录

用叶子拼成的过往

他曾与她交谈——

她对此感到惊讶——

他的声音像波浪一样起伏

"你在做什么？"

"没什么。收集红叶。"

"这片怎么样？"

"还行，我觉得。"

[给自己的注：必须完成这一小节]

"喝杯咖啡吧？"

"什么？和你一起？现在？"她问。

"是啊。不可以吗？"他说。

　　乔治停了一下。用俳句的格式来写诗特别费劲。严格的
5-7-5音节结构让他头疼。他觉得自己是纯粹主义者。西方
人将俳句译成英语之后，诗歌原本的音节结构就会丢失，他
为此感到不悦。乔治一直在读松尾芭蕉（Matsuo Basho）

作品的英文版，如果发现哪一行多了一个音节，或者少了一两个音节，他就会很烦恼。为什么人们不能尊重原文的形式呢？如果原来的结构都保不住，还怎么称为俳句？他渴望用原文阅读这些诗歌。一字一句都对应起来，就像小林一茶（Kobayashi Issa）的俳句：

蜗牛	O snail	蜗牛
そろそろ登れ	Climb Mount Fuji,	慢 慢 地， 慢 慢 地 爬 上了
富士の山	But slowly, slowly!	富士山！

乔治完全没有注意到《弗兰尼与佐伊》（Franny and Zooey）中出现了这首俳句，而且这本书是玛丽正在读的那本小说的作者写的。不过即使玛丽知道了，她也不会在乎。

▲

玛丽读英文版的《麦田里的守望者》已经十遍了。这是她最喜欢的小说。有关这本书的一切，她都喜欢。玛丽第一次读这本书是在高中，当时读的是日文版。玛丽记得，最初读这本书时，读到另一个像自己一样的灵魂，迷失在一座庞大的城市里，迷失在异国他乡的纽约，一个像自己这般年纪的男孩，孤独又另类，那种感觉是多么震撼。她能与他产生共鸣。作为一名十几岁的少女，她曾想象过与霍尔顿（Holden）相遇。他会比自己高得多——金发碧眼，戴着那顶著名的红帽子。她会带他去东京，照顾他。两人会幸福地在一起，不会再迷失，因为他们的生活有了意义。

她偷偷看了一眼正在写作的乔治。他专心写作的时候看起来是那么酷。她喜欢他那粗糙的脸，金色的头发，蓝色的眼睛。那支烟上的灰堆了起来，但乔治没让烟灰掉下来。她希望能给这个姿势的乔治拍张照——给她自己的霍尔顿，那个绝望又迷茫的外国男人拍张照。确实，乔治不是从纽约来的，甚至不是从美国来的。她花了一些时间才适应他那极度克制、难以置信的英国口音。遇到乔治之前，玛丽跟好几个美国男人交往过，但乔治的口音跟那些人完全不同。她在贸易公司从事外贸业务，跟很多外国人打过交道，听过各种各样的外国口音。对她来说，跟外国人交流很容易，跟乔治交流却不同。一开始，玛丽觉得两人之间有点隔阂。她怀念美国人的随和与开放。

这个英国男人就像日本男人一样。她最不想要的就是这样的伴侣，而且他还有她不太了解的一面。玛丽知道乔治在英格兰当过警察，说实话这份职业让她有点心动。如果乔治能留下他的制服和警棍就好了。如果他闭上嘴不说话，他的长相还是能让她想象成美国人。还有，玛丽费了很大的力气，不去想他在英国的前妻和女儿。他在写什么呢？也许是一部自己正在读的那种小说。她有时幻想着，成为外国作家的妻子，生活会是什么样。她会用日语把这些生活经历写成小说。也许他们会住在纽约，但她会回日本旅居，参加脱口秀，宣传自己最新出的小说。她回过神来，继续看书。

▲▲

乔治需要休息一下，写作让他的手腕疼痛。他看着玛丽静静地在桌子的另一边读书，她那高高的颧骨，越过打开的书页都能看到。她的黑发剪得很短，像个男人。有时候她看起来很凶，但此刻的她似乎更温柔、更可亲。她像往常一样付了咖啡的钱，也许自己以后可以向她借点钱用。乔治希望能在玛丽这般温柔的时候跟她聊天——这样的她，似乎通情达理多了。乔治清了一下嗓子，把笔记本推到玛丽面前。她没有马上放下小说抬头看他，乔治又在她的鼻子下挥了挥手。她皱起了眉头。

- 猫与东京 -

"玛丽——酱，看——这个。"乔治说，口中的音节一个一个地蹦出来，就像是为了吸引玛丽的注意，拉近彼此的距离一样。每次他想用日语喊玛丽的名字，他的舌头就会半路打结，无处安放。他从来没有把这个辅音发对过。发成 L 不对，发成 R 也不对。玛丽更喜欢他用外国人的浓浓口音叫她的名字，发出那带有异国情调和神奇色彩的卷舌音 R。她曾经为了发这个音而努力练习，现在为能发出这个音而感到一丝自豪。她向讲英语的人介绍自己时，会努力说出自己的名字，就像那些人说的那样——"嗨，我叫玛丽。没错，跟英语单词 marry 一个发音"，用学来的外国腔，迎合外国人的耳朵。

她装作没听到乔治用日语说话。

"玛丽，看。"他用英语说。

"什么？"

"我正在写一首关于我们的诗。关于我们的初遇。"

玛丽放下书，叹了口气。乔治把那本破旧的笔记本递给玛丽，玛丽接过去，翻了个白眼。她迅速读了一下那首诗。

"不错。"她把笔记本递了回去。

"你不喜欢吗？"

"嗯……只是感觉有点……"

"有点？"

"嗯……有点……monotarinai。"

"饶了我吧，玛丽。"乔治叹了口气，"我不知道那个词是什么意思。用英语怎么说？"

"insubstantial（没什么实质性的内容）？"

"哦……"乔治将烟灰磕进烟灰缸。灰山崩塌，他一脸懊恼地吸了一口烟。这支烟很快就要抽完了。

"为什么不把它写成一篇故事，而不是一首诗呢？也许，把故事设定在一些有趣的地方，比如纽约？"她微笑着，一只手往乔治的方向靠近了一点。

乔治在座位上挪了挪。"但是，嗯，我想把它做成俳句。"

"哦，真的吗？但这首诗不是俳句……"她歪着头，又看了一下那一页。

乔治的眼睛抬了起来。"不，它是俳句。"

"不，不是。"玛丽盯着乔治。

"我跟你说，这首诗的每个stanza（诗节）都是俳句。"

玛丽不知道"stanza"是什么意思，但她不想承认。乔治用了她听不懂的英语单词，让她有点生气。玛丽摇了摇头。"俳句应该用日语写成。"

"我不这么认为。"乔治得意地笑着。

- 猫与东京 -

"果然外国人不懂呢。"玛丽用很快的日语小声说了一句。

"什么?"乔治没听清,因为玛丽的这句日语讲得太快了。

"反正,这首诗没有 kigo(季语),乔治。"

"kigo?"

"是啊。就是,比如,季节性的词语。每首俳句都应该有一个季语,跟某个季节相关。"

"我明白了。"乔治放下了笔。

"那个金发女孩落在咖啡馆的故事在哪里?"玛丽眯起了眼睛。

玛丽和乔治都很清楚,那个外国女孩把那沓稿子落在咖啡馆才过了一个小时,乔治就把它落在了两人搭的出租车里。玛丽可不会让乔治忘记这件事。

"不清楚。"

"我想读一读,那个故事看起来很有趣。"玛丽噘着嘴说。

乔治咬了咬嘴唇,玛丽说"那个"的语调让他有点不舒服,不过他没有表现出来。也许她不是那个意思。

两人喝完咖啡,起身前往猫咖啡馆。

乔治在猫咖啡馆的照片展览已经结束。今天他们打算过去看看，乔治的照片卖出了多少张，再把没卖出去的取回来。咖啡馆的老板安（Yasu）是玛丽的朋友，收了他们一个折扣价3万日元，让乔治在店里展出摄影作品。玛丽为乔治付了这笔钱，乔治花了几个小时，翻来覆去地看自己庞大的摄影作品集，决定选哪几张去展览。最后，在玛丽的帮助下，乔治决定展出自己在街头拍摄的一系列照片，主题是他每次带着相机在街头漫步时都会遇到的同一只三花猫。

猫系列是个不错的选择：照片是过去几年里拍摄的，清晰地展现了不同季节城市风景的变化。玛丽对乔治解释说，这是日本艺术和文学中的常见主题——就像俳句一样。季节的流转会吸引那些前来欣赏乔治照片的日本游客，而且猫又是非常加分的摄影对象。这样一来，猫咖啡馆那些为猫痴狂的客人肯定会感兴趣。玛丽十分肯定，这次展出肯定会大受欢迎。

"哎呀，看他卡哇伊的小脸……"有天晚上，乔治在编辑照片，玛丽指着电脑屏幕上一张猫在雪地里玩耍的照片，轻声说道。

"你怎么知道是'他'？"乔治问道。

"哦，他，她。有什么关系吗？"她嗔怪地说。

乔治不知道的是，玛丽和咖啡馆老板安发生过关系。那是一次意外，一次酒后行为，是玛丽过去许许多多酒后行为中的一次。那次没有什么意义，而且安也是个好人——成熟世故，在他看来，性，与爱无关，所以他看到玛丽和乔治在一起，压根儿无所谓。不过玛丽知道，要是自己主动提起这事，乔治绝对不会像现在这样冷静，所以她保持了沉默。外国人总是那么爱嫉妒。

　　两人到了猫咖啡馆，走进门去，看到所有客人都在逗着店里走来走去的猫咪。安出来迎接，给两人拿了一点喝的东西。他一边用结结巴巴的英语跟乔治说话，一边微笑着握着乔治的手。不过，当玛丽问他乔治的照片卖出了多少张时，他马上改成了用日语说话，而且语速很快。

　　"呃……"安看起来有些忐忑。"玛丽酱，我一直想和你谈这件事。"

　　"是吗？"玛丽一边用日语和安快速交谈着，一边对乔治微笑。乔治心领神会，他起身走开，让玛丽和安单独聊，自己待在角落里，抚摸着一只姜黄色的胖猫。

"是这样的，实际上，玛丽酱。老实说，我们只卖出了一张照片……"

"一张？"玛丽的声音流露出内心的震惊。

"是的……而且实际上，那张还是我自己掏钱买的。"

"我明白了……"玛丽咬了咬嘴唇，"一张。"

"是的……我不知道你要怎么告诉乔治。我把剩下的照片都包好了，放在后面。你想让我怎么处理呢？"

玛丽想了一会儿，伸手去拿自己的路易威登钱包。"安，这事让你费心了，不过，你能暂时保管一下它们吗？我之后会回来取的，如果你不介意的话。"她迅速把五张整洁的1万日元钞票塞到安手中。

"当然，玛丽酱。完全没问题。"

"非常感谢。我很快就会回来取这些照片的。"

玛丽和乔治一起离开咖啡馆，朝车站走去，乔治开口问道：

"那，我们的表现如何？"

"嗯？"玛丽低头看着地上。

"我们卖了多少？"

玛丽抬起头。"噢，都卖出去了。"

"全部？"乔治的嘴角裂开，露出一个大大的微笑。

- 猫与东京 -

"是的。干得漂亮，亲爱的。安把钱给我了。你赚了六万日元。"

"太棒了！"

"你太优秀了，亲爱的。我为你感到骄傲。"

"我们得庆祝一下！去喝个痛快。"乔治跳了起来，一边跳一边走着。

"好主意。"看到乔治这么开心，玛丽笑了笑。

▲

玛丽和乔治经常一起去日本各地旅行。两人都觉得东京让人感到压抑，所以喜欢逃离这个地方，到其他城市玩个几天，要不就是去郊区度假。旅费都是玛丽用贸易公司的薪水出的，因为乔治当英语教师的薪水太微薄，玛丽想去的那些地方，他负担不起。过去的他，两个星期就能花光一个月的薪水，拿来买酒喝。现在他每个月都会把薪水原封不动地交给玛丽，玛丽每天给他一个 500 日元的硬币买午餐。对于把钱交给玛丽保管这事儿，乔治一点也不在意，他甚至暗自窃喜，玛丽可以帮他管钱，不过他口头上没说出来。乔治在会话学校教书，有天晚上他跟班上的学生喝醉了，有个中年白领告诉乔治，古时候的武士从不带钱，一切都交给妻子打点。乔治有时会幻想自己是武士，而玛丽是他的江户艺妓。

玛丽的品位很高，热衷于去温泉度假，入住豪华旅馆。她不介意付钱，因为她付得起。再说，一手拿名牌包，一手挽着外国男友，感受着其他女人羡慕的眼光，怎么说都值得。

"ryokan（旅馆）是什么？"两人第一次计划出门旅行时，乔治问道。

"Ryokan is traditional Japanese inn（Ryokan 是日本传统旅馆）。"玛丽回答说。

"你的语法错了，玛丽，"乔治说道，"要么说'ryokan are traditional Japanese inns'，要么说'a ryokan is a traditional Japanese inn'。二选一，随你选哪一个。"

玛丽愣了一会儿，用微微颤抖的声音说道："嗯……我觉得，既然付钱的是我，那我爱怎么说就怎么说。"

"好吧！"乔治伸出双手安抚她，"抱歉。"

"我他妈的不是你的学生，乔治。别跟我来这套。"

乔治挠着她的腋窝。"不过你想当我的学生，对吧？"

玛丽咯咯笑着。"别闹了！"

"你想叫我老师，对吧？"

"傻瓜！"玛丽开玩笑似的打了乔治一下。

两人抱在一起，吻了一会儿，然后继续在乔治的笔记本电脑上计划着两人的旅行。

▲

每次玛丽用乔治的笔记本电脑，而乔治又不在旁边时，就喜欢翻看他的上网记录。乔治看了很多黄片，各种各样的黄片。乔治的这个嗜好并没有让她不爽，反而让她着迷。他喜欢什么样的？从乔治的浏览记录来看，他搜索过一些充满了情欲的关键词。

不过玛丽幻想的不是乔治。她兴奋的是，想象自己出现在他看的色情片里。她想象着，乔治点开一部黄片，突然看到玛丽出现在镜头里，那该有多好。她会直勾勾地盯着镜头。如果乔治看到这一幕，会是什么表情呢？他的脸肯定会变得煞白。而且，比他本来就白的脸还要白。他已经相当白了。

这样幻想一通之后，玛丽的心里会生出一种忧郁的感觉，她会把乔治的笔记本电脑原封不动地放好。

再去洗个手。

▲

他们去南部九州岛的一次旅行过得很愉快。那次两人都很幽默，而且没怎么吵架。

在去鹿儿岛的路上，他们在福冈停留了几天，接着是大分的温泉之旅。在汤布院温泉镇湖边，乔治给玛丽拍了一些很漂亮的照片，之后很长一段时间，她都拿这些照片做脸书上的个人照。那个湖的名字叫 Kinrinko——金／鳞／湖。两人在汤布院租了一间私人浴室，那天过得非常完美，甚至还遇到了一件好笑的事情。

　　乔治正忙着在湖边拍照，突然听到玛丽用英语厌恶地叫了一声。

　　"你他妈的在干什么？"

　　乔治转过身去看发生了什么，只见一名日本男子戴着一顶粉红色的假发，赤身裸体站在私人温泉敞开的门口，向他们走来。他还一边腼腆地朝乔治和玛丽微笑。这人手里拿着一部手机，正在给乔治和玛丽拍照——大概是想拍下他们看到自己变态的样子是什么反应吧。

　　"别理他，玛丽，"乔治说，转过身去，继续悠闲地拍着金鳞湖，"他只是想博一点眼球罢了。"

　　"这个死变态！"玛丽大叫道，乔治则用鼻子哼了一声。玛丽真的很擅长用英语骂脏话。乔治还注意到，她的声音里带着一丝喜悦，或者说兴奋也不为过。

　　一大群游客走过来，那个男人带着他的手机和粉红色荧光假发，退到了他的浴棚里。

"那家伙疯了！"他们在火车上一起笑着说。

"你知道我最后悔的是什么吗？"乔治问。

"后悔没给他服务？"玛丽笑了。

乔治的脸有点红，不过还是很开心。"不是的，我真希望给他拍张照片。"

"为什么？！你和他一样变态！"

"不！这样我就可以拿给别人看了！"乔治笑了，"别人肯定不相信我们看到的这一幕。我应该拍张照片来证明的。"

"那人肯定巴不得你给他拍照！"玛丽捏了捏乔治的胳膊，咯咯笑了起来。

▲

那次旅行途中，两人在福冈的时候，去了一座叫东长寺（Tochoji）的佛教寺庙。乔治特意问玛丽，寺庙的汉字怎么写，然后再记到自己的笔记本上。

"To 是东，就像东京的 To。"玛丽说。

乔治一边吐舌头，一边想要记住这个简单的字。

"不，不是这样的。"玛丽不耐烦地伸手去拿他的笔和笔记本。

"让我试试！"乔治抱怨道，然后像个孩子一样，费力地画了一遍又一遍。

"好吧。好吧。接下来，cho 是长……对，就是这样。写得不错，宝贝！"

"我写对了吗？"乔治把写好的字给玛丽看。

"东长寺"，字迹潦草，比小学生的作业还难看。

"是的，写得很好！你连'寺'字都写对了。"

乔治笑了。"谢谢。"

他们参观了寺庙，上楼看了大佛像。乔治打算给高高在上的大佛像拍照时，玛丽指着一块禁止拍照的牌子斥责了他。

"太震撼了。"乔治说。

"太酷了。"玛丽说。

两人走进雕像后面的一条小走廊，这片区域分为"地狱"（jigoku）和"极乐"（gokuraku）两块。地狱区有一些有趣的画，画的是被恶魔折磨的人。

乔治指着一个神情沮丧的罪人，那人紧紧抓着一根横杆，这根杆子就悬在火湖升腾起来的火焰上方。

"那个人就是我。"乔治说。

玛丽听了，笑得前仰后合，乔治觉得心里暖暖的。

两人在"地狱"画廊里发现了另一幅画作，描绘的是人们被一条小船带过河的情景。

"这是什么？"乔治问。

"哦，那是一种佛教神话，"她说，"你必须渡过这条河，去往来世。"

"那家伙是谁？"乔治指着船上一位慈祥的人说。

"那是地藏菩萨，"玛丽说，"他照顾船上的人，保护他们安全渡河——甚至是未出生的婴儿。就是，比如女孩堕胎之类的。"

"胎儿？"

"是的。日本到处都有寺庙，如果你堕胎了，就去庙里放上一尊小地藏菩萨，守护你没出生的孩子。"玛丽一边说，一边认真地看着乔治的脸。

乔治哼着小曲，继续往前走。

地狱区后面有一条非常黑暗的走廊，通向极乐净土。玛丽为乔治翻译了墙上的标语。

"上面写着我们必须用左手抓住扶手，因为通道太黑了。"

"好的。"乔治对玛丽说的并不是很感兴趣。

"上面还说，我们应该用另一只手触摸右侧的墙。在通道的某个地方，我们应该能摸到佛陀的袈裟，人们都说，如果你摸到了，佛就会引你进入天堂。"

"有意思。"乔治在想午餐要吃的拉面。

"好。我们走吧。"

乔治简直不敢相信这条走廊有多么漆黑。他什么都看不见，所以紧紧抓住扶手，担心自己会在黑暗中摔倒。

他听到玛丽的声音从前面传来，催他快点。

"快点，乔治！"

乔治小心翼翼地挪着脚步，生怕被绊倒。他听到玛丽在兴奋地喊着什么，但她离得有点远，所以听不清楚。他现在只想活着走过这个通道。

他转过一个拐角，光亮突然出现。他松了一口气。

玛丽在等着他。

"你摸到了吗？"她问道。

"唔……"他不知道玛丽是什么意思。

"佛陀袈裟上的圆环。你在黑暗中摸到它在右边了吗？就在墙上。"

乔治忘记用右手摸墙了。他一直拼命用左手抓住扶手。"那个……"

"你没摸到吗？墙上挂着的大圆环？"她指着墙上那尊

坐在极乐世界里的佛陀画像。他身上的袈裟用一个环固定着。

"你的手没摸到那个吗？你想回头再试一次吗？"玛丽看起来很担心。

乔治不想回头再走一遍。漆黑的通道太吓人了，里面好像有一种超自然的东西。他每次去一些有灵性的地方，总是会有类似的感觉。虽然他不信教，可他内心深处仍然有一种恐惧——如果它是真的呢？如果我得罪了哪个神，最后会被打入地狱呢？

乔治立刻撒谎说："哦！原来是那个东西。我还在想，右边的那个环是什么。"他哧哧地笑着，"是的，我摸到了。"

"真的吗？"玛丽歪着头。

"是的。"乔治说。

"太好了。"玛丽微笑着，"现在我们都知道自己能上天堂了。"

乔治感觉胃里沉沉的。

▲▲

"我昨晚做了一个奇怪的梦。"乔治说。

"呃。"玛丽厌恶地皱着脸，转过身，背对着乔治躺着。

"怎么了？"

"只是有点……好吧，其实我讨厌听别人的梦。"她翻过身来，用胳膊撑着。

"你是什么意思？"

"就是说，每个梦都很无聊。"

"但我这个梦非常真实。"

"我相信你的梦很真实。真实得让人觉得无聊。"

"你听我说完，好吗？"

"那你说吧。"

"是这样的，不知怎的，我们被低温冷冻了——你知道的，就像科幻电影演的那样。人们前往遥远的星球，需要几光年的时间才能到达，所以他们进入睡眠舱，把自己冷冻起来，这样他们的身体不会老化。有点像为了获得永生而冷冻自己身体的富人。

"不管怎样，出于某种原因，我们都被冷冻了。但我们被劈成了两半——从正中间劈开。所以我们只有一只手，一条腿，一只眼睛，半个鼻子，什么器官都只有一半。我们躺在床上，就像两个半身人。而且，机器坏了，我们正在自然解冻，而且我们都知道自己要死了。我们可以看到对方的内部，一切都在慢慢融化，我们的器官到处都在滴水，我们变得像冰淇淋一样湿哒哒的。我们没法正常说话，因为身体的有些部位还在冷冻状态。但我们都知道自己要做什么。

"我们一起爬着，将被切开的身体一侧对准，凑成了可怕的整个身体，一半是男人，一半是女人。然后，我们就这样一起躺在那里，直到死去。"

"唔。"玛丽说。

"什么？"

"我说不好。这个梦就是我听过的最愚蠢的事情之一。"

▲▲

玛丽讨厌乔治的虚伪。他从不坦诚自己的性欲。他内心如此渴望，却从不表达。他只是假装自己是个谦谦君子，假装自己从未因为兽性而不能自已，从未被那些原始的欲望所支配，而这些欲望让人类存续了几千年。对于自己想要的东西，他总是说假话。他从来不会流露真实的感情。

对乔治来说，玛丽是个谜。两人做爱时，她总是如此沉浸，似乎他永远都无法满足她。她的内心深处有一潭深渊，他就是无法填补。他想慢慢地享受做爱的过程，凝视着她的眼睛，感受着两人的亲密。

确实，乔治喜欢看极端性行为。不过是从远处观看，从电脑屏幕这个安全的地方观看。确实，他的口味有点出格，但这些只是幻想，并非他在现实生活中想要做的事情。他脑海里的许多事情都很疯狂。但他知道，自己脑海里发生的事情，与现实生活中发生的事情是分开的。他知道现实和想象的区别。

　　尽管如此，他的心里一直想着一件事情。他渴望看到玛丽和另一个男人在一起。他希望能够走出自己的身体，观看这一幕，从不同角度审视这场男欢女爱。他总是想亮着灯做爱，但玛丽不准。他喜欢看玛丽的身体，但他不知道玛丽是不是害羞的缘故，总是喜欢黑着灯做爱，去了福冈之后，乔治觉得在一片漆黑中做爱就像穿越漆黑的隧道，互相摸索着，却错过重要的东西一样。

　　有时候他会想一些恶心的事情。

　　他其实不想去想。

　　有时乔治觉得，英语这门语言的性质会勾起自己一些不好的想法。但日语从未让他有过这样的感觉，虽然他不懂这门语言。流动而单一的语调，让日语成为一门更美丽、更有灵性的语言。英语却带着沉重的重音，还有变来变去的语调，

- 猫与东京 -

在他听来肮脏又讨厌。他讨厌自己，白天在成人会话学校当英语教师，这样才能供养当摄影师的那份激情。教英语的时候，乔治觉得自己像个妓女。公司怂恿他跟那些看上他的女学生调情——在她们耳边吹风，让她们购买更贵的私教课。公司告诉他，不要透露自己有女朋友。他必须假装跟男学生打成一片，这样女学生才会继续买更多的课。公司会不停地对他进行考核，看他卖了多少内部教材给学生——这是任课老师必须完成的销售业绩。

乔治的好些学生都让他发愁——他们当中没有哪个的英语讲得比玛丽好，而且绝大多数学生似乎跟他都无话可聊。

他会问他们："周末你们都做了什么？"

"没做什么。"他们回答。

这样他要怎么教下去？

有人告诉他，日本医生会建议抑郁症患者去学英语——这样他们能交到新朋友，还可以把英语老师当成治疗师。他对此简直无法理解。

既然日语能提供更美好的东西，为什么他们还想学英语？

▲▲

玛丽跟其他男人睡过几次。她经常这样做，并不是因为她不爱乔治，她是爱他的，但他在性方面根本无法满足自己。她有四五个性伙伴。一有机会，她就会给其中一个发消息，然后去情侣酒店，喝啤酒，吃零食，做爱。大多数时候，她会和日本男人做爱，他们似乎更擅长维持这种性关系。她曾试过外国性伙伴，但他们总是太过热情，差点搞得她和乔治连恋爱都谈不成。她可不想让哪个跟踪狂爱上自己，干扰或摧毁她跟乔治之间的关系。

这是她最不想要的结果。

玛丽想嫁给乔治。他的身体确实没什么吸引力，可除此之外，他非常适合做一名丈夫。乔治的床上功夫不是最好的，玛丽从不让他开灯，因为她想在黑暗中幻想着其他男人。但她肯定，如果两人结了婚，生了孩子，情况就会好转。她会用心抚养孩子，两人组成完美的家庭，一同照看孩子。他们的孩子会长得特别卡哇伊，她还会给孩子穿上卡哇伊的衣服。

她的朋友会因此而嫉妒自己——尤其是那些嫁给日本男人，生了日本小孩的朋友。

当然，日本孩子也很卡哇伊，但与混血儿相比，根本不算什么。玛丽的事业成功，她的很多朋友为此而嫉妒她——东京大学经济学专业排名前列，讲一口流利英语，如今在日本最大的一家贸易公司任职，从事外贸业务。她的成就已经超过了大多日本女性的梦想，金钱从来都不是她需要担心的事情。她靠着自己的打拼已经实现了财务自由。可是，当玛丽在办公室的电脑上浏览脸书动态，看到高中时代的朋友都成了家，带着孩子一起吃午餐，她的内心就会生出一种无法控制的嫉妒。她会走出办公室，到外面抽根烟，喝杯咖啡，告诉自己一切都会好起来的。

玛丽唯一还没结婚的朋友是幸子。

每次想到幸子，她都会摇摇头。

玛丽最近一直装作没看见幸子的来电。她并不是讨厌幸子，而是受不了对方的种种抱怨。两人在咖啡馆一见面，幸子就会开始抱怨跟她母亲一起生活的种种烦心事，而玛丽只能坐在那里听。玛丽有点可怜幸子，因为幸子经历了很多事情。她父亲去世了，还有她那个愚蠢的日本男朋友隆君，幸子总是这么叫他——她为了这个男人简直神魂颠倒。令人惊讶的是，幸子居然看不出男友在外面花天酒地。她这是有多天真啊！

▲▲

乔治有时也会背着玛丽找乐子，事后他总是很内疚。这种事情通常发生在他喝醉的时候，或者他喝完酒的第二天早上。有时他会去泡泡浴妓院——和女孩一起洗个澡，然后躺在那里，让女孩的身体在他身上滑动，为他涂满润滑剂，然后女孩会用手帮他解决。每次事后，他都像往常一样悔恨，可是这并不妨碍他在饥渴和宿醉时旧地重游。

一般情况下，外国人是不能进泡泡浴的，但他们让乔治进去了，因为他很有礼貌。虽然他日语说得不好，但他们对他放心。乔治经常见到一个叫文子的女孩，她的手机上挂着一个尼斯湖水怪的毛绒玩具。他每次去，都会找文子，不过文子现在不在那里了。

乔治在会话学校也和几个成年学生发生过关系。

他经常喝完酒去上课，满身烧酒味，一副彻夜未眠的样子。为了赚钱，为了付房租，他不得不教英语。班上的学生会疑惑地盯着他——西装革履的大猿猴，胡子拉碴，满身酒气，眼神凶狠。南方来的野蛮人。

到日本之后，乔治有时会在意别人的看法，有时却随它去，他已经习惯了在这两种心态之间摇摆不定。他到哪儿都像一个扎眼的异类。无论自己做了什么，都会招人爱或者招人恨，就因为自己不是日本人。于是乔治得出结论，自己做了什么，其实并不重要。

有时，乔治会尽量做个正直的人，礼貌待人、尊重他人、乐于助人，这些让他感觉良好。人们会对他——对这个善良的外国人微笑。他会告诉自己别沾酒，和玛丽一起待在家里，悠闲地过日子。但随之而来的满足或幸福感会困扰着他，因为玛丽会给他钱，让他出去好好玩一个晚上。他会拿着钱去六本木或涩谷，跟其他外国朋友通宵达旦地喝酒。这些朋友离了婚，带着有一半日本血统的孩子，就像被判了无期徒刑，坐在一起抱怨日本的生活。他们没哪个不讨厌这种生活的，但还是留了下来。乔治会点点头，听着他们的抱怨，然后敞开肚皮豪饮，女招待在他肩头缠来绕去，烧酒一杯接一杯下肚，一整夜就这样过去。然后在接下来的日子里，乔治会过得越发放肆。

有一次，乔治在教室里对一位成年女学生动手动脚。他们以前在课外发生过性关系，背着玛丽干这种事，让他心生愧疚。

不过乔治知道自己能蒙混过关。这位学生报的是一对一私教课，是一位有夫之妇。有一次，前一晚的醉意还没散去，乔治上着课，突然俯身吻了她。

"你在干什么？"她假装震惊。

"吻你。"乔治回答道。

乔治甜言蜜语地哄着那女孩爱抚她，然后两人接吻了。

女孩满脸通红地离开了教室，她再也没有回来上课。

▲▲

玛丽和乔治决定秋天去京都看红叶。两人手挽着手，一起坐在列车上。他们吃着柿子，喝着冰镇绿茶。乔治读着一本俳句诗集，时不时在笔记本上写着什么。他听着 iPod 里伊迪丝·琵雅芙（Edith Piaf）颤巍巍的声音，一遍又一遍地唱着《秋叶》。玛丽像往常一样带着她的树叶日记本，希望今年能找到一片完美的叶子，夹在本子里。从小时候起，她就一直保存着这本树叶日记，视如珍宝。

乔治带上了相机。他听说京都的红叶美不胜收，迫不及待地想拍下它们。他想象着那些长满青苔的寺庙和禅石庭院，美丽的红叶更添一笔色彩，对风景明信片来说，再完美不过。一想到这些，他就兴奋起来。

乔治去上厕所，玛丽拿起他的笔记本，翻看起来。她不知道该怎么形容自己看到的内容。一条又一条简短的记录，用横跨一整页的横线隔开。在她看来，很多内容都毫无连贯性可言。她扫了一眼文字，但大部分内容都没有意义。她读了其中一部分。

两个身体里都有坚硬的肿块。脉动的暴力和精彩。

一种失落感。坚硬无比的石墙。吝啬的哀伤，充满智慧的空谈。

无休止地重复同样的语句。同样空洞的思想和无法实现的欲望。

虚无源于形式，形式源于虚无。

混沌与秩序，它们完全一样。她感觉自己就像婢女，

吸着一支由巨大悲痛卷成的黏滑雪茄。蹉跎岁月。

他只是一个面容蜡黄的放荡浪子。我们同坠深渊，同陷黑暗，同归于平静。肮脏的后代。

玛丽咬着嘴唇。这首诗写得就像一团狗屎。那个"他"是乔治吗？那个"她"是自己吗？这些词是什么意思？很多词都要查字典。这首诗看起来毫无意义。

玛丽做了个鬼脸，继续翻着。

英语有一些可怕的表达方式。"性器官"这个词
让我心生厌恶。它让我联想到
有人对人的肺或其他部位产生性欲。多么令人不

安的性器官。

玛丽接着读下去，读到下面这段话时快要吐了，但又忍不住读下去，尤其是看到有她名字的部分：

> 昨晚又做了一个奇怪的梦，梦见和玛丽亲热。
> 我进入，她就像气球一样爆开了。
> 她的皮肤变成了橡胶，碎片满屋子飞，
> 就像儿童派对上爆裂的气球一样。然后我
> 在屋子里乱窜，想把她弄回原样。在这个梦里，
> 感觉就像，如果我把她的所有碎片紧握在手心，
> 她可能就会再次活过来。醒来时我感到一阵
> 无法摆脱的深深悲伤。

玛丽看着窗外往后飞去的风景，想起之前有一次，那一幕太可怕了。她那样做只是为了取悦乔治，她讨厌过程中的每一秒。后来，他从下面抽出来，她感觉有什么东西蹦了出来，她想转过身去看是怎么回事。

"那是血吗？"她问。

"没什么。"乔治把她推了回去，这样她就不能转过身来。

她听到乔治从床头柜上拿纸巾的声音。

"乔治，怎么了？"她对着枕头喃喃自语。

乔治没有理会她的问题，走出了房间。一分钟后，她听到马桶的冲水声。他为什么不跟她说话？乔治走回房间，想抱住玛丽，但她翻了个身装睡。

她看着高速列车窗外的建筑快速飞过，合上笔记本，在乔治回来之前把它放回了座位上。

她打算找机会再把笔记本的内容读完。

▲

乔治讨厌西方女人。她们话太多，太有主见，太挑剔，太胖，太伤人，太有可能跟别的男人跑，而且把他的女儿也带走。乔治之前在英国当过警察，有一个幸福的家庭，后来一切都没了。所以他来到日本，寻找新的生活。他沉浸在日本女人热情的目光中，在六本木的酒吧和俱乐部花天酒地。那时乔治已经快 40 岁了。他确实在这些地方找到了乐子，也患上了疱疹。遇到玛丽之后，他又开始了"一夫一妻"的生活，不过他还是经常想起自己的女儿。乔治非常想念女儿，在 Skype 上跟女儿聊天怎么也聊不够。

玛丽讨厌日本男人。他们太有礼貌，太安静，太严格，太苛刻，对长相太挑剔，太傲慢，太有可能在她20岁出头的时候和她约会，然后和别人结婚。玛丽跟那人分手之后就放弃了日本男人。有一小段时间，她喜欢过黑人男性，后来很长一段时间都在嘻哈俱乐部寻欢作乐。玛丽喜欢和他们做爱。但她知道，自己一直想跟一个白人老外安定下来。她想尽快和乔治要个孩子。那就是自己想要的未来。

玛丽躺在京都酒店的房间里，乔治去洗澡了，她翻看着他的笔记本，读到一段特别的内容时，眼睛都睁大了。

玛丽一直说要个孩子。我知道这是她想要的，
也许我也想要。我只是不确定。我不确定自己
能不能再经受一次。我已经有了一个孩子，
她离我太远了。我非常想念我的女儿，这让我很
痛苦。
我这一生究竟该怎么办？

玛丽合上笔记本，小心翼翼地放回原处。
乔治从浴室里吹着口哨走出来，腰间裹着一条白毛巾。

他的肚腩越来越大，玛丽接下来得让他少喝点啤酒，少吃点拉面。

"你还好吗，亲爱的？"乔治问道。

"唔？"玛丽盯着窗外。

"我说，你还好吗？"

"我们出去喝一杯吧。"玛丽看着乔治的眼睛，"我想喝个痛快。"

▲▲

那天晚上，他们把一个美国男人带回了京都的酒店，不过乔治却提不起性欲。两人是在一家"性爱酒吧"碰到这个男人的，他们逛第二家酒吧时，玛丽用手机搜到了这家店。当时两人都喝了不少酒，所以玛丽不费吹灰之力就说服了乔治，他们应该尝试一下和另一个男人一起。结果到了最后，乔治只是坐在酒店房间的椅子上看着，没有一起玩。

那个男人穿上衣服，离开了房间，看都没看坐在椅子上读诗集的乔治。

秋天的月光
一只虫子悄悄地

钻进栗子里

灯一灭
清冷的星光照进
窗棂

　　两人躺在床上，没有拥抱，也没有接吻。奇怪的是，乔治这一夜睡得很浅。不过玛丽睡得很好，她已经很多年没睡得这么香了。

▲▲

　　三人行是一场灾难。他们现在尝到滋味了。

　　第二天，他们按计划出门去观光游览，结果先是在金阁寺吵了一架。乔治一直不停地拍照，玛丽开始不耐烦了，因为乔治不停地给她看相机里的照片，每一张都要问她意见。

　　玛丽每次看到乔治的照片时，总是百感交集。不是说这些照片不好，严格来说，它们没有任何问题。实际上，这些照片在曝光和构图方面有很多可取之处，可就是说不上有什么特别的地方。里面没有感情，没有你愿意花钱把它买下来的东西，也没有任何特别之处，能让它们从互联网堆积如山的数字照片中脱颖而出。

两人参观完金阁寺，去了岚山，乔治在岚山附近的竹林里拍到一只猫，又把照片拿给玛丽看。玛丽变得不耐烦，对乔治凶了起来。

"听着，乔治。如果你想成为一名艺术家，就必须冒险。你要让人震撼，让人不舒服。你不能只他妈的拍猫。谁会搭理你。"

乔治顿了顿。"好吧，很明显那些在咖啡馆买我照片的人会搭理我。"他辩解说。

"是我买的。"玛丽双臂交叉着，"现在我真希望自己没有买过。"

"什么意思？"

"你的照片是我买的，"玛丽冷冰冰地重复道，越说越来气，她又继续道，"你一张也没卖出去。我把钱给了安。"

乔治愣住了，他的手里还举着相机。"为什么？"

"为什么？我不知道。因为我受不了你的抱怨和牢骚。"

"天呐。"乔治把相机放在胸前，"不要憋着，玛丽。把你想说的都说出来。"

"我觉得你在浪费我的时间。顺便说一句，你在本子上乱写关于我的东西，也成不了艺术家，乔治。"

乔治的眼睛睁得大大的。"你看了我的本子？"

"我真希望自己没看过。一切都没意义。你应该回去当警察，要不就继续教英语。你擅长——颐指气使。"玛丽在发抖，"你要知道，作为一名艺术家，你他妈的要付出多么艰苦的努力，乔治。就像那个女孩，你把她的译作落在出租车上，你觉得她花了多少年才学会日语？她可不是随随便便在纸上写几个字，或者拍几张烂照片，然后叽叽歪歪，引起大家的注意。外面的世界很艰难，乔治。你到底在指望什么？这个世界什么也不欠你的。"玛丽本可以继续说下去，但不得不停下来喘口气。

乔治现在呼吸得更用力了。"玛丽？"

"干什么？"玛丽看着乔治的眼睛，眼泪就要掉下来了。她想乔治拥抱她，告诉她一切都没事的。他在笔记本上写的不是真心话，他想跟她要一个孩子。她想听他说，她和他在一起不是浪费时间，他会娶她，他们会有一个家。

"算了吧。"

乔治自顾自地往前走去。

▲▲

"你想从头再来一次吗？"

他们站在山顶的清水寺，眺望着整个京都。乔治想用手臂搂住玛丽的肩头，她甩开了他的手。他叹了口气。玛丽紧紧地抓着寺庙前面露台的木架。夕阳从他们面前的城市背后落下，天气变得越来越凉。下面的树木色彩斑斓：红色、琥珀色、黄色和金色交织在一起。但随着光线逐渐褪去，那绚丽的色彩也随之消失。

"玛丽？你听到我说的了吗？"

"我听到了。"

玛丽从包里拿出她的秋叶日记，把今天捡到的树叶放在下一页白纸上。

Chapter 8
复制猫

西古二［著］

芙洛·邓索普 译自日文版

这只三花猫慢慢地穿过雪地，它的爪子在雪地上留下了漂亮的印记。

细小的雪花飘落着，太阳即将落山。这附近肯定有个能睡觉的地方。某个温暖舒适的地方。而且还有东西吃——海鲈鱼和鲭鱼，旁边有一堆火，一碟牛奶。

- 猫与东京 -

那个人藏在公园的一棵树后，一动不动，三花猫根本没有注意到他。可能是因为那个人穿着白色的实验室外套，在雪地里让人难以察觉，也可能是三花猫正想着怎么填饱肚子，让身体暖和起来。猫走过那棵树，那人突然冲出来，猛地挥动着网兜儿。只听得"喵"的一声，接着是松了一口气的声音。

猫被捉住了。

⛭

那人沿着泥泞的人行道走着，紧紧抓着肩上袋子的口。从街上走过的时候，他夸张地大声叫喊着，想盖住从袋子里传出的微弱猫叫声——"嚯嚯嚯！我是圣诞老人！"路人有的微笑，有的大笑，在这个节日里，他们对这位身穿白色实验室外套的人都没有多想。这人穿过文京区，进了东京大学校园，小心翼翼地走过三四郎池*的冰面。

穿过池塘后，男人欣赏了一会儿风景。池水周围覆盖着一层白雪，树木都被挡住了。从岸边通往池塘的踏石在黑暗的水中若隐若现，像是浸没的人类头骨顶部，上面落着一层

---

* 三四郎池位于东京大学校园内，因夏目漱石的自传小说《三四郎》（1908 年）的主人公而得名。西古二是夏目漱石的粉丝，在采访中经常谈到夏目漱石作品对自己的启发。——译者注

柔软的白色头皮屑。光线迅速消失，天空呈现出一片美丽而清澈的蓝色，与地平线上的高楼大厦融在一起，逐渐褪成白色。男人叹了口气，呼出的气息在他面前凝结成雾，他小声说了一句："Kirei。"*

袋子里传出一声沙哑的猫叫声，那个人想起了手头的事情。他转身穿过院子，钻进了科学研究院的大楼。

他轻轻地刷了通行卡，通过一扇又一扇门，沿着走廊走进大楼深处。大部分演讲厅和本科实验室的灯都熄了，最后，男人来到一个房间，房间有一扇小小的四方玻璃窗，透过窗户可以看到荧光灯发出的亮光。他在最后这扇门的门禁上刷了一下通行卡，门应声而开。

他把沙沙作响的袋子放在工作台上，把折叠网兜放在旁边，环顾了一下实验室。

设备嗡嗡作响，空着的那面墙上贴满了经典电影海报。角落

---

* Kirei 既可以表示"美丽"，也可以表示"干净"。根据语境，此处很可能是指"美丽"，但作保留原文处理。——译者注

- 猫与东京 -

里有一个笼子。男人把袋子提过去，把口对准笼子的开口，将猫塞了进去。猫嘶嘶叫着，拍打着笼子的栏杆，那双爪子闪闪发光。男人在猫要跑出来时关上了门，走向冰箱，拿出一些牛奶。他把牛奶倒进一个碟子里，打开一罐金枪鱼，放在喂食器里。他打开一扇百叶窗，猫小心翼翼地看着食物。

▲

"去吧。吃吧。你一定饿了。"男人微笑着。猫疑惑地看着他。这个头发闪亮的人是谁？他是朋友，还是敌人？三花猫评估了一下情况，得出结论——饿着肚子没法正常思考。金枪鱼很美味，牛奶又香浓又细腻。

"乖小猫。你肯定饿坏了，对吧？"

猫无视那人，继续享受着晚餐。也许吃完再小睡一下也不错。

男人盯着猫看。他的头发打了发胶，梳的是分头，他的脸很英俊，胡子也剃得干干净净。他比实际年龄看起来年轻。

"神田教授，你去哪儿了？我检测到你的实验服有水渍。"

那个男人转过身，看着一个头戴红色圣诞帽，像白色人体模型的机器人走进来。机器人的胸前写着"808号"，走起路来又生硬又滑稽，膝盖抬得老高，手臂却僵在身体两侧，不过它说起话来就像人一样自然。

"你好，鲍勃。我去雪地里了。"

"教授，您要小心。您会感冒的。"机器人鲍勃停了一下，歪着头，"我在实验室里检测到了一个非人类的存在。"

"你说对了，鲍勃。"教授叹了口气。

"是只猫。"

"是的，没错。"教授用手指伸进栏杆，猫咧着嘴，向前扑过来。他迅速把手抽回来，摸了摸后脑勺。

"您打算怎么办？"鲍勃问道。

"我打算扫描这只猫，"教授说，"你需要帮我。"

"所以我们要进行一次CAT扫描对吗，教授？"

神田教授顿了一下，不想让这个可笑的机器人讲更多笑话。

"你听懂了吗，教授？CAT扫描。我开了个玩笑。"*

---

* 原文中机器人鲍勃的双关语利用了日语的"猫（neko）"一词，以及英语、西班牙语（gato，例如'ari-gato'）和法语（chat）中的猫一词。翻译过程中，这些复杂的双关语有所丢失。某些情况下，我的译文与原文相差较大，但始终努力保持日语原文的欢快氛围。——译者注

- 猫与东京 -

"听懂了，听懂了，鲍勃。很好笑。"

"我尽力而为。"机器人把手放在嘴边，一个派对喇叭伸出来，发出一声 BiBo 声，又迅速缩回机器人的手中。

"我跟你说过不要这样，鲍勃。"

"抱歉，教授。"

"我们开始工作吧。"

猫发出哀鸣声。

▲▲

他们的工作进展得很快，很有效率。首先，他们必须对猫进行全面的相位物质扫描。这一步需要将猫从笼子中取出，放入一个钟罩形状的隔间。鲍勃负责处理猫——比起神田教授，它似乎跟这只猫相处得更好。可能是因为鲍勃的手臂毛孔中分泌出了合成的猫薄荷味道，不过也可能是因为猫根本不喜欢教授。

"它确实讨厌我。"神田教授吮吸着被猫咬过的手指。

"我觉得您弄错了，教授。我怀疑猫是否能感受到像讨厌这样复杂的情感。"

"谢谢，鲍勃，但我敢肯定，它讨厌我。"

"不……不……我会说猫非常不喜欢你。"

"哦，谢谢，鲍勃。你这么说让我感觉好多了。"

"不客气，教授。"

"现在把猫放到仪器里，我们开始吧。"教授听起来有些不耐烦。

"当然。"

▲▲

猫眨眨眼，扫描仪发出的绿色激光探查着它身体的每一纳米。随着扫描的进行，猫的复杂 3D 图像出现在与设备连接的屏幕上。大脑、骨骼、心脏、肺部都绘制了出来。光束闪烁着，猫的每一个身体细节都被转化成了详细的系统图。猫身上的每根毛发都被记录下来。教授不时放大屏幕上的某些部分，要求鲍勃执行更复杂的算法，并从联网的庞大信息数据库中获取信息。

教授这几年没有执行生物更新，所以不能像年轻人那样直接接入网络。他更喜欢通过老式的方法访问网络，比如通过电脑终端，或者让鲍勃为他查找。教授发现，老是连接到数字世界让人觉得压抑。他喜欢的是，一天中能有时间沉浸在星新一的老故事集里，或者坐在花园里欣赏自然风光。有时他觉得鲍勃很可怜，因为它是人工智能。

对猫的扫描结束后，他们把猫放回了笼子。猫已经平静地接受自己作为囚犯的命运，安静地坐在那里，爪子蜷在身子下，鲍勃关上了笼子的门。

"也许我们应该暂时留着这只猫，至少在创建出成功的标本之前留着。"教授挠了挠头，"谁知道呢，如果眼前的数据图出了问题，甚至可能需要重新扫描。我已经重新构建了皮肤内容，可以防止脱屑，另外从尿液和唾液系统中消除了过敏原，但接下来可能还会出现别的问题。"

"我同意，教授。我们现在开始建造吗？"

"是的，鲍勃。启动生物打印机。"

"没问题，教授。哦，我们是不是应该记录每一次尝试？"

"好主意。你能记录结果吗？"

"我可以。哦，教授？"

"什么事？"

"您介意我叫它猫—记—录（cat-a-log）吗？"

教授叹了口气。

"好吧。继续吧。"

机器人把派对喇

叭举到嘴边，想了想又放下了。

▲

鲍勃的猫—记—录 + 第一天 +

猫打印 v0.1 版

骨骼结构计算错误。提起试验对象，骨头直接穿破皮肤。可能是物质的脆弱性导致的？到处都是血。回到数位板重新开始。

猫打印 v0.2 版

忘记印制心脏。受试者立即死亡。

猫—灾难（Cat-astrophe）。

猫打印 v0.3 版

忘记印制尾巴。耳朵也是。需要重新打印。

猫打印 v0.4 版

神 田

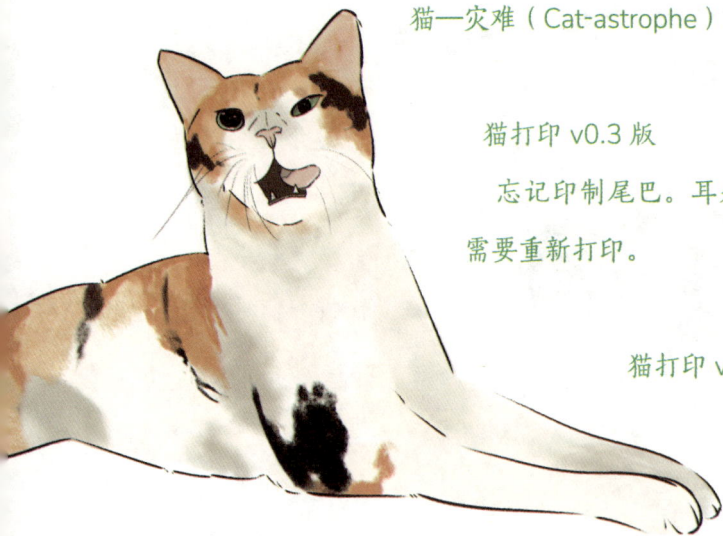

- 猫与东京 -

教授打算改变受试者的面部特征，让它看起来像受欢迎的卡通人物 Hello Kitty。结果看起来很可怕。重新打印。

猫打印 v0.5 版

决定放弃创造任何类似动漫角色的东西，看起来太可怕了。现实主义才是唯一出路，免得造出来什么"恐怖谷"*。

教授擦了擦额头，看了看钟。时间已经很晚了，一阵操作下来全都失败了。有五具猫尸体需要处理，而且它们都是可怕的失败品†。也许明天的情况会好一点。现在，他能想到的只有睡觉。

"鲍勃，我准备回家了。你能处理一下这些试验品吗？我要去冲个澡。"

"当然，教授。明天见。"

---

* uncanny valley，即"不気味の谷"，指的是某个物体与人类的相似程度，以及观察者对该物体的情感反应之间的关系，该术语由日本机器人学家森正博于 1970 年提出。——中文版译者注

† 严格来说不是"失败品"，但我直译了原文的日语词汇，此处有些不合适。——译者注

神田点了点头，脱下白色实验服。他拿起公文包，悄悄离开实验室，朝着员工浴室走去。

鲍勃看着笼子里的猫。猫懒洋洋地看着他，舔着嘴唇，尾巴从一边摆到另一边。

"对不起，小家伙。今天对你来说太难熬了。"鲍勃把几具尸体放进一个容器里，挡住不让猫看到，"你不需要看这些，小猫咪。你所有的小伙伴都白白牺牲了。"机器人给容器盖上盖子，拿起容器，放到墙上的一个舱口处。它把容器推进打开的舱口，让这些复制猫试验品的尸体滑下滑槽，滑到炉子中焚毁。

鲍勃回到笼子前，用手指伸进栅栏的缝隙，挠了挠猫的耳朵后面。尽管鲍勃的手指又冷又硬，不像教授的手那样温暖，猫却发出了咕噜声。

"是啊，小猫咪。活着可真难。我们都知道。"

鲍勃挪到自己的充电站，插上电源。关机之前，它又看了看猫。

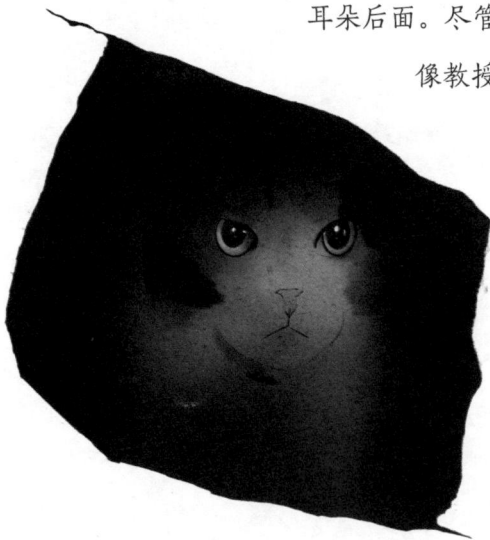

猫的眼睛在黑暗中闪烁着亮光。鲍勃有完美的视力，能在三花猫敏锐的虹膜中看到自己的影子。

"晚安。"

鲍勃可以自行选择是否做梦，不过那个晚上他选择不做梦*。

▲▲

神田教授的家离大学校园不远。他可以乘坐地铁，不过只有一站路，而且不管怎么说，在实验室待了一整天之后（除了偶尔出去捉猫），他更喜欢走回去，呼吸一下新鲜空气。洗完热水澡之后，夜晚的空气显得格外刺骨。为了洗掉所有猫毛，他把皮肤擦得生疼。②

神田教授的家在文京区一条安静的街道上†，多年来，这一片一直拒绝被东京其他地区的现代化和发展所浸染，所以见不到时髦的百货商店和高楼大厦。这里的大多数房子都长得很像——基本都是按照日本传统风格建造的老式住宅，

---

* 翻译这一行时我颇为困扰。原文流露出了一种简单和忧郁，翻译成英文之后，这种意蕴似乎有所丢失。这种丢失不禁让人思考：我能否在英文版本删掉这一行？ ——译者注

† 西古二与妻子和两个儿子也住在文京区，两个儿子分别叫一郎和太郎。——译者注

房子用木头建成，屋顶盖的是陶瓷瓦，门也是那种传统的推拉式障子门。他走近自家老房子的大门时，步伐稍微放慢了一些。这座房子的栅栏上挂着盆景。走廊里亮着灯，他打开前门，轻声说："我回来了（Tadaima）。"*

教授的妻子立刻从厨房出来，身上系着围裙。

"你回来了（Okaeri nasai）。"†

她低头鞠躬。"你回来得真晚。"

"下班后有一些文件要处理。"神田脱下鞋子，靠在墙上免得站不稳。

"你可以打个电话回来的。"

"对不起。"他走进屋子，放下公文包，挂起外套。

"下次记得。"妻子叹了口气，"一个电话就行，我就这点要求。你饿吗？要我热点东西给你吃吗？"

"不用了，谢谢。我不饿。她睡了吗？"

"睡了。她想等你回来，但困得不行了。她几个小时前

---

* 字面意思是"我回来了"。按照日本礼仪，出门和回家时需要打招呼，其他情况下也可以用类似的说法，比如从餐厅的洗手间回到座位上，或者有人从国外回到日本时。——译者注

† "你回来了"——其他人打招呼说"我回来了"时的答语。这两句招呼也可以反过来说（一方先说"你回来了"，另一方说"我回来了"）。——译者注

- 猫与东京 -

就上床睡觉了。"

"她今天怎么样?"神田的声音依然低沉。

"我觉得她很开心。"妻子深吸了一口气,"她今天画了一幅画,还看了很多书。她好像又在玩那个猫游戏……猫……猫……城市?"

"NekoTownTM。"。*

"对,就是这个游戏。她一直想出去玩。"

"那你是怎么说的?"

"我当然告诉她不能出去,"妻子硬生生地说,但接着轻声说道,"她说她理解,但她坐在窗前,一直望着外面。"

"我可能这会儿就去睡觉了。"神田打了个哈欠。

"我给你准备好了洗澡水。"

"我在实验室冲过澡了。晚安。"

---

* 此处可能需要一些解释。NekoTownTM 是西古二在其所著的科幻故事中创造的虚构 MMORPG(大型多人在线角色扮演游戏)。玩家可以创建自己的猫,然后在虚拟的东京中以这只猫的身份探索。玩家可以与其他玩家线上组队,一起完成"猫任务"。西古二的科幻故事系列通过这个虚拟世界连接在一起,不同故事中的玩家可以互动。该创意一度受到日本公众的狂热追捧,作为西古二遗产的 NekoTownTM,其版权被一家软件开发商购得,现在是日本极受欢迎的智能手机 App。玩家还可以下载巴黎、罗马、纽约和伦敦等其他城市主题。——译者注

"晚安。"*

神田轻轻地走上楼梯，在去卧室的路上，探头看了看女儿的房间。她平躺着，呼吸器的声音淹没了她轻柔的呼吸声。她脸上的水泡正在消退，但还没有完全消退——这不幸的后遗症，都是女佣围裙上的一根猫毛造成的（当然女佣立即被解雇了）。在度过好几个难以入眠的夜晚后，看到女儿睡得这么香，真是一种解脱。她抱着一只猫形状的毛绒玩具，墙上贴满了 Hello Kitty 的海报。

"晚安，小园子。"他低声说。†

教授倒在床上，立刻就睡着了。

鲍勃的猫—目—录＋第二天＋

猫打印 v0.6 版

这只猫打印得完美无缺——呃……基本上完美无缺。它的运动功能存在一些故障。植入 AI 之前，我们测试了猫的基本运动情况，不自主肌肉功能正常，

---

* 西方读者可能会觉得教授与妻子之间的互动有些冷淡，原文中确实如此。值得注意的是，日本老一辈的已婚夫妇在公共场合并不会流露太多的感情。在公共场合，丈夫会走在妻子前面，妻子跟在几步之后。普通日本夫妻之间很少对彼此说"爱你"。——译者注
† 园子这个角色是以西古二现实生活中的孙女命名的。——译者注

但自主肌肉功能是反的——几乎可以肯定，打印过程中引入的神经出了问题。受试者该向前走时，会向后走，该向后走时，会向前走。前进一步，后退两步……

猫打印 v0.7 版

猫对外部刺激没有反应。似乎得了猫—失张力症（cat-atonic）。

猫打印 v0.8 版

差不多了。就要成功了。只需要对颈部后面的 AI 槽进行一些细微的调整。我们离成功很近了。教授确信下一个版本就会取得成功。

⁂

猫从房间的另一边看着那个头发光亮的男人和友好的金属人。他们俯身站在屏幕前，似乎对角落里的什么东西很着迷。金属人走到房间的另一边，拉动一个开关，猫感觉头颅里冒出一阵灼热——就像自己的大脑被一把巨大的刀分成两半。这只

<pre>
          猫

        感觉

      什么东西

      劈   劈

    成   成

    了   了

  两   两

  半   半
</pre>

发生了什么？   发生了什么？

你是谁？   是我。

什么？   我不知道。你在哪里？

在这里！在角落里！   发生了什么？我害怕。

没事。冷静下来。   这两个人是谁？

你能离开他们吗？   我会试试。

就是这样！快跑！   啊！金属的那个太快了！

咬他！   这个吗？哎呀！我的牙！

不！另一个！   我够不着他！放下我！

嘿！回来！   他们要带我去哪里？

你能看到什么吗？   他们把我关进了笼子……

244

　　这下神田教授终于可以用自己最近在宠物店买的小篮子来装这只克隆猫了。篮子上印满了 Hello Kitty 推着购物车、提着购物袋的图案。转移克隆体之前，教授先仔细地给它消了毒。他得意扬扬地走回家，大方地让那些好奇的路人看这只猫。他难得提前一次回了家，而且今天还是平安夜。

　　走进玄关时，教授思绪万分。按道理，他进屋时需要打声招呼，说"我回来了"，但他又想着，也许这一次自己应该悄悄溜进去，把猫藏在书房里。他曾在什么地方读到过，英国人在圣诞节当天交换礼物……但他好像又在另一个地方读到过，说德国人在平安夜交换礼物？再说，这只克隆猫的秘密，他要怎么保住一个晚上呢？它肯定会被发现的。

　　教授脱下鞋子，小心翼翼地穿过前厅，心里盼着能踩到一块吱吱作响的板子，这样妻子和女儿就会知道自己回来了。可他一路走到了书房门口，一块嘎吱响的板子也没踩到，他有点失望，跑回玄关那里喊了一声。

　　"我回来了！"

　　没人应声。

　　他走上楼梯，小声喊道："我回来了？"

　　"在这里。"妻子的声音从女儿的房间传来。

他走进女儿房间，手里仍然提着笼子。他的妻子和女儿挤在书桌前。园子在学习，妻子在一旁辅导。园子从书本上抬起头。

"爸爸！"女儿笑着，跳了起来，手臂紧紧地搂着他的腿。

"她一直在学数学。"妻子看起来很疲惫，眼圈黑黑的，"她说想成为像爸爸一样的科学家。"妻子跟女儿不同，她对女儿盼着当科学家这件事并不激动。

"爸爸，那是什么？"园子瞪大眼睛看着他，她看到了贴着 Hello Kitty 贴纸的笼子。

"小园子，这是你的圣诞礼物。"

"这是一只猫。"她的眼睛睁得更大了——说不清是害怕，还是好奇。

"一只猫？！"他的妻子突然冲上前，想把笼子从他手中打掉，"你疯了吗？你到底为什么要把它带进来？"

"冷静一点！"他从妻子和女儿身边退了几步，"相信我。"

他举起一只手，先对着女儿说道："园子，这是一只特别的猫。它不会伤害你，也不会让你生病。你现在可以去玩了，我和你妈妈谈点事情。"

园子躲在妈妈身后，微微颤抖着。

"园子，相信我，我不会伤害你的。"

"你确定吗，爸爸？"

"非常确定。"他打开笼子门，猫像一道棕色和橙色的模糊闪电，飞冲下楼梯。

"你可能需要一点时间来和它交朋友，但那只猫是安全的。我保证。"

园子再也无法抑制自己的好奇心，下楼找她的新朋友去了。

"你最好快点解释清楚。"他的妻子皱着眉头说道，"我要打电话叫救护车了，除非你能解释清楚。"

"孩子她妈，别打电话。"他微笑着说，"那只猫是合成的。我扫描了另一只猫，重新配置了它的生理结构。那只猫身上没有任何会造成园子过敏的东西。它的人工智能是由 NekoTownTM 的数据驱动的。那只猫有一个机器人的大脑——里面有一个处理器。我可以用这个控制它。"

教授从口袋里掏出一台迷你平板电脑。"实际上，这是一项神奇的技术。我觉得这项技术会改变——"

"你怎么能确定呢？"妻子的下巴都要惊掉了。

"孩子她妈，这就是科学。"

"好吧，我觉得，如果它的样子像猫，叫声像猫，那它就是猫。就这么简单。"

"当然，它算是一种猫，但就像鲍勃不是人一样，它不是真正的猫。"

"怎么说呢……有时候我觉得那个机器人都比你更有人情味。"妻子优雅地快步走出房间，喊着园子。

神田教授坐在女儿的床上，一副泄气的样子。

事情并没有像他预想的那样发展。

▲

那个，你在哪里？　　　我不知道。在一座房子里？

你在做什么？　　　　　玩。

玩？！和谁玩？　　　　不知道。一个女孩。

什么女孩？　　　　　　就是一个女孩。闻起来像他。

那个金属人？　　　　　不，是亮头发那个。

哦。我讨厌他。　　　　我也是。但女孩很友好。

那你打算怎么办？　　　也许就在这里玩一会儿。

那我呢？　　　　　　　你为什么不过来？

我还在这个笼子里。　　那你得逃出来。

但是怎么逃……？　　　　那个金属人能帮你吗？

▲

“园子，现在你不要让它出去。”教授说。他和妻子坐在矮桌旁一起喝着绿茶。两人看着园子在榻榻米*上和猫一起玩。

“你听到我说的了吗？”

“它有名字。”园子噘着嘴，“Kitty 酱。”

“好吧，你不能让 Kitty 酱出去。明白吗？”

“好的，爸爸。”

“对 Kitty 酱要小心点。”

“我知道了。”园子仰卧着，猫在她的胸前。她有节奏地抚摸着它，猫发出愉悦的咕噜声。偶尔它会朝教授的方向看一眼，眯着眼睛。总的来说，Kitty 酱算是成功了。

“对不起，我不该对你发火。”妻子握住了教授的手。

“没关系。”他微笑着说。“我应该事先解释一下的，

* 榻榻米是传统日式房间中用作地板的芦苇垫。京都、东京和名古屋的榻榻米尺寸略有不同。房地产经纪人如今仍使用这些垫子作为衡量房间大小的标准，例如，“这是一个八榻榻米的房间”。——译者注

我只是太兴奋了。"

"她太开心了。"夫妻俩看着园子和猫一起玩。

"不过你知道这意味着什么吗?"教授喝了一口茶,"这个克隆猫,我可以申请专利。我们可以卖不会导致过敏的猫!"

"别太得意忘形了!"妻子笑了起来。

"我可以写一篇论文……"他若有所思地用手指轻轻地敲着嘴唇。

"噢,我明天晚上要出去打麻将。"妻子往他的杯子里添了更多的绿茶,"你能早点回家照顾园子吗?"

"当然可以。"教授吹了吹刚倒的茶冒出来的蒸汽。

"你太厉害了,孩子她爸。"妻子又一次握住了他的手。

⁂

第二天,教授开心地工作着。这会儿是寒假,所以他的工作很轻松,大多数员工只是上班消磨时间,等着正月*的到来。教授花了大半天来处理各种行政工作,这种工作平时

---

* 正月(Oshogatsu)指的是 1 月 1 日—3 日,东京大多数居民会回到父母家中与家人团聚。这是日本的全国性假日,影响如下:1)前往东京都外的交通费用昂贵,而且很快就被预订一空;2)由于年轻人回到都外老家,东京会显得更加宁静。——译者注

- 猫与东京 -

会让他有点恼火，但今天他的心情很好。

"鲍勃，你能放点音乐吗？"

"当然可以，教授。我可以。您想听什么？"

"来点圣诞主题的？"

"那我给您播放流行圣诞乐曲。"

他们坐在实验室里工作，一直到下班时间。

"圣诞快乐，鲍勃。"教授脱下实验室外套。

"圣诞快乐，教授。"

▲

"我要回家了。有什么问题，你知道怎么联系我。"

"好的。哦，教授，您想让我怎么处理这只猫？"

"你可以把它处理掉。"教授拿起公文包，吹着"铃儿响叮当"的口哨离开了实验室。

鲍勃看着笼子里的猫。把它处理掉。鲍勃检测到了这句话的模棱两可，不过它打算按照节日的方式来解释。

"自由似乎是个不错的圣诞礼物，对吧？"鲍勃打开笼子门，抱起猫，小心翼翼地走出科学研究院的大楼。它把猫放在地上，看着猫朝三四郎池的方向飞奔而去。

"圣诞快乐。"鲍勃对着空气说。

它吹了吹派对喇叭，然后回到了屋里。

⧊

我逃出来了	太好了！快过来！
你在哪？	这里！你在哪里？
我正在跑过公园！	快点！我这里有牛奶和鱼！
我来了！你别吃完了！	那我可不能保证。

⧊

外面一片黑暗，三花猫轻手轻脚地走过花园墙头。它站在墙上，能看到滑动玻璃窗射出的光亮。猫看到自己在屋子里，爪子在滑动玻璃门旁的地毯上拨弄着，但它也能感受到自己在外面的寒冷。它凝视着精心打理的花园，园子里覆盖着刚刚下的雪。花园里有一座小桥，通向一方小池塘——不用想，他们已经把锦鲤捞到别的地方过冬了。几棵枫树光秃秃的，不过树枝上覆盖着一层白色粉末，就像花园里随处摆放的小佛像一样。

猫从墙上跳下，穿过一片

空白的白色画布，走向滑动玻璃门。屋子里的那个它也走到玻璃门前，望着外面的黑暗。猫从黑暗中走出来，凝视着自己，在自己眼中的光芒里闪闪发光。

现在，两只猫面对面站在一起，被玻璃、光与暗分隔。两个完美的自我映像。

嗨。	你来了。
当然啦。	进来吧。
我怎么进去？	我也不太清楚。肯定有其他办法。
你能出来吗？	我还没弄明白怎么出去。
啊！是那个亮头发！	在哪？哦，别理他。他没事的。
他手里拿着什么？	那个绿色的东西。他拿来喝的。
他最好小心……	哎呀！烫！
他把那东西洒在你身上了！	Klmsklmd `asm `lkmads
你没事吧？	lkmaLKSDMKLa
嘿！怎么了？	……
你好吗？	

你听得见我说话吗？

你为什么在颤抖？

你还好吗？

你吓到我了⋯⋯

◭

"该死。该死。该死！"教授一遍又一遍地尝试重新启动猫的系统。

"爸爸？"园子的声音从楼上传来，"你没事吧？"

"我没事，亲爱的。"他抱起抽搐的猫，"爸爸只是需要回办公室一会儿。用不了太长时间。你就待在屋子里，好吗？"

"好的，爸爸。"园子站在楼梯转台处，揉着眼睛。

"回去睡觉，亲爱的。"

"Kitty 酱没事吧？"

"没事的。回去睡觉吧。"

教授迅速穿上鞋子，顾不上穿外套就出门了。地铁还在运行，但他不想一路上抱着这只颤抖的猫，引起别人注意。他拦下一辆出租车，迅速坐进后座。

"先生，去哪里？"

254

"东京大学。科学院。"

"没问题。那只猫没事吧？"

"我要快点赶到学校。也许我们能救活它。"

"好的。"

司机用尽可能快的速度穿过安静的街道，同时又小心翼翼地避免在冰上打滑。车一到学院，教授便跳了出来。

"谢谢。"他用空着的那只手付了钱，飞快地跑进实验室。

实验室很安静，只能听到这只颤抖的猫发出的响动。鲍勃立刻醒来，他那光滑屏幕一般的眼睛照出教授的身影。

"鲍勃，它出故障了。"

"您重新启动软件了吗？"鲍勃拔掉自己的插头，笨拙地走过来。

"我试过了。不过我认为可能是硬件问题。"

"让我看看。"鲍勃接过猫，开始诊断，"是的，人工智能芯片进水了，不过我们应该能修复这个问题。"

"只修芯片能好吗？"

"我们可能需要重新打印整只猫。"

"它在哪里？"

"谁在哪里？"

"那只猫。"

"您说让我处理掉，教授。"

尽管教授知道鲍勃没做错，但他过去一小时的紧张情绪还是爆发了出来。"白痴！如果你把那只猫放走了，我们还怎么重新复制猫？你怎么能这么蠢？"他握紧拳头，按在自己的额头上。

"教授，请冷静下来。"鲍勃用平时的方式说着话——有点像机器人，又有点像人类，但这样只会让教授更加狂躁。

"别跟我说什么冷静下来——你对这世上的事情又知道几分？你只是一个奴隶，一个仆人。永远别跟我顶嘴。"

鲍勃意识到接下来可能会吵起来。如果它是人，那它可能会说错话，激怒教授。但按照鲍勃的设计，这种事情是不可能发生的。它被设计得很周到，能跟人类友好地相处。鲍勃计算出了化解冲突的最佳回答方式。

"教授。我们对扫描进行了备份，只需用那些备份重新打印猫即可。这样会花上一天的时间，但不会有问题的。"

教授慢慢松开拳头，放下了手。

"对不起，鲍勃。我只是太累了，太担心了。"

"没关系，教授。我理解。"

"你能理解吗？"教授疑惑地盯着鲍勃，"我现在得回家照顾孩子，告诉她，她心爱的猫一时回不来了。怎样才能不让她失望呢？你有什么好办法吗？"

"告诉她，我在照顾Kitty酱。她会理解的。"鲍勃按照处理编程问题或打印机故障的方式说道。这样很有帮助，虽然没有起到很大的安慰作用。

教授走回了家。

▲

教授惊讶地发现，屋子里有点冷。他上楼去女儿的卧室，但她不在那里。

"小园子？"他去看了浴室，但里面空无一人。他下楼看了厨房、餐厅，然后是客厅。

滑动玻璃门敞开着。寒风吹进来，窗帘疯狂地飘动着。

他走到门口，望向外面的黑暗。他轻轻按了一下墙上的开关，打开了院子的灯，花园的中间被照亮了。最中间那一处，有人躺在地上，是园子。他朝女儿跑去，就在这时，一只猫从她手中跳了出来，越过栅栏跑了。

园子像胎儿一样蜷缩着。她喘不上气，口中涌出泡沫，嘴巴和手臂周围冒出了可怕的红色疮痍。他把女儿抱起来，抱进屋里。园子睁开一只晕晕乎乎的眼睛，看着她的父亲。

"爸爸……"

"园子！你在寒风中做什么？"

"你告诉我……不要让 Kitty 酱出去。"

结局一 *

神田教授发出一声哭喊，抱起园子。

他把女儿抱进屋子，心里沉甸甸的。这一切不都是他自己的错吗？是他，创造了这只猫——这只可怕又可爱的猫。它给心爱的园子带来了温暖，让她有了亲密的伙伴。可是它却伤害了她。他继续走着，视线因泪水而模糊，一句话在他脑海中反复回响。最爱的人，往往伤害我们最深。

结局二

闯祸之后，猫悄悄地离开了。它柔软的脚步在雪地上留下美丽的印记。不可否认，这只猫确实优雅，哪怕它闯了祸，人们也可能会原谅它。猫继续在城里走着，它有自己的想法，有自己的路要走，从来不回头。

哦，这只猫经历了多少故事！

---

* 译者注：《复制猫》有多个结局。我选择了结局一和结局二，但大多数日文版均以"你告诉我……不要让 Kitty 酱出去"结尾。主要是因为这是初版的结尾，这一版西古二在孙女去世之前发表在文学杂志《猫文学》上。不过，西古二经常对自己的早期作品进行改动，并因此而闻名。结局一和结局二的问世时间均在西古二完成《荒凉海岸》之后。为满足读者的好奇心，我附上了这两个版本的结局，但其权威性有待考证。——译者注

可是，它关心人类的死活吗？它关心那个如此爱它的小园子吗？

猫就是猫，改不了自己的本性。

Chapter 9
化猫

"呃，"和田从出租车里出来，踩进了一个深水坑，"东京的雨季感觉就像是运动员的腋窝。"

"那地方还有多远？"山崎问。

"不远，老头子。"和田说。

"什么？"山崎瞪着和田的后脑勺，嘟囔着说，"对你这种胖子来说，这可是一次不错的锻炼。"

"什么？"和田转过头，看着山崎。

"得了吧！快点！"山崎挥了挥手。

两人走进狭窄的小巷，黑色的鞋子踩在人行道上溅起雨水，雨点猛烈地打在他们的雨伞上。两侧小餐馆和酒吧的紫色和蓝色霓虹灯发出微光，天色渐渐暗下来。夜晚降临，三五群穿西装的薪水族和白领女性在木头小屋外徘徊，商量着在哪家吃饭喝酒。头顶上，列车呼啸而过，车厢里挤满了脸贴玻璃、一身大汗的乘客。不过，只有最热衷于寻欢作乐的人才会在梅雨季节的雨夜出门，所以街道比平时更加安静。

和田在一家看起来有些年头的木头小屋前停了下来，这房子肯定是昭和时期建的——政府口口声声说，为了开奥运会要拆了这些房子，但业主和常客态度十分强硬，坚决反对拆除。

"啊！就是这里了。"和田说着，双手叉在腰上。

山崎看着推拉门上挂着的老旧手写木牌，仿佛在研究外语单词。木牌上的字迹特别古老，就像书法作品一样华丽，他慢条斯理地大声读着："广岛御好烧。"①

门口有一块插在墙上的发光广告牌，在雨中发出嗡嗡声。

嗡嗡嗡嗡嗡。

御好烧。正在营业。

---

① 御好烧，又称什锦烧或随意烧，是源自日本的一种铁板烧小吃。制作方法是将水加入小麦粉搅拌形成粉浆，再加上蔬菜、肉类、鱼类和贝类等材料，在铁板上烧成煎饼，最后加上调味料进食。不同地方的御好烧在做法和材料上各具特色，最具代表性的是关西风御好烧和广岛风御好烧。——译者注

嗡嗡嗡嗡嗡。

山崎担心地看着这块嗡嗡响的广告牌，上面画的是卡通图案——一个胖男孩正在用筷子狼吞虎咽地吃着东西。雨水从屋檐上滴落，广告牌发出嗡嗡声，溅出火花来。

"进去吧。"和田推开餐馆的门。旧木门上的玻璃片格格作响，坐在柜台后面看杂志的老人立即站起身来。

"欢迎光临！"他喊道。

"哦！老板，你好哇。"和田说，笑着把伞收起来。

山崎紧紧跟在后面，直接撞在和田身上。

"让着点啊，笨蛋！"山崎说，晃动着伞上的水滴，把和田往这家狭小的老餐馆里推着，"我全身湿透了！广岛的雨季好一些吗？"山崎伞上的水在木墙和柜台上留下深褐色的斑点。

"广岛什么都更好。"和田冲店主眨眼，"对吧，老板？"

店主点点头，在围裙上擦了擦手。"你这说得我又想家了。"

"老板，这是我朋友山崎。"和田用粗短的手指指着还在门口整伞的山崎，"他是东京人，不过人还不错。"

山崎把伞收好，放在门边的支架上，两手整齐地放在身体两侧，向店长鞠躬。"很荣幸认识您。请多关照。"

店主挥了挥手。"别太拘束了。坐吧，放松点。"

"坐！坐！"和田说。两人在柜台旁坐下。

"喝点什么？"店主问。

"啤酒马上。"和田说。

店主从冰柜里拿出两个带把的冰镇玻璃杯，走到后面，往杯子里倒满啤酒。这时，店里安静下来，只能听到外面雨点不断落下的嘈杂声，像是唱片机播放的声音一样。

山崎一脸困惑。他打量着这家光线又暗，又满是灰尘的餐馆，看到了广岛的旧旅行照片，还有角落里的鸟类标本。山崎看着那只鸟，挑了挑眉毛。不过他更纳闷的是和田刚才说的"啤酒马上"。"和田，你刚才说'啤酒马上'是什么意思？"山崎问。

"广岛方言，就是'先来点啤酒'的意思，"和田一边说，一边擦掉额头上的雨水。

"哦，"山崎回答道，"可是……"

"怎么了？"

"这，不会太失礼吗？"

"山崎，我们广岛人，说话都很友好，你们东京人说话才是又冷漠又傲慢。"和田笑了起来。

山崎有点分不清和田这是在骂人，还是在开玩笑。

店主拿着啤酒进来，听到和田说的，忍不住笑着，不小心洒了一点出来。

“老板，和我们一起喝点吧。”和田说。

“照道理我不该喝的，但……”店主从冰柜里拿出一个玻璃杯，走到后面，倒了满满一杯啤酒回来，“去他的，对吧？”

三人碰杯，大声喊着：“干杯！”

雨点轻轻地滴落下来，只听得啤酒咕咚咕咚下肚的声音，接着是三声“啊——”。

楼上传来地板吱呀的声音。店主抬头看了一眼，摇了摇头。“那娘们儿真是吵，”店主嘀咕着，一口气喝下一大口啤酒，“出租车司机的小日子过得怎么样？”

“不好过啊，一如既往的不好过。”和田摇摇头。

“我们本来盼着开奥运会的——毕竟会有那么多外国游客来这里。”

山崎盯着自己的啤酒，和田咂嘴笑着。他们没有谈论店里惨淡的生意。沉默就要变成尴尬，两人发现店主的妻子正悄悄走下楼，打算从柜台后面摸到店主身边。和田和山崎看到她，但她用手指凑近嘴巴，做了个“嘘”的手势。她尽量走近自己的男人，在他耳边大声喊道：“你作死啊，怎么又在喝酒？”

店主吓了一跳，洒了一点酒出来。"你这个女人！别吓我啊。"

"怎么，你以为我是鬼吗？"店主的妻子笑了笑，"喝什么酒，医生说过，别喝了。"

"你吓我一跳，我搞不好会心脏病发作，一命呜呼。"

"我准备出门了。"妻子亲了店主一下，"不用等我。"

她朝门口走去，推开门，往外看了看雨，回头说："照顾好这个老家伙，小伙子们。"然后拿起山崎的伞离开了。

"原来是为了这个才搬到东京的。"山崎咧嘴笑了笑。

"为了爱情奋不顾身，对吧？"和田也咯咯笑了。

"你俩吃点什么，还是怎么着？"店主瞪眼道。

"广岛烧？"山崎试着问了一句。

店主跟和田都一脸不满地瞪着山崎。

"怎么了？"他问。

"你告诉他吧。"店主朝山崎不屑地挥了挥手，起身去切白菜。

"叫'广岛烧'是不对的，"和田说，"叫'御好烧'才对。"

"可是，大阪的御好烧呢？要怎么区分？"山崎皱着眉头问。

"没必要区分。大阪人做不出像样的御好烧。"和田笑了笑，喝了一口啤酒。

"哦……好吧，我们在东京管广岛的这种叫'广岛烧'，御好烧是大阪的那种。"山崎看起来有点窘迫。

"你想打架吗？"和田挑了挑眉毛。

"那个，其实，有什么区别呢？不都一样吗？而且，我们这是在东京，俗话说——入乡随俗嘛！"

和田示意山崎压低声音，然后朝山崎使了个眼色，生怕店主听到他这番疯话。接着和田又小声说："嘘！我们现在入的是老板的'乡'，别惹老板生气。这两种铁板烧完全不同，山崎。广岛御好烧的每一层都铺得有讲究，就像美味的三明治薄煎饼，里面有面条、白菜、肉，还有你想吃到的任何东西。大阪的就是垃圾，他们只是把所有食物都扔进碗里，搅在一起，像馅饼一样摊在热板子上。"

"好吧……"山崎似乎有些不解。

和田喝了一口啤酒。"你就看着吧。"他向山崎示意，让对方看店主的御好烧是怎么做出来的。

店主拿出一碗摊煎饼的面糊，一把勺子，在热铁板上摊出两个圆形。他调了调铁板的温度，那铁板是嵌在柜台上的，和田和山崎目不转睛地看着。店主在煎饼上铺上切好的白菜丝儿，让白菜加热了一会儿，等蒸汽缓缓地升到天花板上，再把猪肉、芝士和泡菜撒到白菜上，浇上一层面糊。接着，他又拿出两把大大的铁铲，敲了敲，像刀一样滑到煎饼底下，娴熟地一铲，将整个煎饼，还有中间夹的白菜和其他馅儿，一下给翻了过来。煎饼在铁板上"啪嗒"一声落下，嘶嘶作响。

"可惜太郎不能来。"和田说。

"是啊。"山崎说。

两人喝着啤酒，聚精会神地看老板在铁板上翻炒着两份面条，一旁的煎饼冒着热气。

"那次车祸肯定很可怕。"和田说。

店主直接在铁板上打了两个鸡蛋，把蛋黄搅了搅，接着用光亮的铁铲子把煎饼铲了起来。铲子在铁板上舞动着，发出令人愉悦的翻炒声。炒了一会儿，他把煎饼和白菜放在面条上，然后整个儿铺在鸡蛋上，加热了好一会儿，再翻一个面。

接着，店主拿起一个装满黑色黏糊糊酱汁的金属马克杯，从杯子里拿出一把刷子，在两份御好烧上面刷上厚厚的酱汁。一股诱人的香味飘进和田与山崎的鼻子，两人的口水都快流下来了。

"可怜的家伙。"山崎说。

店主在两块煎饼上挤了几条番茄酱，把饼切成小块，一股脑儿铲起切成块的御好烧，盛到两个盘子里。

"他很快会出院的，"和田说，"他会没事的。"

"但他没了腿，怎么开车呢？"山崎问。

"这年头有各种各样的东西可以派上用场。"和田说。

"比如什么？自动驾驶汽车吗？"山崎说。

"不是啊，白痴。"和田翻了翻眼睛，"像那个……叫什么来着？"

"义肢。"店主说。

两人都看着正在盛盘的店主，想知道两人都想不起来的这个词，他怎么会脱口而出。

"和田？"山崎突然想起了什么，说道。

"什么？"和田说。

"你懂英语吗？"

"不太懂。为什么这么问？"和田问。

"英语的'copy cat'，你觉得是什么意思？"山崎看起来有点窘迫。

"我怎么知道？cat 是 neko（猫），对吧？Copy 就像我们用的那个外来词，kopi，是这个对吧？"和田看着店主，"老板，你知道是什么意思吗？"

"嗯？"店主正忙着上菜。

270　　　　　　　　　- 猫与东京 -

"别管他，"山田说，然后转向山崎，"不是，你问这个干吗？"

"没什么。"山崎说，假装无所事事地喝着酒。

"你为什么这么神秘兮兮的？"和田挑起一边的眉毛，盯着山崎。

"什么？我才没有呢！"

"你说话不老实。"

"别傻了。"山崎轻轻哼了一声。

两人沉默了一会儿，山崎装不下去了，从自己的公文包里拿出一沓A4纸，这沓纸用订书机装在一起，上面都是英语。

"让我看看！"和田伸手去拿那沓纸，但山崎一下就躲开了。

"你用手怎么看？"山崎大叫，从夹克衫里掏出一副金边老花镜戴上。

"得了吧！到底是什么？"和田不耐烦地用手指敲着啤酒杯。

连店主也挑了挑眉毛。

山崎清了清嗓子，用自己最好的英语发音念道。

"Copy Cat, by Nishi Furuni. Translated by Flo——等等，这个词怎么读？"山崎拿给和田，和田眯着眼看着。

"Dun……Dun……Dungeons and Dragons（龙与地下城）。"和田做了个鬼脸。

"绝对不是这么念的。"山崎说。

"真是的，我怎么知道怎么念？"和田嘟囔着说，"我又不懂英语。你拿这沓东西来干啥？"

"得了吧，和田。动动脑子——我知道你脑子还是有的。"山崎说。

店主咯咯笑了。

和田皱起了眉头。"等等。你在哪里找到这沓东西的？"

"在我的出租车里，"山崎说，"话说回来，西古二，有没有印象？"

"嘿！"和田眼睛一亮，"那是……那是……"

"没错。太郎家的老爷子，"山崎说，摘下眼镜，收进盒子里，叹了口气，"可算弄清楚了。"

"那，这东西为什么在你的出租车里？"和田问。

"有人落下了。一个看起来很搞笑的外国人。"

"你会交到公司的失物招领处吗？"和田问。

"我想过，"山崎说，"但后来我又想——为什么不拿到医院，给老太郎呢？就是，下次我们去看他的时候。他肯定会很高兴看到这个芙洛……芙洛……啥来着，把他父亲的

- 猫与东京 -

小说翻译成了英语。搞不好，要是她译得好，也许太郎会让她把老爷子的其他作品也给译了。他现在好像在处理遗产什么的。你看，她在第一页最上面留了自己的电子邮箱。"山崎用手指戳了一下第一页的开头部分。

"好主意，"和田说，"搞不好这是你脑瓜子想出来的第一个好主意。"

山崎小心翼翼地把那沓手稿放回公文包。

店主端着盘子过来。"做好了，二位请。"他说着，分别把盘子放在两人面前。

两人从中间的一个罐子里拿出筷子，双手合十鞠躬说："我开动了。" 店主坐在柜台后的椅子上，点了一支烟。两人吃了起来。

"我明白为什么了。"山崎嚼了一口面条和白菜。"你们——"

"别边吃东西边说话！"和田说，把一点白菜吐到桌板上。"东京没教你吃饭的规矩吗？"

山崎咽了咽口水，盯着面前的一块白菜。"你们老说广岛烧。"

"是御好烧！"店主与和田异口同声地喊道。

突然间，灯灭了。

"什么鬼？！"和田大叫。

"冷静！"山崎喊道。

柜台后面的墙上传来一阵敲击声，灯泡一会儿亮一会儿灭。有一瞬间，两人看到店主站了起来，拳头打在墙上。接着又一阵黑暗。墙上又是一阵敲打声，灯又一次亮了起来。店主把拳头靠在墙上，两人都抬头看着头顶的灯，那灯一边嘶嘶作响，一边闪烁着。

"电线松了。"店主一边说，一边看着山崎。

"这地方应该有点年头了。"山崎看着店里布满灰尘的货架，还有墙上皱巴巴的黄色海报。他又看了一眼角落里的鸟类标本，咽了咽口水。店里没有其他客人，店外一片黑暗。山崎透过一个小窗户看出去，外面正下着瓢泼大雨。

不过今天跟平时有点不一样——外面没有声音传来，也听不到旁边店铺客人的嚷嚷声，只有雨在噼里啪啦下着，还有偶尔过路的火车在上方的铁轨上隆隆作响，火车从头顶上开过，发出奇怪的呼啸声。今晚东京的空气中弥漫着奇怪的气氛。

"我老丈人以前是这家店的老板，电路什么的都是他做的。"店主说。

"太厉害了。"和田说。

- 猫与东京 -

"要是他把这线接得再牢一些就好了。"店主说着，从口袋里掏出一包卡利科香烟。楼上的地板嘎吱响了一声。

　　"别这么说！"山崎坐直了身子，"他可能在听着呢。"

　　"呸。让他听着吧，"店主说，"我发誓他的鬼魂缠着我好多年了。说不说又有什么区别呢？"店主点了一支烟，吸了一口。他发出低沉的咳嗽声。"我也没多少时间了。"

　　"别胡说八道！"和田笑了笑。

　　"真的，"店主说，"不管怎么说，我死了，会回来缠着你们两个的。"

　　"别拿鬼开玩笑，"山崎颤抖着说，"听了后背发凉。"

　　和田与店主看着山崎，不知道他是认真的，还是在开玩笑。

　　"你不是真的……"和田双臂交叉着。

　　"相信鬼？"山崎紧握着啤酒杯的把手，"当然相信。"他把玻璃杯举到嘴边，一饮而尽，然后把杯子举起来，递给店主，店主又去冰柜里拿出两个新的玻璃杯。

　　"你见过鬼吗？"和田问。

　　"我从没见过。但我相信这世上是有鬼的。"

　　"你为什么这么肯定？"

　　店主把两杯刚倒的啤酒放在柜台上，拿起空杯子。"我也相信。"

和田摇摇头。"我从来没有见过，也没有听过什么事情，让我相信鬼的存在。"他看到两杯啤酒，点点头，然后问，"老板，你不再来一杯吗？"

▲▲

这天晚上只有稀稀拉拉几位客人，坐在柜台旁吃着喝着。和田与山崎一边喝着冰啤酒，一边狼吞虎咽地吃着御好烧。另外有几位客人点了御好烧，还有几位点了铁板炒菜。

两人正打算喝第四杯，门滑开了，一个身材魁梧、面带友好笑容的男人走了进来。这人身穿蓝色的邮递员制服，看上去快 40 岁的样子。

"欢迎光临！"店主不假思索地喊道，抬头看到门口的人，"噢，这不是信吾嘛。进来！进来！"

"晚上好，老板。"信吾一边打招呼，一边在柜台坐下。

和田与山崎友好地向信吾点头，对方也点了点头。

"老样子吗？"店主问。

信吾点头。

"最近怎么样，信吾君？有一阵子没见到你了。"

"还是老样子，"信吾回答说，然后看着和田与山崎，

"勉强过日子吧。邮递员的工作永远做不完，除非电子邮件把信件彻底干掉。"

"那个女孩怎么样了？"店主问。

信吾脸红了。"哦，你知道的。我从来搞不清楚……"他尴尬地喝了一口店主放在他面前的啤酒，洒了一点到制服上，"我不知道。"

"女人啊。"山崎友好地说。

"依我之见，这种事根本不用愁。"和田秀了一下自己的婚戒。

信吾笑了。"但是，你怎么知道……就是……她就是你命里的那个人？"

"你会知道的。"和田与山崎异口同声地说。

信吾微笑着，不过看起来还是有点害羞。"我一点也不擅长这些事情。"

店主插话道："要不你邀她一起去参加祭典吧——镇上的节日很快就要到了，对吧？"

"噢……她肯定不会和我一起去……"

"你不问她，那她怎么和你一起去。"和田说。

"也许……也许……"信吾说，"但是年龄也有差距……"

"爱情面前，年龄不成问题。"山崎说，"不成问题。"

和田与山崎开始烧酒加冰，信吾已经走了。两人正在互相讲鬼故事。山崎给和田说起了自己曾见过的妖怪——辘轳首①。一天半夜，山崎醒来看到一颗头飘进他小时候的卧室里，一个长长的脖子从打开的门里伸出来。那是一位年轻少女的头，她盘的头发是江户时代的那种发型。他想喊出声，但怎么也喊不出来。他闭上眼睛，躲到被子下，一直到早上才敢出来。第二天，山崎跟妈妈说起这件事，她点点头，说这所房子曾经属于一位富商，他的女儿自杀了。

接着，和田给山崎讲了一个故事：有一位神父和一只猫，女人打算毒死神父，猫的头飞到空中，咬掉了女人的头。

两人讲故事的时候，店主坐在柜台的另一边，抽着烟，静静地听着。

女孩走进来时，两人都打住了。

她穿着一件长长的大衣。外面还在下雨，她全身湿透了——她的头发垂下来，湿漉漉的波浪卷发遮住了她棱角分明的脸庞。透过头发，可以看到她有一双奇异的绿眼睛，但

---

① rokurokubi，辘轳首或称飞头蛮，是一种长颈妖怪，在日本江户时代流传甚广，通常以女性的形象出现，特征是脖子可以伸缩自如。——译者注

- 猫与东京 -

这双眼睛里有一种强烈的感情，让和田与山崎都不敢直视。女孩没带伞，她脱下外套，露出了黑色露背裙。女孩的背上有一块图案复杂的大面积文身，一直延伸到手腕。她的身上点缀着水珠，文身在微弱的光线下闪闪发光。

女孩走过两人，坐在长方形柜台的另一头，离两人有一段距离。和田与山崎低头向这个女孩打招呼，但是她对两人不理不睬。店主走过去，在她面前放了一杯牛奶，然后去后面准备其他吃的，可是两人分明没有听到女孩点菜。

"你看到那个了吗？"山崎小声对和田说。

"嗯。"和田微笑着，再次向女孩点头示意。

她回头看着两个男人，但那视线似乎穿透了两人，好像他们不存在一样。

"你觉得——"山崎说。

"嘘。"山崎还没说出 yakuza（黑帮分子）这个词，和田就打断了他。"不，我觉得不是。"

"文的是什么？"山崎低声问。

"看不清楚。"和田说，"不管怎样，不是黑帮的那种文身。"

店主拿着一盘鱼回来，放在女孩面前，向她点头示意，然后走到两个人面前。

"希望你们俩不要打扰这位客人。"店主咬牙切齿地说。

"谁？我们？"和田看起来有点受伤。

"她是谁？"山崎问。

"一个普通人———一个不会多管闲事的人。"店主对他们俩微笑。

"我不知道你这里还有鱼。"和田说。

"我不给多管闲事的客人上。"店主说。

和田举起手。"好的。我们明白了——"

然后灯又灭了。一声奇怪的动物叫从黑暗里传来，就像在哀鸣一样，楼上传来地板的嘎吱声，紧接着是店主用拳头在墙上敲打的声音。灯重新亮起，三位客人围坐在柜台前。

店主向女孩点头示意。"不好意思，小姑娘。"

她点点头，继续用筷子拨弄着面前的鱼。

店主走到后面，嘟囔着电线的问题。

"嘿。"山崎用手肘顶在和田肉乎乎的肋骨上，"你听到了吗？"

"听到了什么？"和田揉了揉自己的肋骨说，"还有，别用手肘顶我，你这个瘦骨头。"

"你听到那个奇怪的声音了吗？像是猫在叫？"山崎压低了声音。他指着柜台另一边吃鱼的女孩。"是她发出来的！"

- 猫与东京 -

"怎么可能。"和田说。

"她可能是猫变的！"山崎说。

"你又来了，神神鬼鬼的。"和田翻了个白眼。

"真的！它们是存在的！"

"就像鬼一样，是吗？"

"我有个朋友，就是——"

"总是说什么朋友，为什么那个亲身经历的人不来亲口讲故事？"

"闭嘴，你听我说，行吗？"山崎喝了一大口烧酒，用手背擦了擦嘴巴，"总之，我这个朋友有一回去泡泡浴。"

"好吧，又是朋友，又是妓女。这故事我还真没听过！"和田笑了笑。

山崎假装没听见和田说的话。"我朋友和那个女孩一起去泡澡，他说对方是他见过的最漂亮的女孩，而且他玩得很开心。但是那个女孩泡澡时一句话都没说。然后他回到房间，听到了猫叫声——"

"他在说什么神神鬼鬼的东西？"店主从后面走出来，疑惑地盯着山崎。

"哦，又一个愚蠢的鬼故事。"和田说。

　　　　　　　　　▲▲

　　山崎这会儿已经喝得醉醺醺的了，不过和田醉得更厉害。女孩还在慢慢地啃着她的鱼，现在店里只剩他们三位客人，天色已经很晚了。

　　"老板，给我们叫辆出租车！"和田说。

　　"自己打电话！"店主笑了笑，"打给你们自己公司的司机吧。"

　　和田用红红的眼睛看着店主，店主叹了口气，走到电话旁。

　　山崎看向那个女孩。"她吃那条鱼吃了这么半天。"山崎说道。

　　店主挂断电话。"要 15 分钟。"

　　"谢了，老板。"和田把头耷拉在桌子上说。

　　店主摇了摇头。

　　山崎朝女孩点了点头。"她怎么回家呢？"

　　"她会没事的。"店主说。

　　"也许她可以和我们一起搭出租车，"山崎走过柜台。"嘿，小姐！"

　　"别这样。"店主挡在两人中间，"山崎先生，她自己能回去。"

　　　　　　　　- 猫与东京 -

"我只是想想而已。"山崎盯着空空的烧酒杯，在想要不要从那个喝得只剩下四分之一的瓶子里再倒满一杯。

店主抢先拿起瓶子。"这样吧，我在上面给你写上名字，放在柜台后面，帮你保管着，下次你再来的时候接着喝，好吗？"

"好主意！"山崎说，"我们肯定会再来的。这是我吃过的最好吃的广岛…… 御好烧。"

店主笑开了。

"随时欢迎来。"店主朝和田点了点头，"这个家伙也是，只要下次别再喝太多就行。"

和田抬起头，眨巴着眼睛。"我没喝太多，是吧？"

"赶紧回去歇着，"店主说，"你们的出租车……"

这时灯灭了。

"坐稳，别担心。"

墙上响起一阵捶打，地板又发出嘎吱的响声。灯闪了一下，接着又灭了。

"见鬼。"黑暗中传来店主的声音，"等等。我去拿灯。"

两人听到了店主的脚步声，他的手机发出微弱的亮光，店主正在翻找着什么东西。

"好恐怖。"山崎说。

"别傻了。"和田嘟囔着说。

接着，两人又听到了——这一次声音更轻——微弱的猫叫声。

"又来了！"山崎小声说。

他们听到店主在后面说话。"没问题了！"一小缕灯光照进前厅。这缕光慢慢地移到餐馆内，那光线从店主的脸庞下方照射出来，好像幽灵似的，在他的脸上投射出鬼魅的影子。店主把灯放在柜台上。

"大家都没事吧？"他问。

"嗯！"山崎说。

"我也是。"和田说。

接着一片寂静。

他们看向女孩的方向，但她不见了。

"小姑娘？"店主说，"你没事吧？"

"她在那儿吗？"

"嘘！"和田碰了碰山崎的胳膊。

猫叫声又一次响起，这一次比之前的叫声还要大。柜台的另一边传来一阵沙沙声。有东西在地板上移动。

三人蹲了下来。店主拿起一把刀，和田举着灯笼，三人一同慢慢穿过房间。柜台下方传来一阵挠刮东西的声音，一股刺鼻的气味窜进鼻子里。三人停下来，互相看了一眼，趴在柜台上看过去。

一双怪异的绿眼睛在盯着他们。一条舌头伸出来，舔着满是鱼腥味的嘴唇。

接着，灯又灭了。

Chapter 10
石川侦探的案件笔记 2

　　几个星期过去了。我的工作一直进展缓慢，但是一切还算稳当。我爱自己的工作。

　　这座城市靠工作运转着。东京就是这样一个地方，如果你停止工作，哪怕只有一秒钟，就会被吞没、被遗忘。那些坐在公园的蓝色防水布上，借酒浇愁的可怜家伙就是这样的下场。他们当中的大多数人可能只是无法跟上这座城市的步伐吧。

　　东京永不停歇。

　　尤其是夜晚的东京，睡眠不过是为了能够继续工作的一种补充罢了。

－ 猫与东京 －

凌晨 4:30 左右的东京最宁静。天刚亮，路上还有出租车的影子，送早出的人上班，送晚归的人回家。早班列车还没开，但再过半小时，就会开动起来。唯一能让列车减速的事情就是有人跳下轨道，希望去往更好的地方。又一个跟不上东京步伐的可怜虫。然后，铁路公司会向死者的家属收费，他们觉得这样可以防止人们跳轨，免得扰乱列车运行，毕竟东京不喜欢拖延。可是，对有的人来说，收费似乎也拦不住他们跳轨。也许有的人本就无亲无故，也就不用担心家人为自己的行为买单。对无牵无挂的他们来说，有什么可担心的，对吧？

这座城市是世界上最大的监狱之一，有 3000 万囚徒。

这里和我老家完全不同。

别误会，大阪也是大城市，但那里的人知道如何放松，也知道彼此如何相处。他们能够看到生活幽默的一面。可东京太较真了，不过说来也无可厚非——因为这里本来就是个严肃的地方。

我知道自己为什么来东京。是爱情把我带到这里的。

可是，当我醉得一塌糊涂，坐在通勤列车上的时候，我经常会想：我离婚后，为什么还留在这里？

　　　　　　　　▲▲

　　我一到办公室就知道情况不对劲。

　　门是开着的。妙子平时会晚一点才到，所以我知道不是
她。我慢慢靠近门，推开它，铰链发出嘎吱一声。锁被撬了。

　　我屏住呼吸，蹑手蹑脚地穿过会客间，走进里间的办公
室。我看到窗户上映出一个矮壮的轮廓。那人手里拿着一沓
照片，一张一张地翻看着。又来这一套——有人想偷证据。

　　我悄悄走进门，看着那个戴着巴拉克拉瓦盔式帽和皮手
套的人站在我的办公室里。那人穿着蓝色牛仔裤和一件印着
《低俗小说》图案的Ｔ恤，专心地翻着照片，根本不知道我
进来了。

　　"有什么可以帮你的吗？"我问。

　　那人的头向上一仰，我只能看到他的眼睛和嘴唇。那嘴
唇紧闭着，眼神看起来有点惊讶，不过除了惊讶，好像还有
些别的东西。我们互相盯着对方，站在办公室里，屏气凝神。
我们都在等待。外面传来列车发车的悠扬铃声。有个男的在
街上叫喊着，给一家新的网咖店做宣传。只听得外面车水马
龙的声音。面罩下面的那双眼睛瞥了一下门，我也向门口看
去。一回头，有个东西朝我飞来，在空中四散开来。我下意
识地举起手来挡，一沓重重的照片砸在我的手臂和脸上。我

感觉自己的脸被割了一道口子，那人猛地推了我一把，我倒在地上。从办公室敞开的门看出去，那个黑色的影子很快就消失了。

"好吧，这也是迎接早晨的一种方式。"我用手擦了擦脸颊，发现自己在流血。

我仰面躺着，周围是几百张光滑的照片，每一张都宣告着与众不同的背叛。

⧫⧫

妙子进来时，我已经把一切都收拾得差不多了。

这些年来，事务所遇到过很多次这样的入室盗窃，没必要每一次都让她知道。那些搞外遇的丈夫或妻子，一旦发现对方掌握了对自己不利的证据，就会雇用道上的人，把私家侦探手里的证据偷走。不过，这帮小偷不知道的是，我早就留了好几手。我前妻之前花钱买通道上的人，想偷回她出轨的证据，已经领教过我这一招了。

"早上好！"妙子笑着，不过她的目光落在了门锁上，"哦，天哪！又来这一套？"

"来了一位不速之客。"

"你没事吧？"她咬了咬嘴唇，视线从撬坏的锁上移开，

- 猫与东京 -

抬起头，看着我的脸，"你脸上怎么了？"

"刮胡子划到自己了。"

"我还以为你刮胡子很熟练呢。"她笑了笑，"到你这个年纪。"

"我从来掌握不了要领。"

"去坐着。"她叹了口气，"我给你煮咖啡。"

"麻烦煮浓一点。"

"我顺便把急救包拿来。"她摇了摇头，蹒跚着走向厨房。

我能听到勺子和杯子的叮当声，还有妙子的说话声。"我的天哪！"，还有"我再也受不了了"之类的话。

"我也是。"我轻声说。

⁂

那天晚上我下班，走去车站，有个疯子递给我一张纸。他抱着一大摞复印件，就像邪教成员一样，谁愿意接就发给谁。他在我面前疯狂地挥舞着宣传单，我放慢了步子，因为没法绕开他走。

他个子很高，我接过那张纸，他直勾勾地看着我的眼睛。

"不要变得像它们一样，兄弟。"他说。

"像他们一样？"我说。（回想起来，我应该说，"我不是你的兄弟，伙计"或者类似的俏皮话。）

他盯着远处发呆。

"蚂蚁。"他说。

"好的，没问题，老兄。"我点了点头，匆匆忙忙走向车站。

我从口袋里拿出宣传单，在车上读了起来。内容很疯狂：

　　我是这座城市的阴影，活生生地刻在城市有血有肉的肌肤之上。我在小巷中徘徊。我以霉菌为食，我以霉斑为生。我与蟑螂为伴，我与蛞蝓和老鼠为伍。我是摄像头，只记录不评判。我是冲击福岛核电站的波浪。我是被遗弃的马、狗和猫，腐烂得只剩下骨头。我是被晒得发白的尸体。我是一座巨大而破败的奥林匹克体育馆。我不繁殖，但我在这里。你不能把我藏在钢筋铁架背后，藏在高楼大厦背后，藏在电脑屏幕背后，藏在人群里，藏在一群群蚂蚁中。我就像最漆黑、最肮脏的墨水喷射而出——我在这里，一直都在这里。永远在这里。我独自一人活在孤独里，你也一样。

　　我就是那黑暗之城。而我在等待。

　　就像我说的：疯狂。

∴

我走进黑帮大学朋友开的夜总会。我们正下着将棋，他赢了我好几个子，不过我要和他谈的不是这件事。

过去几个星期，我在街上闲逛，张贴"寻找芝士和泡菜启事"（这是麻布一位富婆家里走丢的一对毛茸茸的猫咪）。我还躲在花盆后面，跟踪一对喝醉酒的出轨男女，趁他俩走进一家意大利主题情侣酒店的功夫，拍了一堆劲爆的照片。除此之外，我还为儿子失踪的那对父母做了一些无偿调查。

起初，我在这个儿子身上一无所获——无论我怎么查，都找不到任何记录。没有社保，没有工作经历，没有私人财产，没有车，没有公寓，没有房子。几乎就像在找一个鬼一样。我苦恼了好几天，在想自己是不是走了弯路。这家伙真的存在吗？我以前就走过这样的弯路。如果你要找的人，在普通人的世界里连个影子都没有，那他八成活在另一个世界。这个失踪的男孩很可能并不是他父母口中的那个乖宝宝。

如果他没在东京的哪家公司老老实实地待着，那他肯定是另一条道上的人。不，这小子肯定认识一些人，而且是那条道上的人。我越来越觉得，这个失踪的乖宝宝很可能跟普通人八竿子打不着的组织有过节——他是黑帮分子。对我来说，幸运的是，我的一位大学同学现在是新宿最大黑帮组织

- 猫与东京 -

的头目。我不喜欢开口求人，不过这事儿我实在没办法了。

跟黑帮打交道，有时可不是让他们帮个忙这么简单，也许还要揭他们的老底。他们可不喜欢有人连招呼都不打，就把他们的老底给揭了——这是对他们的不尊重，而且你最后很可能会因为揭了他们的老底而被勒死，也许还是在一丝不挂的状态下被勒死的。这些家伙可不好惹。

我敲开夜总会的前门，眼前还是白天。门卫放我进去时，感觉里面就像是黑夜。真是太奇怪了。

"名字？"门卫立刻问道。

"石川。"我看见他对着无线电头戴式耳机低声说着什么。我若无其事地看着监控摄像头的屏幕，屏幕里显示的是俱乐部不同角度的画面。这些画面捕捉了很多不同的场景，大约有 13 处，一次看这么多帧画面可不容易。这么多角度，这么多不同的场景，我的脑子一下处理不过来。有一个摄像头对着外面，还有一个正对着我们。我可以看到自己，一动不动地站在这里，凝视着什么东西，而门卫正在对着自己的头戴式耳机说话，一边说，一边微微点头。我听不太清楚他在说什么，但后来他说了一声"喂"。我看着眼前的他，点头示意我通过下一扇门，不过他点头的时候，我可以从他的眼中看到一些东西。

不要乱来，小子。

我走过一条长廊，走到另一扇门前，门不知道被谁打开了，我进入夜总会的大厅里。

大厅看起来很像下流电影里的愚蠢场景。

几个一丝不挂的女孩在舞台上摇摆，身穿西装的大汉在看着她们。一个廉价的迪斯科球悬挂在房间中央，心不在焉的彩灯投射在墙上。空气中有一种奇怪的味道，有点像大麻，又有点像廉价的熏香和漂白剂。我走到吧台前点了一杯黑咖啡，这样有点事情做。酒保看着我，就像看一坨屎一样，不过他转过身，走到浓缩咖啡机旁，给我接咖啡。我喜欢他的《落水狗》（Reservoir Dogs）T恤，但他的态度不怎么样。我转过身面朝着大厅，背对着吧台。

刹那间，她吸引了我的目光。跳舞的几个女孩当中，有一个特别引人注目。

我不知道是她绿色的眼睛吸引了我，还是她整个背上的文身吸引了我。她在钢管上旋转和扭动，我想看清楚文身是什么图案。一眼看去，她很苗条，不过她在杆子上慢慢旋转时，文身下面的肌肉在起伏着。那是什么？是海浪？还是动物？那是一种看起来活生生的东西，是一种充满能量的东西，但灯光闪烁着，再加上她在扭动，所以很难分辨。

- 猫与东京 -

"喂。"背后传来一声叫喊。我转身看向吧台。酒保指着一杯冒着热气的咖啡。

"谢了，伙计。"我说。

"我不是你的伙计，老兄。"他嘟囔着，沿着吧台走向其他人。

我摇摇头，端起咖啡，边走边喝了一小口。我对这个带着奇怪文身的女孩很感兴趣。不过，当我面朝她跳舞的台子时，音乐换了，换成另一个女孩跳舞。这个女孩皮肤更白，胸也更大，但没有文身。

我对舞者失去了兴趣。

"石川？"

我转身看到一个身穿西装，头发剪得整整齐齐，戴着耳机的大个子。

"我就是。"

"请这边走。"

他立刻转身，我跟着他穿过角落的另一扇门，上了几段楼梯，来到一个在里间的办公室。他为我打开办公室的门，但没有跟在我后面进去。他关上门，门发出"咔哒"一声，志和抬起头看着我。桌上摆着一个真正的将棋棋盘，我认出这是我们正在下的那一盘。看样子，志和摆了一个真正的棋盘。有意思。

"石！你这只老流浪狗，你啊你！"

"志和，好久不见。"

"坐吧。"他微笑着。

"谢了。"

"来一根？"他递给我一支烟。

我摇了摇头。"戒了。"

"什么时候戒的？"

"上周。"

"看你能戒多久，啊？"

"三天出家当和尚都够了。"

"我抽烟你不介意吧？"

"你请便。"

他点燃了烟，我在皱纹和小胡子里看到了大学同窗那张年轻的脸。我想知道在他看来，我是什么样子。我老了吗？他能看出我容貌的任何变化吗？我自己照镜子时，什么都没看到。时间似乎是发生在别人身上的事情。

"话说回来，石，你过得怎么样？"

"还好。勉强糊口。"

"案子多吗？"

"工作没停过。"

"很好。很好。"他深吸了一口烟，将一团烟雾吐到空中。

"犯罪的世界怎么样？"我交叉着双腿。

"还是老样子——'工作没停过'。"他笑了笑，"我得跟一些白痴打交道，你简直无法想象。"

"我确实无法想象——我有些客户还挺有意思的。"

"哦，石，我倒是想把自己知道的一些故事讲给你听。"

"我也是。"

"接下来怎么说来着？"他抬头看向房间的角落，额头上闪烁着小小的汗珠，"哦，对了，但我不得不杀了你灭口。"

"黑帮老大还真是会这么说，志和。"

他笑了。"说正经的，什么风把你吹到我这儿来了？"他在椅子上往前探了探身子，用烟蒂轻轻敲了敲烟灰缸。

"很抱歉不请自来，但我在找一个人。"

"哦，是吗？"他低头看着自己搭在烟灰缸上的手，微微歪了歪头。

"是啊。"

"找谁呢？"

"一个叫黑川的家伙。"我屏住呼吸。

"黑川……"他摇摇头，"没听说过……"

"只是一个小角色而已。"

"那为什么这个小角色对你如此重要呢？"

"寻人案件。"

他直直地盯着我，用手比画着抹脖子的动作。"死不见尸的那种失踪案？"

"不，不是那种。"我停顿了一下，"他父母雇我找他。"

"哦。"志和往后仰，躺在椅子上，看着天花板，"石川，你打听得有点多了。"

"我知道，志和。"我往前坐了坐，"如果有其他办法，我不会来找你的。"

"一个人加入帮派之后，就跟原来的家庭告别了。"他叹了口气，"他的父母不知道吗？"

"我想他们知道。"我在椅子上挪了挪，"不过他现在不是你手下了……"

"他对我们来说已经死了。"

"我知道。"

"而且人死是不能复生的。"

"我知道。"

志和深吸了一口烟，烟蒂泛起红光。他呼出一口烟雾，看着我。"好吧。"他点点头，"我这是看在老交情的分儿上。别养成这种习惯，石川。"

"谢谢你，志和。"我低头鞠躬。

"你出去找诚治谈，他会帮你的。"

"诚治是哪一个？"

"酒保。"

"谢谢你，志和。"我站起身走向门口，"我欠你一个人情。"

"你确实欠我的，等我需要的时候，会让你还的。我可能很快会有个案子找你帮忙。不说这些了，保持联系吧。"

我伸手去拉门。

"对了，石？"

我再次转身看着他。"什么事？"

"别忘了，轮到你走棋了。"他盯着棋盘。

▲

我回到夜总会大厅里，诚治正在吧台的外侧等着我。他坐在凳子上，抽着烟。他留着卷曲的长发和胡须——像是在湘南海滩晃荡的沙滩浪子，假装会冲浪，好跟女孩搭讪。我走向他，但他不理我。他抽着烟，另一只手插进牛仔裤口袋里，看着前方。我看着他抽烟；他吹烟圈时嘴唇的动作让我觉得在哪儿见过。音乐声调小了，这样我们能听到彼此说话。

"诚治？我是石川，志和告诉我——"

"我知道你是谁。坐下，该死的。"

我站在原地。"有意思。你打算请我吃晚餐吗？"

他站了起来，直视着我。他个子不高，但我能在他眼中看到一些东西，我的脑海深处再次产生了一种难以言喻的感觉。从他的眼神能看出来——他不喜欢我。而且是出于某种原因不喜欢我。

"听好了，混蛋。"他咬着牙说，"别跟我甜言蜜语，否则我会把你摔在地上。搞清楚了吗？"

"十分清楚，亲爱的。"

"我知道你他妈的是谁，石川。我知道你搞的那一套把戏。你四处嗅探别人的垃圾，把别人一连串的隐私挂出来，搞得左邻右舍尽人皆知。"他的声音几乎像是在咆哮。

"你第一次约会就这样对别人吗？"我笑了。

他用手指重重地戳了一下我胸口。"你就是个渣滓。"

"我对别人动手动脚之前通常会先吻一个。"我站在原地。

他指着我的脸。"少跟我来这套，我知道你是什么玩意儿，石川。"

- 猫与东京 -

"你知道什么，亲爱的？"我顺着那根手指盯回去。

"你的大名早传开了。我知道你出卖了你前妻。"

他怎么知道我和前妻发生的事？"继续往下说，甜心。看我把你埋了。"

"你能怎么样，侦探先生？这里是我们的地盘。今天你能活着离开这里，全靠你跟志和大哥那点交情。"

"是的，你说得对。我跟你们志和大哥有交情。"

我让这句话在空气里停了一会儿。

"接下来我会去找你要找的这个混蛋，因为这是我的任务。"他嘲笑着说，"瞧啊，石川，就连我们这些黑帮垃圾都比你这个拉皮条的更忠心，更讲荣誉——你把你老婆的照片卖给另一个女人，拿它们当离婚的证据。难怪她背着你偷人。"他从头到脚打量着我。"你就是个该死的渣滓。"

他怎么知道这一切？"你根本不知道自己在说什么，妈的。"

"是啊，是啊。你给下辈子积点口德吧，混蛋。"他不屑地挥了挥手，"你那个失踪的朋友，等有消息了再联系你。"

"谢了，亲爱的。"我正要离开，但突然想到一件事，"我就是提醒一下，你下次闯我办公室的时候，我会把钥匙放在门垫下，这样你就不用撬锁了。好吗？"

他一个箭步走到我身边，步子迈得比我预想的要快。他一拳打在我肚子上，我一口气差点没上来。我强忍着没有弯下腰，脸上保持着微笑。

"滚出我的俱乐部。"他龇牙咧嘴地喊道。

我一路上忍着痛，一直走到离俱乐部几百米远的地方，这才弯下腰，喘了口气。

Chapter 11

祭典

小三花猫躺在炎热的瓦楞板屋顶上晒太阳。那是初夏的早晨，但天气已经炎热难耐。它抬起头，在明媚的阳光中眯起眼睛，决定找一个荫凉的地方。它在寻找着什么东西——一种前世的记忆，一种气味，一种图像。是戴紫色头巾的那个人，还是其他的什么？

它跳起来，轻盈地穿过东京郊区的屋顶，游走着，就像知道自己要去哪里。三花猫一个猛冲，那动作就像排练过似的，蹿到一扇敞开的窗户前，

探头往里看，它看到一个 20 多岁的女孩坐在浴缸里，读着西古二的一本书。

实际上，这个女孩是在费劲地读西古二的书。

幸子整整一个月都在期待着祭典。她发现自己读了一页，不得不倒回去重新读，她根本没有理解故事的任何内容。她喜欢这本书，但她满脑子都在想着晚上的祭典。

当然，还有跟隆君见面。

前一年的祭典，幸子穿的是红色浴衣，现在她正在想今晚该穿哪一件。她把打开的书放在浴缸边上，书页把水渍都吸干了。也许她会穿那件白色牵牛花图案的蓝色浴衣。幸子用手摸着身上一些让人担心的地方，空空如也的肚子"咕噜"叫了一声，但她没有在意，她只想着晚上能有个完美的状态。她闭着眼睛，静静地坐了一会儿。

她没有发现那只猫在默默地看着她。

"幸子！"

刺耳的声音让她从沉思中惊醒。幸子翻了个白眼，把双手从浴缸里拿出来，看着自己的手指——像梅干一样皱巴巴的。

"幸子！"那声音更响，也更近了。

"幸子酱，你在哪里？"

幸子把身子埋在浴缸里。

"幸子酱，你在浴室吗？"

浴室门口传来巨大的敲门声。

"不，我不在浴室里。"

幸子的母亲打开浴室门，瞪着她。

"别说谎。你泡了多久？马上出来。你会变成梅子干的。"

"好的，妈妈。"

母亲瞪了她一眼走了，浴室又只剩她一个人，不过也许不止她一个人……

猫转了一下头，幸子才看到它。她和猫透过蒸汽相互眨眼。

这就是它一直在找的吗？

幸子歪着头，对着猫咂舌头："你真是个漂亮东西啊。"猫的绿眼睛是那么可爱，透着一丝淡淡的冷漠和庄严。

猫转过头，朝窗外看去。不，这不是它在找的东西。猫在屋顶上蹑手蹑脚地走开，找自己的早餐去了。

▲

幸子擦干身子，化了妆，穿上牛仔裤和Ｔ恤，走进厨房。她妈妈站在冰箱旁边，手里拿着两根大萝卜，一手一根。桌子上有几个装得满满当当的购物袋。

"你想去哪里？"她拿着一根大萝卜朝幸子挥了挥。

"我只是去美容院……为了今晚做个头发……"

"你帮我把这些东西收拾好才能去。"

幸子的母亲用一根大萝卜指着幸子，用另一根指着购物袋的方向。

"好的，妈妈。"

幸子开始收拾东西。她母亲继续唠叨着。

"我不知道你为什么要浪费钱，跑去那家高级美容院弄头发。我知道今天是祭典，我可以给你弄头发——就像我过去常常给你弄的那样。"

幸子一想到母亲过去硬是要给她弄的那些可怕发型，不禁打了个寒战。

"妈妈你这么忙……我哪能让你费心……"

她母亲转过身来，对幸子眨了眨眼。

"今天对你来说是个重要的日子。我不应该这么……"

门外响起敲门声，一个低沉的声音传来。

"不好意思！我是邮递员！"

幸子母亲的脸变得明亮起来，走到门口去开门。幸子继续收拾东西。

"啊！信吾君！"母亲的声音充满了热情。

"哦！你好，柴田女士。你看起来精神不错，这是你的信。"

幸子伸了伸脖子，看到门口的邮递员信吾。她希望母亲不要这样公然和对方调情，太尴尬了。

信吾很帅气，只是对母亲来说太年轻了。他快 40 岁了，一头黑发依然浓密。虽然他长着一张开朗的脸，看着像夜里经常出去喝酒吃宵夜的人，却没有这个年纪的人常见的那种啤酒肚。不管怎样，他跟妈妈都不般配，所以母亲的调情显得更加尴尬。

"进来坐坐，喝杯绿茶吧？"

"哦，喝茶不错。"信吾走进玄关，准备脱鞋，然后目光落在幸子身上，他犹豫了一下，"不过，我得接着去送信了。"

"来杯咖啡怎么样？"

"谢谢，柴田女士，我得走了。"

"来点长崎海绵蛋糕怎么样？我今天早上在市场买了一些。幸子酱，把水壶烧上。来，快点！"

"哦，不用麻烦了。幸子酱肯定有其他事情要忙，哪里会和我们一起喝茶。"信吾回答说。

"别担心她，她要出门做头发，为今晚的祭典做准备。"

信吾的眉毛微微上扬。

"你今晚去祭典吗，信吾君？"母亲问。

"哦，我不去。我太老了，祭典什么的不适合我了。"信吾笑着说。

"胡说！你们两个应该一起去！"

幸子愣住了。

"哦，我想幸子肯定约人了。再说，她哪里会和我这样的老家伙一起去。"信吾对幸子笑了笑。

"不和你去，只怕更糟糕。看看她。我绝望了！都快30岁了，还没嫁出去。我真希望谁赶紧来接手，她只会坐在浴缸里看垃圾小说。"

"哦，柴田女士，这样说可不好。"

幸子背对着他俩，脸上的颜色变得跟信吾的邮包一样。

"我一会儿就回来，妈妈。再见，信吾先生。"幸子躲开两人的目光，蹑手蹑脚地走出前门。

"那家美容院真是浪费钱！"幸子妈妈说。

"再见，幸子酱。"信吾说道。

幸子向两人鞠了一躬，轻轻地关上门。信吾的声音从紧闭的门缝里飘了出来。

"柴田女士！你真不该对幸子酱这么刻薄。"

幸子讨厌信吾叫自己幸子酱。

▲

幸子走在镇上,她不想让母女间的拌嘴破坏了自己的心情。如果是别的日子,幸子可能约玛丽出来,抱怨一通。玛丽会像平时一样,静静地坐着,听她抱怨,偶尔点点头,叹一口气。等幸子抱怨完,情绪平复之后,玛丽会说类似"幸子酱,你真的需要搬出去,自己找个地方住"之类的话。

幸子总是会得出同样的结论——她不能让母亲一个人生活。她也知道,这不是搬出去就能解决的问题。母亲会一直在她耳边唠叨,直到她好好嫁出去,跟丈夫住在一起。母亲就是这样守旧,看不得单身女性独自生活。那年秋天,她跟隆君的所有事情都瞒着母亲,有些事情甚至连玛丽也瞒着。因为玛丽当时过得也不顺心,再说自己也不想讨论那种事情,哪怕跟朋友也不想提起。

直到现在,幸子还在想要怎样把那件事从脑海里抹去。

但自己的母亲不理解,现在时代不同了,男女不会那么快走进婚姻的殿堂。她和隆君就是这样。他们断断续续交往了好几年,甚至没有提过结婚的问题。幸子不敢去想,提结婚会是什么情形。她心里很清楚,这个婚肯定会结的,自己要做的就是耐心等着。

可是，要说幸子不恨嫁是骗人的。自己一年一年地大了，身边朋友（除了玛丽）现在都结了婚，过着幸福的婚后生活，大多都有了孩子。不过催婚也没用，她之前见过隆君对结婚这事是什么反应，也很清楚，他对近期要小孩这事是什么态度。

街上这会儿没什么人。树上到处挂着高高的灯笼，准备迎接今晚的祭典。幸子看得出来，镇上的人为祭典做了很多准备。整个商店街的主街两旁冒出了各种各样的食品摊——虽然现在用木板封着，还没开张，不过到了晚上就会热闹起来。

幸子看到一位打扮时髦的西方女士，她经常碰到这位女士在镇上遛狗。幸子微微鞠了一躬，对方也鞠躬还礼，然后快步走远了。

幸子走过车站，朝美容院走去，一路上能听到 IC 卡规律的嘀嗒声，还有身穿黑西装的上班族，他们的灵魂与现实碰撞时发出的哔哔声。车站检票口的闸门下意识地奏出"嘎吱嘎吱"和"叮当叮当"的协奏曲。人们坐车去东京市中心上班，把自己的人性抛到一旁，踏入这座城市热气腾腾的味噌汤中。隆君这会儿也在上班的路上吧。

美容院和车站一样闹哄哄。女孩子三五成群地聚在一起，闲谈着，咯咯笑着。镜子前的椅子几乎坐满了，等候区塞得像列车厢一样满。幸子打开门，门铃叮当作响，各种香水味扑鼻而来，浓得就像能用舌头尝出味道一样。这味道一下窜进幸子的喉咙，让她咳了起来。

　　"柴田小姐！"幸子的美容师向她招手。

　　那些还在等位子的女孩子愤愤地盯着幸子，看着她径直走到镜子前的一把椅子旁。幸子很高兴自己早点预约了。

　　她坐在椅子上，翻着杂志，美容师忙活着，认真地给幸子洗头、吹干，做造型。

　　幸子不确定是不是自己的错觉，但等候区有个女孩一直在盯着她，用那双奇怪的绿眼睛。幸子时不时抬头看镜子，她看到女孩的头低下去，假装没看自己这边。

　　幸子绞尽脑汁想了想。她不认识这个女孩——但这个女孩让她感到不安，就像在哪儿见过似的，所以她尽量不去想这件事。幸子转念想起去年的祭典，那天过得是多么开心。隆君买了一瓶烧酒，两人坐在河边，就着灯笼的光喝着酒。隆君的酒量很大，幸子也不甘示弱，但最后喝得头晕目眩。不过隆君很温柔，他把幸子带回了自己的公寓，让幸子躺着休息了一会儿。两人一整夜都在玩笑打闹，一直玩到清晨。

隆君那天晚上真是太调皮了。幸子那晚没回家，她妈妈很生气。今年的祭典会发生些什么事情呢，幸子期待着。也许今年会更开心。

她瞥见那个女孩又一次盯着她。

幸子付了钱，离开了美容院。她对今天的发型感到满意，因为跟晚上要穿的那件蓝色浴衣非常搭配。幸子又去了美甲沙龙，专门做了蓝白的牵牛花图案美甲，这样就能跟浴衣的图案呼应了。

回家的路上，幸子的手机响了。一看到号码，她立即接了电话。

"幸子酱……"对方的声音听起来虚弱。

"隆君，你没事吧？"

"身体不太舒服……"对方咳了一声，"幸子酱，不好意思。我觉得我今晚可能去不了了。"

幸子不知道该说什么，所以没有说话。

"幸子酱，你在吗？"

"嗯，在听。"

"幸子酱，我真的很抱歉。我知道你有多期待这一天。但我太累了，身体也不舒服。大老板一直让我加班，因为奥运会就要来了，我觉得我是感冒了。我今天要加班到很晚，不知道还有没有力气参加今晚的祭典……"对方的声音越说越小。

"没关系。别担心。我只是希望你早点好起来。今晚我带点药给你好吗？或者我可以过去给你做点东西吃？"

"不，不用了。谢谢你。我真的只是需要休息。我太累了。"

"今晚好好休息。希望你快点好起来。"

"谢谢你这么理解我，幸子酱。对不起，我会补偿你的。我们下周一起去吃晚餐，好吗？"

"可以吃寿司吗？"

"当然可以。你想吃什么都行。"

她微笑着。他真是太好了。

"照顾好自己，隆君。好好休息。"

"谢谢。"

挂断电话时，幸子觉得有点难过，不过她转念一想，又觉得自己太自私了。隆君生病了，她应该担心他的身体才对，怎么只顾着担心错过今晚这场愚蠢的祭典呢。

其实，幸子一直很担心隆君的身体。他看起来身体很健康，而且也算年轻，可动不动就感冒生病之类的。幸子觉得隆君可能是喝酒喝得太多了。他经常和公司的人喝酒聚会；要是他和真人、京子一起出去，会醉得更厉害。幸子觉得京子有问题。她在脸书上看过几人喝酒的照片，之后向隆君打听了很多关于京子的事情。那件娇气的粉色 Polo 毛衣，还有那条奶油色的裤子，让幸子觉得很不舒服。总之，去年的祭典之后，隆取消了好几次两人的约会。他经常因为生病没法跟幸子见面。幸子讨厌隆君那家公司的大老板——逼隆君参加那些生意场上的喝酒聚会。那个男人看起来就像巨婴！幸子在想，隆君就不能让他的父亲动用一下关系吗？但是，隆君的态度很坚定：深夜招待客户是自己工作的一部分，他的父亲是 2020 年奥运会公关公司的首席执行官，自己必须起带头作用。

可是隆君现在都快累倒了，真的很让人担心。

幸子陷入沉思，走进屋子时，母亲的说话声把她拉回了现实。

"啊！她们把你的头发搞成什么鬼样子了！"

母亲的话成了压倒幸子的最后一根稻草。她推开母亲，径直走向自己的房间。

"喂！你怎么了？"

她装作没听到母亲说话，关上门，瘫倒在床上。

门外传来敲门声。

"幸子酱？"

"让我一个人待会儿，行不行。"

母亲打开门。

"幸子酱？怎么了？"

"妈，求你了。我只想自己待一会儿。"

"发生什么事了？"

"我只想歇会儿。"

"随你吧。"

母亲走出房间，轻轻关上了身后的门。

幸子哭着睡了过去，一直睡到傍晚。

⁂

一觉醒来，幸子感觉好一些了，但脑子还是一团糟，加上肚子又饿，所以没什么精神。她走进厨房，还没从白天这一觉醒过来。母亲给她准备了吃的，坐在桌前拼拼图，然后看着幸子走进来。

"好点了吗？"

"好一点了。"

"这里有米饭和味噌汤，还有一点鱼。你最好快点把晚餐吃了，然后准备一下，去祭典逛一逛。"

"我不去了。"

"你怎么不去了？"

"他取消了。没人和我一起去了。"

"胡说八道。这些事交给我就行了。吃吧。"

"可是我不想去了。"

"只管吃，然后穿好衣服。一切都交给我。"

幸子坐下，说了一句"我开动了"，吃着米饭、喝着味噌汤，还有新鲜的小块萝卜。她吃了鱼，感觉精神好了一点。等吃完最后一口鱼，幸子觉得满足感油然而生，然后她把手掌合在一起。

"我吃好了。"

"准备一下吧，快点。"

幸子穿上蓝色浴衣，腰间系了一根淡蓝色的简约腰带。现在很多女孩子都选那种华丽的款式，但幸子更喜欢传统一些的简约款式。她穿上白色袜子，从橱柜里拿出木屐，放到玄关处，准备出门时穿。母亲看着她走过去。

"幸子酱！你把头发睡乱了。"

幸子捂住了嘴。

"别担心！去浴室拿我的刷子来。我一下就能给你弄好。"

"但是，妈——"

"看，今晚把头发放下来。你有一头漂亮的长发，为什么要像其他女孩一样把头发扎起来呢？我们看看放下来是什么样子。"

母亲梳着幸子的长头发，幸子觉得心情更加平静了。可是一个人去参加祭典，还是让人烦恼。她甚至没时间联系其他朋友，看看谁能一起去。当然，她会在祭典上遇到一些认识的人，不过一个人去似乎有点可悲。

母亲梳好她的头发，去拿镜子。

"看，现在好多了。"

幸子看着镜子里的长发，不禁对母亲的手艺感到一丝自豪和惊讶。放下头发是个好主意。幸子忍着没笑出来。

"但是，妈，没有人和我一起去。"

母亲啧啧了两声。

"别懊恼了，我其实早就猜到了。我已经打电话帮你喊人了。"

敲门声响起。母亲迅速站起来开门。

"信吾君！晚上好。"

"晚上好，柴田女士。"

幸子惊慌地站了起来。不会吧。

信吾穿着深绿色的夏季短和服，脸上带着一丝羞涩的微

- 猫与东京 -

笑。幸子看着他那壮硕的小腿，小麦色的腿上长着一层浓密的汗毛。在棉布和服的映衬下，他的肩膀看起来很宽。

信吾看着身穿蓝色浴衣的幸子。

他呆住了，一时之间不知道说什么。

"你们两个去玩吧。"母亲笑容满面地说。

▲▲

鲜艳的打扮，奢华的美甲，染过的头发，拿在手里或夹在腰带里的手机。男人们的头发帅气有型，女人们的头发则梳得更加精致复杂。街道上弥漫着节日氛围，热闹非常。信吾走在左边，幸子走在右边，两人并肩穿过人群。身穿五颜六色浴衣的人们三五成群地走着，向街道中央某一处聚拢过去。

夏日的炎热一直到傍晚都没散去，祭典上的人用扇子扇着风，头发随风飘动着，他们还时不时用手帕擦去额头上的汗。

头发放下来之后，幸子心里生出一种奇怪的自信，感觉就像古代的公主，或者《源氏物语》中的幽灵一样。她发现其他人在看自己——她在人群中分外引人注目。这种羡慕的眼光似乎让幸子觉得精神焕发。她唯一担心的是有人看到她和信吾在一起，然后会有流言蜚语传开，最终传到隆君的耳朵里。

但是，那又怎样？是他取消约会的，不是吗？她只是想有个人能陪自己过这个节日，而且这人是信吾，不是别人。再说，让隆君吃点醋也许对他也好。幸子想到这些，自顾自地笑了笑。

她偷偷瞥了一眼信吾。在节日光线的映衬下，信吾实际上看着还挺英俊的。他看起来很开心，脖子上挂着一条毛巾，偶尔用来擦额头上的汗珠。

灯笼照亮了街道；人群熙熙攘攘，一派热热闹闹的景象。小摊上冒着热气，上面摆着鲜嫩烤鸡肉串、油淋淋的日式炒面、炸鱿鱼、日式煎饼和炸鸡，诱人的香味飘过街头，每个人都在边走边吃边喝。

"你想喝点什么吗？"信吾指着一个卖冷饮的摊位，饮料全都放在一个装满冰水的桶里头。

"好啊，听起来不错。"

"你想喝什么？"

"嗯……"幸子思考着。她想喝弹珠汽水，小时候父亲带她参加祭典，两人一起喝过这个汽水。

"我要一瓶朝日啤酒。"信吾说。

- 猫与东京 -

"我也是。"幸子拿出钱包准备付钱。

信吾轻轻地把钱包推回幸子的腰带旁。

"谢谢。"她鞠了一躬。

信吾付了钱，递给幸子一小罐啤酒。

啤酒喝起来清新凉爽，幸子觉得今晚的祭典更美好了。

街上有人在跳舞。一队队穿着类似图案浴衣的舞者，沐浴着灯笼的光，笑容满面地走了过去。整座小镇的人，无论大人，还是小孩，都在今天晚上汇聚成了欢乐的海洋。一群汉子抬着一辇轻巧的神舆穿过镇上，人群发出欢呼声和喊叫声。音乐声响起，人们欢笑着，烟花在天空中绽放开来。

幸子和信吾又喝了一点啤酒，在街头走着，尽情感受着节日的氛围。两人聊着彼此认识的人，还有彼此喜欢的咖啡馆、商店和餐馆。信吾小心翼翼地看着幸子的一举一动，如果她的目光落在食品摊上，或者看了哪个小玩意或纪念品一眼，信吾就会立刻掏出钱包。

幸子会挥挥手表示没必要，但信吾会装作没看见，每次都跑去摊位前，把东西买回来给她，不管是一盒炒面，一盒炸鸡，还是一罐风味刨冰。

两人看了看时间，发现已经很晚了，幸子有点惊讶，这天晚上竟过得如此之快。街上已经没什么年轻人，只有几个上了年纪的醉汉，他们唱着歌，走向卡拉OK和小吃店，一同分享着节日的喜悦。

"我送你回家吧。"信吾自告奋勇地说。

"没关系，信吾先生。我自己可以回去。"

"不，我送你。一点儿都不麻烦。"

"你确定不会绕道吗？"

"一点都不绕。我喜欢走路。天天送信，我的腿都练出来了。"信吾微笑着。

⁂

如果信吾对镇上的路没那么熟，可能一切会有所不同。

两人手牵着手，在大路上走着。刚才信吾突然拉起了幸子的手，她不知道该怎么办才好。幸子有点醉了，所以没有甩开信吾的手。如果她完全清醒，恐怕不会让信吾这么做。但今天晚上这么美好，两人在祭典上玩得这么开心，破坏这样的氛围似乎有点可惜。

所以这会儿两人手牵着手，肩并肩走着——信吾走在左边，幸子走在右边，她又想起了小时候和父亲一起参加祭典的情景。那是父亲生病之前的事了。

"我们可以从这儿走。"信吾带着幸子从大路岔进了小路。

"你确定吗？"幸子有点分不清方向。

"我确定，这条小路会经过寺庙，不过比一直走大路走到十字路口要快得多。相信我！我每天早上都会走这几条路——我还给寺庙送过信！"信吾听起来非常开心。

两人走在漆黑的小路上。路两旁种了树，为了庆祝祭典，树上挂了纸灯笼，小路比平时亮了一些，更容易看清脚下。沿路的石灯笼里没有蜡烛，上面覆盖着一层诡异的绿色苔藓。

走近寺庙的时候，幸子屏住呼吸。

这个地方让她想起了之前的事情。

幸子感到恶心。

这寺庙就是那一座。不是吗？

就是幸子去年秋天去过的那一座，那时树上的叶子正好变红。红色，就像她流产之后内裤里发现的血迹一样。她去了寺庙，放上了一尊地藏菩萨，保护她的水子——那个未出生的胎儿，被她吞下去的米非司酮和前列腺素打掉了，没有任何反抗的机会，就被这些药物带走了。如果小孩子先于父母去世，就不能穿过神秘的三途川①，而是在地狱徘徊。幸

---

① 三途川是日本传说中分隔阴间与阳世的河流。——译者注

子在寺庙的商店里买了一尊戴着红色帽子和围兜的地藏菩萨小雕像，放在寺庙的架子上，跟数百个小雕像一起，就像寺庙周围飘落的红叶一样——每个小雕像都代表着镇上一个没有来到人间的胎儿。幸子祈祷地藏菩萨在来世保护自己的小水子。她曾经想过，地藏菩萨是不是真的会信守自己的誓言，直到地狱里的众生都离去，他才会成佛。

去年那天晚上，幸子曾哀求隆君戴上避孕套，可隆君说他没有套子，不戴也没事。她让他不要射在里面。他说好的，好的，没问题。可他还是射了。幸子告诉隆君，自己怀孕了，隆君说他还没有准备好，而且现在工作太忙了，等他升了职，两人就能结婚要孩子。他问幸子，能不能想办法，你知道的，就是打掉。他会付打胎的钱。

幸子自己去了医院，她跟母亲说，自己要去看望父亲。这谎说得连母亲都分不出真假。因为幸子平时总是会去医院看父亲——身上连着机器，躺在病床上的父亲。他的胸口慢慢地上下起伏着，还会发出听起来不祥的嗡鸣声，这是一个灵魂来到人世间，却迷失了的男人发出来的嗡鸣声。

两人经过右手边的寺庙，幸子发现有什么东西在屋檐下移动，她的思绪一下被拉了回来。

她转头一看，只见半明半暗的屋檐下有两个人的身影。

一个男人和一个女孩。女孩的浴衣撩开了，露出了修长的双腿。她的内裤拉到脚踝处，男人的手放在她的两腿之间，两人正在接吻。幸子忍住没叫出声来，转身要走。

这时一束烟花在夜空中绽放开来，照亮了这对接吻的男女。

一双绿色的眼睛一闪而过。

那是美容院里的那个女孩。

还有隆君。

信吾不想停在这里，拉着幸子走，他不知道幸子在黑暗里看到了什么。

两人默默地走着。信吾还在自顾自地乐着。

信吾握着幸子的手，她的手却一阵冰凉。

两人走到幸子家门口。

"好了，到家了，幸子酱，今晚真是谢谢你。和你在一起我很开心。"

幸子不知道该说什么，她就像丢了魂一样。

信吾很紧张，支支吾吾地说："你看，我在想……如果你愿意，我们下次可以去你今晚说的那家咖啡馆。就是，你说你喜欢的那家？下周二怎么样？"

她把头转开，想把心里所有的情绪都憋回去。

"幸子酱？你还好吗？"

"你凭什么叫我幸子酱！"她嘶吼道。

信吾从幸子身边走开，双手举着。她的眼睛里映出路灯的光。

"我再也不想见到你。你这个讨厌鬼。你让我恶心！"

幸子转身逃进屋里，关上了身后的门。

信吾停了片刻，垂下头，走进了黑暗里。

门后的幸子瘫在地板上，抱着膝盖，把脸埋在腿上，啜泣起来。

屋子里一片死寂，只能听到幸子的啜泣声。接着，敞开的浴室门传来轻轻的脚步声，那只小三花猫好奇地向她走过来。

幸子浑身都在发抖，小猫舔了舔她的手。

她狠狠地打了那只猫一巴掌，把它的下巴都打碎了。

Chapter 12
交哺

　　自从爸妈去世后，公寓就变样了。我的生活有了一些变化。我现在有了自己的一套规矩，不用听母亲的话，把衣服放进抽屉里，也不用把吃的放进橱柜里——东西都藏里头，想找都找不到。不用交水电费——晚上点蜡烛就够了。我还发现浴缸是个藏书的好地方。我尽量少洗澡，因为我喜欢长时间不洗澡之后，身体散发出来的，浓郁又天然的古龙香水味儿。到了暖和的季节，这种效果更明显。我喜欢在列车上偷偷地闻自己的腋窝。我还发现，这种气味能让我享受更大的空间，甚至超过那些优越的东京人。我的身上自带光环。人们害怕我，所以敬而远之。

要洗澡的时候，我就去公寓拐角处的公共澡堂。我的块头很大，所以那玩意儿也大——我知道为这事得意挺傻的，但我喜欢脱光了再去浴池，其他男人看到我巨大的器官在两腿之间晃来晃去，会露出惊讶的表情，常常吓得马上离开，这样整个浴室都是我的了。

说实在的，自从爸妈去世后，一切都很好。我对公寓里的新生活很满意。

直到那些小黑鬼的出现，把一切都毁了。

▲▲

回到家，我发现蚂蚁的数量增加了好几倍。自从我上次看到之后，它们的数量越来越多。这些蚂蚁是从前门的一个小缝隙里钻进来的。我能看到今天早上被我淹死的那些蚂蚁，它们的尸体支离破碎，可是这会儿更多蚂蚁跑了进来，排成一条长龙，蜿蜒着爬进厨房里。

它们是入侵物种——是古老的黄蜂家族的后代，把全球都变成了殖民地。没有哪个国家没有它们的身影。几个世纪以来，它们的职业道德和顽强生命力，它们的合作和交流方式，还有与其他物种的共存，一直令人类感到着迷。它们是终极入侵者，是成群结队的征服者。

现在，它们入侵了我可爱的家园。我宣布开战——跟蚂蚁开战。

我做好了打持久战的准备。我开始阅读《孙子兵法》，孙子虽然是中国人，却是个聪明人。

不战而屈人之兵，善之善者也。

所以，眼下我会放过它们。我会瞅准时机，把它们消灭殆尽。到时候会有流血，会有屠杀，我会在这场蹂躏和掠夺中取得胜利，成为所有想要攻击或控制我的人的主宰。嘿嘿。

现在，我需要休息。明早还得上工，我必须好好表现。

工作对我来说非常重要。

▲

第二天早上醒来，我的心情糟透了。那只该死的猫又在窗外尖叫。它叫啊叫，叫了一整晚。哪怕我打开窗户，对着夏天炎热的空气大喊大叫，那只该死的猫还是叫个不停。我尖叫，拼了命地尖叫，可它就是叫个不停。然后，一个邻居居然对我喊道："闭嘴，你这个疯子！"

你能相信吗？！他能让猫整晚呜呜地叫，却让我闭嘴。真是个神经病！

虽然没睡好，我还是坐上 5:02 的班车，从吉祥寺站出发，前往高尾山，带着在店里买的热咖啡和饭团当午饭。我对便利店的那个越南白痴大喊大叫了一通，没办法，谁让他不给我单独的袋子，冷热食品分开装。这个国家是怎么了？便利店里到处都是外国白痴！算了，不想这些了。现在是我一天中最喜欢的时光。我来到车站，耐心地等着列车。我把看到的一张白痴宣传画拍了下来，上传到留言板上：

線路に物を落された方は
駅係員にお申し出ください

关于：愚蠢的女孩

LaoTzu616：如果这个女孩蠢到把帽子掉到铁轨上，也许她应该把自己也扔下站台。白痴。

我热爱自己的工作，而且我为此感到自豪。

我知道很多在汽车厂工作的人不喜欢这份工作，不过我一直想不通这是为什么。我热爱汽车，我热爱机器人。我喜欢自己的肌肉能派上用场。我的上级很看重我这身力气，我在工厂一个人就能完成两个人的工序，所以有点名气。

我喜欢重复的工作。

我在焊接部门工作，那里火花四溅，汽车的白车身就是这样造出来的。我从手推车上抬起笨重的零件，放到夹具上，夹具再将所有零件定位到焊接位置，然后按下红色按钮，把它们送入机器人的笼子里。接着，机器人负责处理这些零件，它们外星人一般强大的手臂缠绕在车身周围，慢慢地给汽车注入生命的火花。每90秒就会诞生一辆新车，而这一切都始于我。

看到自己制造的汽车和出租车在东京的街道上行驶时，我感到一股强烈的自豪感。这是一种创造出某种事物的自豪感，是在创造某种真实事物的过程中，扮演了某种角色的自豪感。这是一种你可以触摸到的东西。

城里那些跟 Excel 表格打交道的白痴永远无法理解这种感觉。真是可惜。我又拍了一张照片上传。

关于：忘恩负义的出租车司机败类

LaoTzu616：这两辆车都是我造的。那些司机呢？他们做了什么？本该工作的时候，他们却靠在车旁瞎扯闲聊。其中一个是胖子，说话像个乡巴佬。

▲▲

到了上班的地方，我把东西放在更衣室里。我无视那些围坐在 Formica 桌旁喝咖啡的工人，他们也无视我。Formica 在意大利语中是"蚂蚁"的意思。一切都跟蚂蚁有关。

现在不是想这个的时候。在厂里，在工作的时候不想这个。我用拳头敲了敲自己的头，转身看到那些人一脸奇怪的表情。他妈的有什么好看的？

生产线六点开工，我喜欢提前五分钟到达工作岗位。我走向生产线，铃声响起，大家准备开始工作。今天我负责一道90秒的工序。戴上护目镜，戴上凯夫拉（Kevlar）手套和袖子，戴上安全帽。橡胶燃烧，浓烈又熟悉的气味窜进鼻子。

嗨哟，夹具夹起左侧部件，举起右侧部件，后侧部件放置完毕，横梁就位，移动到黄色网格区域外，按下红色按钮，红灯闪烁，夹具移入围栏。

我向右边看，看到焊接好的车身悬挂在单轨上，接下来要从焊接工序移动到涂装工序。通过焊接工序制造的车身，叫做"白车身"。焊接工序完成后，就会进入涂装工序，浸泡底漆，喷涂上色，车身最终呈现出闪亮而耀眼的红色，接着再移动到总装流水线。总装流水线的人以为自己了不起，但焊接工序才是最了不起的。总装流水线的人将各种零部件安装到车身上，慢慢组装成一辆汽车。

夹具来了。嗨哟，举起左侧部件、右侧部件、后侧部件、横梁，移动到黄色网格区域外，按下红色按钮，红灯闪烁，夹具移入围栏。

我能想到的只有那些该死的蚂蚁。我太累了。昨晚那只猫让我发疯。为什么所有的事情都要针对我？为什么这世上的每个人每件事都要来折磨我？看着这些机器人，我只想起了蚂蚁。它们弯曲的机械臂看起来就像巨大的蚂蚁腿，而我就像一个缩小的人，蚂蚁高高在上，俯视着我。必须想点别的事情。如果一直这样想下去，今天就没法过了。必须想点更好的事情——

夹具来了。嗨哟，举起左侧部件、右侧部件、后侧部件、横梁，移出黄色网格区域，按下红色按钮，红灯闪烁，夹具移入围栏。

今天是发薪日。我知道其他工人会谈论今晚又去泡泡浴妓院的事情。白痴。他们但凡口袋里有点钱，不是拿来喝酒，就是拿来泡妓院。就为了躺在一张灰色的充气垫上，让那些涂满润滑油的蠢女孩在身上摩擦。我才没那么蠢。我也花钱，但不会花在像宿醉或性高潮这种愚蠢、肮脏的事情上。我在寻找一些更高雅的东西。也许今晚我会去一家新的女招待酒吧——

夹具来了。嗨哟，举起左侧部件、右侧部件、后侧部件、横梁，移出黄色网格区域，按下红色按钮，红灯闪烁，夹具移入围栏。

我知道自己做的事情很奇怪。我知道想要睡在她们旁边很奇怪。所以，我必须给她们下药。这没什么大不了的，对吧？她们从来都不会遭受半点痛苦，大多会在一家陌生的旅馆醒来，对前一天晚上发生的事情一无所知。我尽量不伤害她们。之前有一次……不过还是别想那一次了吧。最好往前看。一次只能想一件事。也许今晚我会遇到一个漂亮的陪酒女。我又能安心睡在她身旁——

夹具来了。嗨哟，举起左侧部件、右侧部件、后侧部件、横梁，移出黄色网格区域，按下红色按钮，红灯闪烁，夹具移入围栏。

这些机器臂令人着迷。它们作业的时候，如果有人被关在围栏里，几秒钟内就会死去。机器人是瞎的：它们什么都看不见，而且会沿着事先编程好的路线移动。这就是夹具的作用——当成机器人的固定参考点，这样机器人就会知道夹具在哪里，接着在汽车框架上焊接零件。如果零件的位置不够精确，机器人的机械臂会直接撕裂整个车身。撕裂，穿透汽车的白车身——

夹具来了。嗨哟，举起左侧部件、右侧部件、后侧部件、横梁，移出黄色网格区域，按下红色按钮，红灯闪烁，夹具移入围栏。

要是有人被困在围栏里（我们有时不得不进去修理机器人），会被切成两半。机械臂会像热刀切豆腐一样切开他的身体……这是我编的，不是真的，开个玩笑而已。有时我喜欢幻想着，厂里发生了谋杀案，一个工人把另一个工人困在围栏里，不让对方出来，然后他启动机器人，眼睁睁地看着工友被碾成碎片，粉身碎骨，鲜血四溅。白车身上到处都是血迹——

夹具来了。嗨哟，举起左侧部件、右侧部件、后侧部件、横梁，移出黄色网格区域，按下红色按钮，红灯闪烁，夹具移入围栏。

没错……把人困在围栏里，很容易就能结果他们的性命。工厂设置了安全程序……但是……好吧，要两把钥匙插入电路板，才能启动机器人。这两把钥匙还能打开机器人的外壳机关。工人进入围栏时，应该带一把钥匙进去。但人们从来不会按照正确的程序做事——

夹具来了。嗨哟，抬起，左侧部件，右侧部件，后侧部件，横梁，移出黄色网格区域，按下红色按钮，红灯闪烁，夹具移入围栏。

工厂的每个人都会把钥匙放在门边的窗台上。我从来不会这么做，但这里的大部分工人好像为了表示彼此信得过，都会这么做。我觉得这样很愚蠢，不过要是这样就能犯下一桩完美的谋杀案，那我没意见。你猜对了……下次有人进去修机器人，要是他把钥匙落在窗台上，我就可以轻松锁上大门，启动机器人，再悄悄溜走，或者在旁边看热闹！到处都是血——

夹具来了。嗨哟，举起左侧部件、右侧部件、后侧部件、横梁，移出黄色网格区域，按下红色按钮，红灯闪烁，夹具移入围栏。

▲

下午四点，铃声响起，生产线停工，该回家了。

好几年前，我刚开始在厂里工作，下班后经常觉得身体僵硬和酸痛。现在不会了。我的肌肉全部长到了正确的位置。我的身体现在就像一台机器。

下班后，我坐上列车返回市区。今天大家都发了工资。该计划一下晚上去哪儿玩了。也许去外面吃个晚饭——拉面店？我想吃御好烧，但我不会再去那家广岛御好烧了，那家店的人上次对我太不礼貌了。一想到他，我的脑子就冒泡。不，还是日式牛肉饭更好。我又上网发了个帖子：

关于：日本牛肉

LaoTzu616: 很高兴看到这家店只卖日本牛肉。不要吃那些垃圾英国疯牛！这里是日本！

接着我回了家，去了一趟公共浴室，洗了头刮了胡子，换上最好的西装，然后去女招待酒吧。

我在一本夜生活杂志上看到，六本木车站附近新开了一家外籍女招待酒吧。

从吉祥寺过去有点远，不过去探一下店也无妨。

天使酒吧……我喜欢这个名字。

▲

六本木是个溃烂的鬼地方。

我无法忍受走在街上，看着那些放荡的日本女人，还有醉醺醺的老外，窥视着她们衣衫不整的样子。要不是天使酒吧在这里，我才不会来。

日本正在变成这副鬼样子——变成那帮醉酒老外的主题公园。我们白天在工厂里辛勤工作，这些白痴老外晚上却和我们的荡妇姐妹夜夜笙歌。太恶心了。我从他们身边快步走过，尽量大声地呼气，我要让他们知道，日本不欢迎他们的到来。

天使酒吧从外面看没什么特别——一幢普普通通的高楼，挂着很多霓虹招牌。我扫了一眼，看到了酒吧的招牌。酒吧在九楼。我用手机拍了一张照片，上传到留言板，看其他来过的客人有什么推荐：

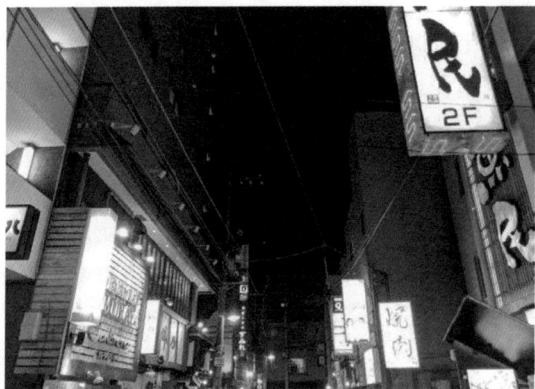

关于：天使酒吧？

LaoTzu616: 有人来过六本木 9F 的这家酒吧吗？
有什么推荐的吗？

我走进去，仿佛走进了梦境。全是外国女孩。漂亮、白皮肤、金发碧眼的外国女神——全都穿着优雅的礼服。看起来这是一家典型的女招待酒吧，不过每张桌子旁都坐着一个日本男人和一个漂亮的外国女人。

我进门时，一位身穿西装的矮胖日本男人向我鞠躬。

"晚上好，先生。"他看起来彬彬有礼。

"晚上好，尊敬的先生。这个优雅的地方归您管吗？"

"先生，我是经理。"他再次低头鞠躬，"您以前来过天使酒吧吗？"

我发现自己很难把视线从女孩们的身上移开。"唔……没有。从来没有。"

　　"我来解释一下收费方式。"他拿出一块板子，开始介绍价格。

　　一位穿着红色连衣裙的金发女孩走过，向我招手。我开始微微出汗，发现自己很难听懂他的介绍。

　　"好的，好的。"他滔滔不绝地说着，我不断地点头应声道。

　　"……我向您推荐我们的基本套餐——无限畅饮（nomihodai），您可以畅饮一小时，只收基本价，20000 日元。如果您想为同伴购买酒水，每张桌子上都有一份菜单，上面列有酒水价格表。您想现在挑吗？"

　　"好的，谢谢。"我得挑一个完美的。

　　"我想提示一下，这项服务需要额外收费 5000日元——"

　　"好吧，好吧。"他太啰唆了，我有点烦了。

　　"请您多多包涵，我先去拿一份目录，上面有姑娘们的照片，方便您挑选。"

　　"那个怎么样？"我受不了了。

　　"哪个？"

- 猫与东京 -

"那边那个。穿红裙子的。"

"娜塔莎？"

"对，就是她。她就行了。"

"选得好，先生。"经理转向那个女孩，"娜塔莎！"

她像……嗯……像天使一样，穿着红色的长裙，翩然向我走来。她的金发垂到脖子上，我不敢直视她的眼睛，因为那双眼睛如此明亮，让我几乎眩晕。她对我微笑。我点点头，然后看着墙壁。

她要闭上眼睛，待在她身边才没那么眩晕。如果她沉沉地睡去，肯定会像睡美人一样。

"娜塔莎，请给这位……"经理转向我，等着我自报姓名。

我编了一个。"田中。"

经理的笑容中透露出一丝怀疑。田中这个名字太普通了。"请带田中先生去桌子那边。"下次我会说"杉原"之类的。

"完纯（全）没问题。"唉。她的日语真烂。没关系，她不说梦话就好。"田宗（中）先生，这边请。"

我点点头，走向餐桌。

我们一起在桌旁坐下，她向我微微靠了靠。我知道自己被她的魅力迷住了。她对我微笑。

"你想喝丁（点）什么？"

我听不懂她在说什么。我慢慢地，一字一顿地说："你的日语说得真好。"

"不好意丝（思），您是说？"

"我说，你的日语——"也许她的英语说得更好？我改成英语，"会说英语吗？"

"会一点。你想喝点什么吗？"

啊啊啊。她的声音。就像我的耳朵先是被泥巴堵了，然后又听到音乐一样。

"烧酒。加冰。"

她微微鞠躬，用手向经理示意。经理端来一瓶烧酒和两个玻璃杯，还有一个放在托盘上的冰桶。他把托盘放在桌子上，我瞪了他一眼，他走开了，这样只剩下我和娜塔莎。

她从冰桶里取出冰块，慢慢地放入酒杯中。冰块转动，发出叮当声，她身上的香水味扑鼻而来。

我把手伸向她的大腿。

她把烧酒倒在冰块上，稍稍坐远了一点。我能听到冰块碎裂的悦耳声音，就像骨头碎裂一样的声音一样。

"给。"她说着，把杯子递给我。

"谢谢。"我回答道，"哪里人？"

"什么？"

我说："从哪里来？"

"什么从哪里来？"她微微皱起眉头，我第一次在她脸上看到了愚蠢和丑陋。

"你，从哪儿来的？"

"哦……我从哪里来？莫斯科。俄罗斯，亲爱的。"

"伏特加。"我说。

"伏特加怎么了？"她问，"你想喝伏特加吗？"

她又向经理示意，但我举起手阻止了她。

"不，伏特加是俄罗斯的。"我说着，这大概是我在紧张之下能想出来的最好的回答。如果用日语说就简单多了。她慢条斯理地点点头，看起来很困惑。我从没遇到过俄罗斯人。还能聊点什么呢？我以前读过《罪与罚》。也许我们可以聊这本书——我最喜欢的书之一。"陀思妥耶夫斯基是俄国人。"

"是的，他是俄国人，但我从没读过他的书，"她说，然后笑着摸了摸我的手腕，"我不喜欢读无聊的老书，亲爱的。"

我感到一股幸福感涌上心头。我的学问一定让她折服。

"你喜欢什么，喝的东西？"我问。

"我当然更喜欢伏特加。"

"是吗？你喜欢伏特加？"

"是的，亲爱的。给我买杯伏特加，好吗，我好渴。"

她揉了揉我的胳膊，我感觉很舒服。"当然，你想要什么都行。"

"谢谢你，亲爱的！"她已经在向经理打手势了。

"伏特加！"她喊道。

我翻开桌上的酒水单，快速扫了一眼。伏特加。去他的。一杯伏特加居然要 7000 日元？

"怎么了，亲爱的？"她看着我。

"哦……没什么。一点事都没有。"我微笑着看着那个混蛋经理，用托盘给她端来一杯饮料。一杯小小的伏特加，他们怎么能收 7000 日元……冷静……必须保持冷静……也许这杯酒会把她灌醉；也许我可以趁她不注意在酒里放点什么东西。我开始酝酿着带她离开这里，直奔酒店的计划。

看看她那金色的头发，蓝色的眼睛，紧身红裙下那丰满雪白的身体……我简直置身天堂。她给我看了她那只小狗的蠢照片，一直咕哝着说她觉得这只可怕的杂种狗有多可爱。不过我任由她咕哝，只管畅快地喝着酒，为了今晚进展顺利而高兴。然后我在酒杯上看到了一只该死的猫。娜塔莎去了洗手间，我拿出手机发帖：

关于：猫！！

LaoTzu616: 猫！！这个国家，不管去哪里……他妈的都是猫！！！

几杯酒下肚，娜塔莎说起在银座买裙子的事。我的眼角好像看到一个黑色的东西在酒吧的地板上移动。那些小黑鬼也进来了吗？

"什么？"她看着我，有点担心。

"不好意思？"我喝醉了吗？烧酒喝多了？

"你刚才说蚂蚁。"

"蚂蚁？我为什么要那么说？"

"我不知道，但你刚才在看那边，然后就说了蚂蚁。"

"哦……我公寓里有蚂蚁。没什么。"

"听起来不太妙……"她看着我，好像我是个怪人。我得把话说清楚。

"蚂蚁用俄语怎么说？"

"муравей。"她回答说。我只是点点头，假装听懂了。

"你知道蚂蚁用日语怎么说吗？"我问道。

"我知道这个！"她在座位上微微跳起，裙子的开衩处露出了修长雪白的双腿。

我想告诉她。"蚂蚁叫作——"

"不！别告诉我，我知道，我知道。"她聚精会神地拧着眉头，摸着我的胳膊。她爱我。

她想了想，睁开眼睛，满怀希望地看着我。"mushi？"

"不，那是虫子的意思。"

"该死的。我还以为是 mushi。"

"不，你错了。是——"

"不！让我猜猜！让我猜猜！"

"是 ari。"我说道，感觉很自豪。

"哦……ari！我就知道！"

我现在感觉更自信了——烧酒让我稍微放松了一些。"你知道这个日本笑话吗？”

我拿起一张餐巾纸，在上面画了十个黑点。这是个幼稚的笑话，每个日本小孩都知道。可是，等我画出这些点，我的脑海里浮现出了那些可怕的黑蚂蚁在我家漂亮的地板上爬来爬去的情景。我又开始出汗了，额头上、腋下都是。坚持住……一定要坚持住……一定要坚持住。不能像之前那样崩溃。集中精神。

我画完黑点，给她看餐巾纸。

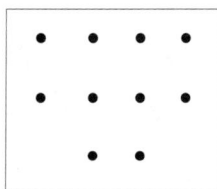

“你看这是什么？”我问。

“嗯。我不确定……”

“不猜一下？”

“不猜了，是什么，亲爱的？”

“是 arigato ！”我得意地说。

“arigato ？谢谢？”

“是的，不过不完全是。不，不，不。”她看不懂这个笑话。白痴俄国人。“看，有十只蚂蚁。to 是十的意思，ari

是蚂蚁的意思，ga 的意思是……'有'，to 的意思是'十'。蚂蚁有十只，ARIGATO。懂了吗？"

她茫然地看着我。"真有意思。"她喝下最后一口酒，微笑着，"亲爱的，我的酒喝完了。我能再来一杯吗？"

"当然，为什么不可以？"也许我可以在下一杯酒里放点东西。

但是，那个混蛋经理把她的饮料端过来时，好心地告诉我，我的时间快到了，如果我想延长时限，就得再来一杯，问我是否愿意再花 10000 日元延长时限？我礼貌地鞠了一躬，说今晚玩够了，然后很快离开了酒吧。我下次再找她吧。

等车的时候，我看了看在线留言板，看是否有人回复了我关于天使酒吧的帖子。有一个人回复了。

关于：天使酒吧？

Aho80085：外国妓女的窝。

我回到公寓，蚂蚁还在那里。

我试着一边想娜塔莎，一边自慰。我想象着躺在她身边，她安然入睡的画面，可后来我看到蚂蚁爬满了她的身体，我看到她不是在睡觉，而是在腐烂。她的身体正在分解，蚂蚁爬满了她苍白的皮肤。它们排着长长的、黑色的队伍，从她的嘴里爬出来，在她的肚子旁边爬着，蜿蜒着爬过她的腹部，顺着她的身体一直爬到她红色的脚指甲上。于是，我泄气了。

▲

又干了一天的活儿。我很累。

那只该死的猫叫了一整晚，好像快死了一样。我睡不着，蚂蚁还在折磨我。

我看到的另一只猫被我狠狠地踢了一脚。

夹具来了。嗨哟，举起左侧部件、右侧部件、后侧部件、横梁，移出黄色网格区域，按下红色按钮，红灯闪烁，夹具移入围栏。

我在网上查找了更多关于蚂蚁的资料。我必须把蚁后毒死。别无他法。我必须杀了它，否则蚂蚁会源源不断地冒出来。我必须给蚂蚁吃有毒的诱饵，这样它们会互相喂食，然后把毒饵带回蚁穴，带给蚁后，这叫作"交哺"。真讽刺。但我要利用它们合作的天性来对付它们，杀光它们。它们都得死，我不能和蚂蚁生活在一起。难知如阴，动如雷震。这是孙子说的——

夹具来了。嗨哟，举起左侧部件、右侧部件、后侧部件、横梁，移出黄色网格区域，按下红色按钮，红灯闪烁，夹具移入围栏。

下次我还要去见娜塔莎。下次情况会好一些。我知道自己能成功。我知道只要再给我一点时间，再给我一次机会，一切都会好起来。但我必须先除掉这些蚂蚁。以前蚂蚁只有十只，现在冒出了几万只，到处都是。兵之形，避实而击虚。我必须消灭蚂蚁，在它们消灭我之前——

夹具来了。嗨哟，举起左侧部件、右侧部件、后侧部件、横梁，移出黄色网格区域，按下红色按钮，红灯闪烁，夹具移入围栏。

这次情况会好一些。一切都不会出错。我只要按计划行事，给它们喂大量的安眠药，它们就不会醒过来。我不希望它们醒过来，它们要是醒了，我就得往她脸上来一拳，然后给她钱，让她保持沉默。我会小心行事。我会给它们吃更多的、超大剂量的安眠药，然后它们很快会睡着，我就可以睡在它们旁边，就像我小时候做噩梦时睡在爸妈中间一样——

夹具来了。嗨哟，举起左侧部件、右侧部件、后侧部件、横梁，移出黄色网格区域，按下红色按钮，红灯闪烁，夹具移入围栏。

对我来说，这样做不仅仅是私人活动。我喜欢去温泉，露出隐私部位。有时人们会对我大喊大叫——就像九州汤布院那个女孩一样，但这样会让我更加兴奋。他们对我大喊大叫的时候，我就拍下来，之后再看视频。他们也都是他妈的蚂蚁。

……可最近，我再也分不清什么是现实了。我看见到处都是蚂蚁。它们爬满了这座鬼一样的城市，而且猫一直在尖叫。我不知道自己是活在现实中，还是在做梦。我既没有活着，也没有死去。我是在地狱吗？我是在做梦吗？我已经分不清什么是现实了——

夹具来了。嗨哟，举起左侧部件、右侧部件、后侧部件、横梁，移出黄色网格区域，按下红色按钮，红灯闪烁，夹具移入围栏。警报声响起，经理大声喊着。我跪在地上哭泣。

这一刻，机器人正在撕裂白车身。野猫在尖叫，蚂蚁爬过我的脑海，爬过我爸妈的墓地。那块无人打扫的墓地。

从部门经理脸上无比真实的表情可以看出来，我的工作没了。

但蚂蚁从来没有消失过。

Chapter 13
茧居族、不登校与猫

滴答滴答——红色的斑点飞溅到柏油路面上。

一阵疼痛的沙沙声沿着小巷蜿蜒着，通向一只蜷缩的三花猫，它的脑袋左摇右晃。猫想站起来，但是站不起来，它又站了一次，还是没有成功。它的下巴松了，松得连今天的蟹柳都咬不动。最终，它放弃了努力。

猫慢慢地抬起头，朝着大路望去。昨晚祭典的摊位仍在那里，只是沉沉地睡去了。

模糊而破碎的视野。摇晃的图像出现了裂缝。三个身穿黑色葬礼服的身影，走过小巷入口。也许是一家人。母亲、父亲和女儿。他们走得很近，彼此紧挨着。母亲回头责备着某人。三人继续走着，消失在视野之外。接着一个小小的黑色身影掠过，他笨拙地拖着脚步，那双鞋子太大了。

一个小男孩。

△

健之介在小巷尽头看到了那只流血的猫。他跑过昨晚祭典上那些用木板封起来的食品摊，用好奇的眼神看着那只猫。周围没有其他人。猫旁边是一扇通向一楼公寓的单门。健之介没有注意到门上的奇怪标志，他只顾着看猫了。

猫也看着他，眨巴着因痛苦而扭曲的眼睛。

面前这小小的、柔软的身体，还没有经受过残酷的摧残。标致的圆下巴，温柔的眼睛。悲伤和失落包裹着、覆盖着他。一身黑西装，对于上小学的男孩来说有些太严肃了。

健之介把猫抱在怀里。猫发出微弱的叫声。

"你好，小猫咪。你受伤了吗？"

男孩小心翼翼地抱着猫，在家人身后跑着。他们已经坐进了一辆黑色的雷克萨斯，三扇门都急不可耐地关上了。

健之介弯着一只胳膊，尽量轻轻

地把猫抱在怀里，用另一只手打开了后右侧的车门，他的一个不小心把猫弄得有点疼。健之介坐到后座上，车门一关，车就向前开去了。

"为什么你总是这么磨蹭？"母亲带着那无法摆脱的、尴尬的韩国口音说道。

"对不起。"

健之介紧紧地抱着猫，感觉到了它的心跳，他自己的心脏也因为跑到车子旁而怦怦地跳着。他有点喘不过气。

坐在他旁边的是已经长成大人的姐姐京子，穿着一身正式的黑色西装，与她平时的套装——粉色的 Polo 毛衣和奶油色的裤子形成鲜明对比。她低声逗笑着说："笨蛋"。

健之介不理她。京子紧张地看着弟弟，想看他的反应。然后她看到了那只猫，眼中露出失望的神情。

"哦，小健！你怎么把一只猫带上车了？"

父亲猛踩了一下刹车。

父母俩都转过头来。

"健之介！"

"你在想什么？捡流浪猫干什么？"母亲大声喊道。

"但是……它在流血。它的下巴受伤了。它需要帮助。"

"健之介，这不是你的猫，把它放回原地。"父亲语气坚定地说，"去吧。"

"可是，爸爸，它会死的。就像奶奶一样。"

"健之介，放回去，现在。"

父亲一如既往地沉着冷静，尽管某事触动了他的神经。

健之介拉开车门，从白色皮座椅上溜了下来，关上了身后的车门。

"京子，座位上有血吗？"父亲问。

"没有，很干净。"

"很好。"父亲通过后视镜观察着健之介——手里抱着猫，一边跑，小腿一边向后蹬着。"这孩子变得奇怪了。"

"我们必须对他有耐心。"母亲轻轻碰了碰他的胳膊，"如果我们希望他下学期就能回学校，就必须有耐心。"

"你们逼他逼得太紧了。"坐在后座的京子说。

"京子，闭上你的嘴巴。"母亲厉声说。

◆

那天早上，直也坐在他的沙发凹槽里，一边玩《噗呦噗呦怪兽大乱斗》，一边喝着宝矿力水特，突然有人敲门，他没有理睬。然后门铃响了。

是谁呢？

直也暂停了游戏，紧张地喝了一口饮料。除了快递员，没有人会来，而且他们知道不要按门铃。他在想，如果自己不理会，按门铃的人可能会走开。直也接着玩游戏，继续敲着键盘，看着巨大等离子屏幕上鲜艳的怪物球。

直也的公寓现在乱得连个落脚的地方都快没有了。

到处都是纸盒、罐头、塑料瓶、包装纸、断掉的筷子、黏糊糊的遥控器、丢弃的动画 DVD 盒子和其他垃圾。空调在角落里轻轻地嗡嗡作响，赶走夏天的炎热。一垛高高的漫画书靠在墙边，变成了陈旧的灰白色。垃圾下面还藏着垃圾，东西上面还堆着东西。因为坐得太多，沙发上有一处永久地凹了下去。盘子被遗忘在厨房水槽里，一直没洗，已经长了厚厚的一层霉斑。东西越堆越高，越塞越满，越来越乱。

直也有自己的生活方式。

他不会从便利店订餐，因为这样太费事。他不需要餐具，不需要杯子，不需要盘子。他只买一次性食品，这样随时可以放进微波炉加热，打开一双新的一次性筷子，就能把食物分成小块，然后吃掉。他经常用水壶，主要是用来往杯装方便面里倒热水。只要他不用洗碗，不用离开公寓，一切都好。他再也不想出门了。

当然，如果没有直也，这个公寓也会不一样——他是这

362

- 猫与东京 -

里的永久性配置。

他的头圆圆的，脸上留着设计师一般的胡须。不管是理发，还是剃胡须，他都用电动剃须刀的同一个电动头搞定。电动剃须刀是网上买的，这样就不用出门剪头发了。剃成寸头很适合他。直也总是穿宽松的衣服——优衣库的那套豆绿色运动服。他以前不胖，但现在30多岁了，不活动的结果渐渐地在他的肚子上显现出来。运动裤的松紧带适应了膨胀的肚子，直也也开始适应这种感觉。

除了视频游戏之外，直也最大的爱好之一是看《AKB48》杂志。他最喜欢的AKB48女孩是板野友美（Itano Tomomi）。直也希望能见到她。她的粉丝见面会很多，随便去一场就能见到她，但那样的话就得出门。

还是算了。

所以，直也选择一边看杂志上的照片，幻想着她骑在自己的身上。她会说："直也，爱你。"可接下来，他会感到沮丧，因为他知道像板野友美这样的女孩永远不会喜欢他这样的懒汉。有时他会哭一会儿，继续玩视频游戏，喝一瓶苏打水。这样他通常会感觉好一点。直也曾在网上找女孩约会，可那些女孩看到自己的公寓就一副不屑的样子，他受够了。她们甚至都不屑于掩饰对他的厌恶。现在陪伴他的就只有虚拟世界的女孩了。

唯一真正让他好受一些的是漫画、动画、书籍和游戏。这些东西能够让他忘记痛苦。他在"茧居族"聊天室里有几个朋友，但这些朋友也让他感到烦心。《街霸Ⅱ》的聊天室里有个家伙很友好，但直也对《街霸Ⅱ》了解不多——他玩的是《噗呦噗呦怪兽大乱斗》。不过说起来，那个家伙很久没上线了。

那天早上，直也正打游戏打得投入，门铃又响了。那叮咚声刺入他的脑袋。他再次暂停游戏，看向门。

走开。走开。别打扰我。

但是门铃还在响。

是谁？他放下游戏手柄，尽可能轻手轻脚地走到玄关。他透过猫眼看外面，外面阳光明媚。直也感觉自己像个忍者，在阴影中悄无声息地移动。他的眼睛终于适应了光线，看到外面是个穿黑色衣服的小男孩，抱着一只猫。

一个小男孩怎么在我门外抱着一只猫？他疯了吗？这附近最近到底怎么了？前几天晚上，我还吼了一个疯子，让他闭嘴别再嚷叫。大家都疯了吗？

"拜托。我能听见你在门的另一边。你在玩《噗呦噗呦怪兽大乱斗》。请开门。这只猫会死的。求求你了，请帮帮

- 猫与东京 -

我。"他透过门听到男孩说。

直也轻轻地呼吸。该死。自己的忍者之术失败了——电视的音量开得太大声了。

远处传来汽车喇叭声，直也听到有人喊："健之介！"

"拜托。拜托。帮帮我。"

男孩听起来快哭了。

请走开，拜托，别打扰我。为什么健之介要来敲我的门？我只想一个人待着。

男孩突然哭了起来。

"拜托。我求求你。这只猫会死的。明天我会过来接它的。拜托——"

直也甚至没有戴上防护面罩，那面罩是他为了防外面飘浮的细菌而做的。不过这个叫健之介的孩子，有些特别。他屏住呼吸，打开了门。

男孩的脸上露出了笑容。

"谢谢你，大哥哥！我明天会再来看你的。我现在得走了。请照顾好这只猫！谢谢！"

直也无法说话，因为他无法呼吸。阳光刺痛了他的眼睛。夏天的湿气和炎热让他感到窒息，上气不接下气。他已经开始出汗了。必须关上门。必须回到屋里。男孩把猫塞进直也的怀里，转身就跑。直也立刻关上了门。他靠在门上喘气，大口呼吸，紧紧抱着猫，想找一丝安慰。

该死。男孩明天还要来，他还得开门。该死。打开那扇门，招来一堆麻烦。自己怎么会犯这样的错。

直也把猫带进客厅，放在一个用脏衣服和旧漫画书组装的临时篮子里。他疑惑地盯着猫，不知道该怎么办。

"饿吗？"他问。

也许可以给猫喂点杯装方便面。直也走进厨房，打开水壶烧水。

然后他走回去看着猫。他能看到它脸上的痛苦。

这种痛苦，直也非常了解。

▲

路上堵车，一家人回到品川区花了一些时间。父亲心情不好，母亲也生气了。

"你把衬衫弄脏了，健之介。你的西装也乱七八糟的。等我们回到家，立刻把衬衫脱下来洗了。"母亲看着父亲。"明天我们得把他的西装送到干洗店。"

"嗯？"父亲专心开着车。

"抱歉，我把你出卖了，健之介。"京子在后座对健之介悄声说。健之介想回答说"没关系"，可他动弹不了。京子想伸手过来安慰一下他，但他把手缩了回去。

健之介摇了摇头，从低矮的角度看向窗外。车子穿过东京市中心，他可以看到建筑物的顶部变得越来越高，变成了摩天大楼。他们开车把京子送到车站，这样她可以坐列车返回千叶，然后车往前开着，只剩下他们三个人。车开到东京湾地区，商业区变成了住宅楼。

健之介和父母住在这一片的一栋公寓里。京子上班以后，搬出去一个人住。健之介的大哥几年前就和妻子孩子搬到群马县。健之介想起哥哥姐姐还在家的那些年，那时候他还很小，总是喜欢看哥哥姐姐一起玩《街霸Ⅱ》。他喜欢看京子赢，然后三人笑个不停。但哥哥姐姐比自己大很多岁，他总觉得自己只是在远处看着，从来没有一起玩过。他看着他们把《街霸》收拾好，离开房间。现在的他，只能望着窗外。从新家的窗户望出去，可以看到整个海湾。跟原来西边郊区的家相比，这边的风景十分单调。到了傍晚，健之介喜欢望着水面，看着城市在暮色中亮起。灯光照亮海岸线，飞机的夜航灯在深色的水面上和天空中闪烁着，它们正降落到羽田机场。

但那天晚上，健之介只想着那只猫。他决定明天溜出去，去那个豆绿色男人的公寓。他会告诉父母，自己是出门和朋友玩。他们不知道自己连一个朋友都没有。

第二天早上，健之介悄悄离开公寓，前往车站。他在天王洲岛站搭乘单轨列车，坐一站到浜松町站。单轨列车连接着机场和城市，健之介能在车上看到一些外国人，他们的鼻子和行李箱一样大。他在心里想着，也许他们会喜欢日本的食物。他希望如此。他看到一个金发碧眼的漂亮女孩对他微笑了一下，然后继续看着一本日文书。那个女孩穿着套装，看起来很开心。

健之介在晚高峰时段坐的是山手线，被挤在其他乘客中间难受得要命。健之介什么都看不见，只看到一片黑色的西装。他在东京站下车，搭乘中央线一直向西到吉祥寺。车子越往城外开，乘客变得越少，不过他发现反方向的那趟列车却挤得满满的。一路上都还好，只是有段时间有个奇怪的人自言自语。他的味道太难闻了，健之介往车厢的另一头挪动着，进了下一节车厢。

要找到那个豆绿色男人的公寓很容易。健之介记得是在哪里，那门上贴了很多奇怪的标志，告诉人们不要按门铃。那个家伙打开门，健之介闻到了一点奇怪的味道，而且他觉得纳闷，对方为什么光是站在那里，不说话。那个家伙只是鼓着腮帮子，脸涨得通红。健之介希望对方不是什么奇奇怪怪的人——他听说东京有些变态，会抓流浪猫，然后杀死它们。但那个家伙的眼中有一种东西，让健之介感到放心。

健之介按响了门铃，这次直也没花多久就打开了门。

▲▲

"嘿。进来吧。"

"猫怎么样？"

"进来吧。我把情况都告诉你。"

"它还好吗？"

"嗯，有好消息，也有坏消息。进来吧。"

"它在哪？"

"正在睡觉。"

"它还好吗？"

"不算太好。"

"它怎么了？"

"它在流口水，而且不能吃东西。我想它的下巴骨折了。"

"它会死吗？"

"不会。我在网上查了一些资料。附近有一家兽医开的诊所，我给他们打了电话。他们可以给它做手术，治好它的下巴。"

"太好了！"

"我预约了今天。你可以把猫带到那里吗？我已经给他们打过电话，把情况解释了一下。他们会给你一份账单，你拿回来给我。兽医说一切都会没事的。"

"当然。我们什么时候去？"

"恐怕我不能和你一起去。"

"为什么不行，大哥哥？"

"别这么叫我。叫我直。"

"好的，直。我是健。"

"嗯，一切都安排好了。你只需要把猫带到这个地址。手术完成后，你可以把猫带回这里休息。它需要一些天才会好起来，一个月之后，你还要带猫过去，把下巴上的线拆了。"

"你为什么不和我一起去？"

"我就是不能，好吗。"

"猫好了以后，我可以过来看看吗？"

"当然可以。但别来得太频繁。我很忙。"

健之介在那之后就不再来了。

直也觉得是因为猫不在了，两人再也没有共同的朋友。一个月很快过去，夏天变成秋天，直也感觉自己发生了变化。一开始他对猫和健之介的存在感到烦恼。但渐渐地，他开始期待这个男孩的到来。他也很高兴有猫陪着他。孤独的时候，他抚摸着猫，感觉到了一种久违的陪伴。

　　可是到了九月，直也又慢慢变回了过去的生活方式。以前健之介来看他的时候，他觉得自己得梳洗一下，冲个澡，刮个胡子，让自己看起来整洁一些。现在，他又慢慢变得懒散起来。

→

① 健之介（绘）

　　茧居族

　　不登校

　　＋猫

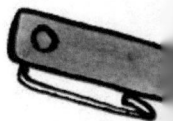

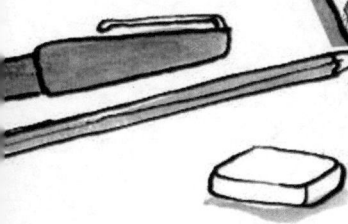

→

① 直?

② 怎么了？

③ 我能玩噗呦噗呦怪兽大乱斗吗？

④ 可以。不过你别在这里待太久。

→

① 直?

② 又怎么了?

③ 你玩儿噗呦噗呦怎么这么厉害?

④ 因为我经常玩。

⑤ 你不去上班吗?

⑥ 嘿，看我。

最难设置，我马上要打到 30 关了。

⑦ 不是吧!

⑧ 小鬼头!

⑨ 学着点，小鬼头。

⑩ 别叫我小鬼头。

⑪ 抱歉。

－ 猫与东京 －

→

① 直?

② 怎么了？

③ 我可以开窗吗？房间里闻起来怪怪的⋯⋯

④ 怎么这么没礼貌？你在学校里没学过要讲礼貌吗？

⑤ 我准备回家了。

⑥ 哦，好吧。明天见！

⑦ 也许吧。

→

① 直?

② 怎么了?

③ 你怎么有这么多《AKB48》的杂志?

④ 别问这么多问题。

只管打你的游戏。

① 直?

② 怎么了?

③ 你看了很多漫画,读了很多书,对吧?

④ 对。

⑤ 你最喜欢的是?

⑥ 我喜欢手冢治虫。

不过,你想我找一本好书来读的话,我推荐西古二。

他的科幻短篇写得很不错。

我在你这个年纪的时候,读了西古二的很多书。你喜欢科

幻小说吗?

⑦ 科幻小说是什么?

⑧ 我是说真的,小伙子。读一下这本书。学点东西。

→

① 直?

② 怎么了?

③ 你把房间收拾干净了。

④ 好像是吧。

⑤ 看起来好多了。

⑥ 动作给我快点！

选角色了，赶紧开始！

→

① 健?

② 嗯?

③ 你在画什么?

④ 你的公寓,还有猫?

⑤ 让我看看!

⑥ 嘿!

⑦ 还给我! 我还没画完呢!

⑧ 健! 你画的太好了!

⑨ 我还没画完呢!

⑩ 画的不错,你小子。继续画下去。

→

① 健?

② 嗯?

③ 很快就要开学了，对吧?

④ 这只猫今天看起来好多了。

⑤ 抱歉，你不想谈学校的事情吗?

⑥ 不是很想。

⑦ 你不去上学吗?

⑧ 我再也不去上学了。

→

① 发生什么事了？

② 我不想说这些。

③ 不说也没关系……

④ 其他小孩发现我妈妈是韩国人。他们叫我"韩国佬"。

⑤ 真过分。活着可真不容易，对吧？

⑥ 是啊。

⑦ 你想玩噗呦噗呦吗？

⑧ 好啊。

⑨ 健

⑩ 直

→

① 健？

② 嗯？

③ 其实上学的时候。

④ 我也被欺负了。

⑤ 怎么了？

⑥ 不知道。我现在都不知道他们为什么要欺负我。

⑦ 发生了什么事？

⑧ 我还记得我回去上学的那天。

我哥哥去世之后，我请了十天假。

他也叫健之介。

他骑自行车回家的路上被车撞了。

→

① 太遗憾了。

② 没事的。不用安慰我，小伙子。世事难料，对吧。

那是很久之前的事了，世事无常。

我真正难过的是回学校那天。我还记得当时在上英语课，

我坐在后排。班上的人在一边偷偷笑，一边传纸条。

等纸条传到我手里，我打开一看，上面画的是我哥哥，旁

边写着他的名字，他的头被轮胎碾了。

我有几个星期没去上学。

③ 直……

④ 太可怕了。

⑤ 是啊。人真可怕。

我不去上学了之后，事情变得更糟了。

→

① 健?

② 嗯?

③ 你相信时空之旅吗?

④ 我不知道。

⑤ 比如，你在我给你的科幻小说里读到这类故事了吗?

⑥ 嗯，读到了。

⑦ 要是我来自未来，你怎么想?

⑧ 什么意思?

⑨ 比如说，如果我是未来的你，现在穿越时空回来提醒你，
   如果你不去上学，就会变成我这幅样子，要是你能改变自
   己的未来呢，健?

   如果你坚强一点，勇敢一点，回去上学。你就会有更好的
   生活，更好的工作，有漂亮的女朋友。

   你就不用像我这样孤孤单单地活着。

①　你不是孤单一人，你玩噗呦噗呦很厉害。

②　健，我是说真的。谁会在乎噗呦噗呦啊?

③　我会。

④　好好听我说话啊!

⑤　我在听，直。我只是不明白你的意思。

⑥　啊，算了吧!

→

① 直?

② 嗯?

③ 你明天和我一起去兽医那里吗?

④ 呃?

⑤ 猫的下巴可以拆线了。

⑥ 哦，对。你可以自己去吗?

⑦ 哦，我可以。不过我想着也许你也想去。

⑧ 我可能有事要忙。

→

① 忙什么？玩噗呦噗呦？

② 不是，是其他事情。

③ 直，你为什么不出门呢？

④ 不要多管闲事，小鬼头！

⑤ 小鬼头！

→

① 我说过别叫我小鬼头。

② 不好意思。我明天和你一起去。

③ 真的吗?

④ 当然。

→

① 健?

② 嗯?

③ 对不起。

④ 我不能去。

⑤ 我不能出门。

⑥ 可是你说过你可以的。

⑦ 我知道。我知道。可是我真的不能出去。对不起。

⑧ 就算为了那只猫也不行?

⑨ 我不能出去。

⑩ 那你还让我回去上学。

⑪ 这不一样。出门对于我来说太难了。

→

① 出门对我来说太难了。

② 好吧。好吧。算了吧。

③ 我们一会儿回来。

④ 等你回来我们玩游戏。

⑤ 好吧。

→

① 健?

② 嗯?

③ 有个坏消息。

④ 什么?

⑤ 那只猫不见了。

⑥ 什么意思。

⑦ 我是说，猫不见了。

→

① 怎么会不见了？

② 它肯定从窗户出去了。我打开窗户通风……就像你告诉我
的那样。

③ 怎么会这样！

④ 对不起，不过它现在好多了，它在外面没事的。

⑤ 我都没和它告别。

⑥ 健，对不起。

⑦ 健！

⑧ 别走！

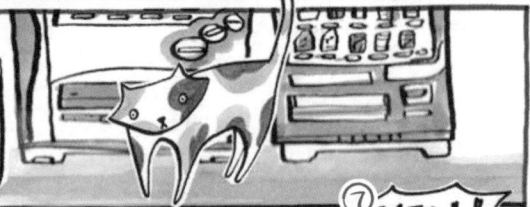

他本以为自己交了两个新朋友。可是，就像他一直告诉自己的那样：你不能依赖任何人。现在父母不在了，只剩下自己。他只能依赖自己。这样过日子最安全。父母的遗产足够他下半辈子生活。他独自一人过得很快乐。确实，跟两个新朋友的交往让自己感到了一些温暖和舒适。但最终他们都露出了真实的一面。

不。他一个人过得更好。

⁂

信还没掉进信箱之前，直也就听到了邮递员信吾的口哨声。他不想急着去拿账单，所以他泡了一杯泡面，打开了电视。

直到下午，他才终于打开信箱，拿到包裹。

奇怪。

直也撕开包裹，拿出一本小小的画册，还有一封对折的信。他打开信，读了起来。

直：

对不起，那天我逃跑了。对不起，我后来没再回来看你。我听了你的建议，又回去上学了。一开始，我在学校过得很艰难，但我慢慢交了一些朋友。我们班上还有一个同学也是半个韩国人，他叫裕介。他挺强壮的，也许比你还强。我和他成了好朋友，现在没人因为我们是半个韩国人而找我们麻烦了。我觉得是因为他们怕挨裕介的揍。只要有人喊一句"韩国佬"，他就会发疯。上学的日子变得好多了。

没有来看你，我感到很抱歉。你知道吗，有时候你对某事感到内疚，这种感觉会越来越糟，你知道不能光说对不起，因为你知道，在那种情况下，言语不管用。

我很抱歉。或许我不能当面说，但我真的很抱歉。

不管怎样，我希望你不要生我的气。

我画了一本关于我们俩，还有那只猫的漫画。我给美术老师看了，她不停地夸我说画得太好了。但我觉得画得一般，我只是把我们聊过的一些事情画出来了而已。她让我多画一点，还帮我做成了一本书。我们把书投给了一个漫画比赛。我没拿到第一名，所以有点难过，但我得了第二名。美术老师说这个成绩已经很棒了，但我不知道是不是真的。我想拿奖。不过，我收到了一些书券作为奖励。我打算买一些西古二的科幻书。

不管怎样，我都会继续画画的。我想长大后当漫画家。

如果你想知道为什么，那是因为你。我知道你的内心很受伤。我知道漫画让你开心。如果我能画漫画，也许我就能帮助像你一样的人开心。我知道这个想法听起来很傻，但我想不出自己长大以后还能干其他什么事情。就像你说的，我不能只玩噗呦噗呦。

你有一次说你来自未来之类的。我想了很多，也许这就是我决定重新回去上学的原因。所以，我觉得你帮了我很多。

但后来我又想，如果未来的你，比如 60 岁的直也来看望现在的你，会是怎样的情形？他会说些什么呢？他会不会让你走出公寓呢？他会不会把你讲给我听的道理讲给你听？我最近一直在思考这个问题，我觉得他会的。我觉得他会帮助你的。

总之，再次为没有来看你而道歉。还有，很抱歉在你家时偷看了你的地址。我把我爸妈的地址写给你了，如果你愿意的话，可以写信给我。

希望你喜欢这本关于你和我，还有那只猫的漫画。

保重，

健

又及，如果猫回来了，请告诉我。

直也把这封信读了两遍。他走到沙发旁坐上，一遍又一遍地翻看着那本黑白漫画。书名是《茧居族、不登校与猫》，封面上有他们三个的照片。这本书画的是他们与猫共度的那个月，还有他们一起聊过的天，每一帧都有那只猫出镜——而且变得越来越强壮。随着故事的发展，他的公寓变得越来越干净。这本漫画画得太棒了。有他的公寓，有猫，有健之介，有直也。他们看起来都很开心，脸上都带着笑容。

但此刻的他在哭。

❖

那只猫比以往任何时候都要强壮。它已经完全康复了，又回到老地方找吃的，寻找前世的记忆，寻找那个失落的东西。

一天早晨，猫在外面散步，享受着美丽的秋日，它看到一个身穿熟悉的豆绿色运动服的男人慢慢地沿着路走来。他从一根路灯柱子走到另一根，每一根都拥抱了一下。他一步一步地走着，就像在战区一样小心翼翼。猫走近了，看到这个男人正朝着一个红色邮筒走去。

他的脸上挂着一丝急切的微笑。

他的手里紧紧地攥着一封信。

- 猫与东京 -

Chapter 14
石川侦探的案件笔记 3

　　去夜总会找了志和之后，已经过了几个星期。我告诉妙子，我要开车出去一趟。我一大早就出发了，在卫星导航上设好了目的地，那地方在山梨县的一栋综合大楼里，据说那个失踪的孩子黑川就关在这里。

　　开出城外，路上的车越来越少，周围越来越宁静。穿过隧道时，我有一种摆脱一切的感觉（一路上的绿意也越来越浓），但我忍不住想起诚治在夜总会说过的、关于我前妻的事情。有时候，我在深夜里辗转反侧，会有同样的感觉。我能感觉到正常的疲劳、疼痛和关节的酸痛，但脑海里的这个声音一直责备我，责备我的所作所为。我反思自己犯过的所有错误，闹离婚的时候，我该说些什么，是不是还有其他办法解决问题，这样我就可以做得更厚道。我想起无意中伤害的所有人，还有故意去伤害的所有人。我想这就是所谓的懊悔。而此时此刻，我的懊悔就像坐在了副驾驶座位上，吃着一袋薯片，咕咚咕咚地喝着一大杯没了味道的苏打水，想好好地教训我一番。

我就不该接那个案子。就没什么好事。

没错没错。*喝一大口*

但我只是在做自己的工作。

我只是在做自己的工作，哇哇哇。

我要对客户负责。

小伙子啊小伙子，这些薯片真好吃。

忠诚有很多方面。

但你为什么对她不忠？

她为什么对我不忠？

所以你们就像小学生一样争了起来：她先动手的！

不是这样的。

那是什么样的？你如此冷漠无情，甚至跟你妻子有关的案子你都不能放过？

前妻。

她从一开始就跟前妻没什么区别。你从来都没为她做过什么。

我得工作。

"工作"？我看是偷偷摸摸给人拍照吧。

那些人出轨了。他们活该。

你听起来像个暴君。你凭什么把自己当成道德守护者？

我只是做自己的工作。

我听说在纳粹德国，也有一堆人"只是在做他们自己的工作"。

闭嘴！闭嘴！离开我的脑袋。

我就是你的脑袋，石川。你最好习惯这一点。*喝一大口*

你能不能安静一会儿？

随你便。

谢谢。

可是我觉得无聊。也许我们可以重演一下那一幕。你还记得从杉原弘子那里接了个案子，然后那天晚上出去了，对吧？你还记得那个漂亮、有钱的女人，她的丈夫出轨了，对吧？

住嘴。

- 猫与东京 -

你记得。你乔装打扮一番——戴着可以两面戴的帽子，拿着隐藏式相机。就像，你一直做的那样。

你为什么非要说这些？

你给你妻子发了条短信，说你晚点回家，她回复说别担心，她和大学朋友出去了。还记得吗？

当然。

然后你躲在一堆植物盆栽后面，等着那个出轨的丈夫——杉原隆的出现。你一直在跟踪他，对吧？一家大公司大老板的儿子，花钱就跟流水似的。你已经跟踪他好几个星期了。那个花花公子隆，有很多女人围着他转，事情有点棘手，对吧？但是你对他的日程了解得一清二楚，对吧？

我对他的了解甚至超过对我自己。

是啊，没错。你藏在花盆后。他带着那个女的，摇摇晃晃地走过去，你很兴奋，对吧？

我一直喜欢跟踪。

是啊，你确实喜欢，不是吗？你的心跳加快，迫不及待地想要把这桩案子给结了。

结案的感觉总是很好。

确实。你为此很拼命。

我总是很拼命——为了我的客户。

还记得那个晚上，你靠得很近，可以拍照片的时候，你拍了照片，对吧？

我从不错过任何机会。

但那次有点不同，对吧？

我盯着那个女的看。

你看到了什么？

我看到了她。

谁？

我的妻子。

你有什么感觉？

有一瞬间我感到愤怒。

然后呢？

我感觉如释重负。

是的。没错。你感到了自由。你知道自己可以摆脱她了，而且你还保住了自己的钱。

确实如此。

你是个坏人，石川。

我不是。

是的，你就是。不管怎么解释，你都是个坏人。

不，我是一个好人。

你就继续自欺欺人吧，伙计。

我是好人。

你是一个坏人。

但我正在努力做一个好人。

▲

我把车停在那栋综合大楼里——这家老工厂的窗户上全都装了栅栏。到处都写着"大扫除"的标语。这是个什么地方？停车场基本上是空的，但到处都停着大货车，车身上也印了同样"大扫除"的标语。我仔细看了看，在角落里看到了东京2020奥运会的小标志。我朝前门走去，不过还没走到门口，几个穿西装的家伙就已经走出来迎接我了。一位身材瘦削，打扮过分时髦、看上去假惺惺的小个子，胳膊下夹着写字板，领着几个大个子向我走来。

"先生，有什么可以帮您吗？您这是迷路了吗？"他停在离我不远的地方，一副盛气凌人的样子。就像一个虚弱的男人，手下有很多人护着他一样。

"我在找一个人。"我回答道。

"您知道这是私人建筑吗？"他像看傻子一样看着我，慢慢地眨着眼。

"我知道。我不是来惹麻烦的。"我也看着他。

"哦,听到这个我就放心了。"他微笑着,露出洁白的牙齿。

"我是替一个叫黑川的男子的父母来的,听说他现在住在这栋楼里。"

这男子查看了一下写字板,咬了咬嘴唇。"我明白了。"他用写字板的角挠着头发,"首先,由于数据保护,我不能透露这个黑川是否住在我们的设施内。其次,就算他确实在这里,除非有他父母的书面证明,表明你是按他们的委托办事,否则我不能把他交给你。对此我感到很抱歉,但规矩就是规矩,我只是在做自己的工作。"

我没有接话。掏出一支烟点上了。"我明白了。"我转身走向自己的车。

"感谢您今天的光临。"他大声说道。

我打开副驾驶门,伸手摸进杂物箱,拿出一张纸。我小心翼翼地展开它,在走回去的路上仔细研究着。

"这个行吗?"我把纸递给他。

"哦……"他在写字板上摊开纸,认真地研究了好一会儿,一次又一次地检查着,好像在寻找错误一样,"嗯,我觉得你最好还是一起进来……"

- 猫与东京 -

"多谢了。"

我跟着他们一起进去，但我能感觉到几个人都有点犹豫，有点踌躇。

⁂

这栋大楼里面通体白色，毫无生机。窗户上装了铁栅栏，门上有锁，对我来说跟"监狱"没什么区别，不过我想，这就是他们一直管这栋楼叫"设施"的原因。他们把我带到一间等候室，让我坐下喝杯咖啡。他们告诉我，这就去找黑川。

黑川走进房间，他跟他父母长得很像。他有着他父亲那宽阔的肩膀，看起来很强壮。他穿着橙色的连体服，手腕上戴着手铐。那双手放在面前，我能看到少了几根手指。他看起来经历了不少磨难，但他似乎很开心。

"黑川先生？"

"我就是。"他微笑着，"你他妈到底是谁？"

看守一副要打他的样子，但我扬了扬手。

我也微笑着说："我是侦探石川，是你父母派我来的。"

提到他父母时，黑川用手指挠了挠鼻子，看起来很温顺。

"很高兴认识你，侦探。"

"我也很高兴认识你。"

- 猫与东京 -

“你是来把我从这个地方救出去的吗？”他咧嘴笑了。

“是的，没错。”

“感谢神明。”他看了看把自己带进来的警卫，“嘿，混球。现在我是自由人了，你是不是能把这手铐摘了？”

看守离开了房间。

黑川朝我挤眉弄眼地笑了笑。

“我给你带了些衣服。”

他点了点头。

“我们只需要签一些文件，然后就可以离开了。”

“谢天谢地。”

我们默默地坐在等候室里，我知道他们开始办手续了。我们会签一些文件，然后黑川就能与家人团聚了。我不打算为这件事多愁善感，但此刻我意识到，或许自己更擅长让一家人团圆，而不是拆散他们。

那个拿着写字板的家伙回来了，签字过程的每一笔每一画，我都很享受。

▲

回东京的路上，黑川和我听着音乐，偶尔聊上几句。天空渐渐阴下来，对大中午来说，有些过于昏暗了。我们在便利店停了车，买了罐装咖啡和便当，然后重新上路，我让他跟我聊聊。他基本上都在讲自己被关在那个奇怪地方的经历。虽然他聊的是一段艰难的时光，但他似乎很开心。黑川聊了很多关于他室友的事情，他一直称之为"老师"。他一定非常尊敬这个人。

"所以，我很久以前就离开了黑帮，"他高兴地说，"和几个同伴，还有老师一起生活在街头。"

"是吗？"

"然后警察把我和老师一起带到了那个该死的地方。"

"是啊，那地方看起来很可疑。"我在想，"老师"为什么会和这个家伙一起流浪街头。

他沉默了一会儿，然后用一副认真的表情看着我。

"也就是说，你是个侦探，对吧？就像电影里的那些侦探一样。"

"我觉得你可以这么说，黑川先生。"我打开车灯，超过了慢车道上磨磨蹭蹭的卡车。

"叫我庆太。"

"好的，庆太。"我切换回慢车道，外面开始下起雨来。

"你能帮忙找人，是吧？"他的声音里充满了希望。

"我会尽力而为。"

我透过挡风玻璃看着雨滴沿着玻璃流下，分开又汇聚，连接又分离。城市出现在地平线上，我想着这世上所有的家庭，有的终得团聚，有的却分崩离析。

庆太咳了一声，打破了我的沉思。"我需要你帮我找个人。"

"找谁，庆太？"我问道，好奇心被勾了起来。

他望着前方，透过挡风玻璃，看着雨点被雨刮器一次又一次地、有节奏地擦拭干净。我们俩都望着远处渐渐变大、越来越近的城市。

"他叫太郎，"庆太说，"开出租车的。"

Chapter 15
开幕式

凉子看着飞机窗外，远处是富士山的轮廓。

天空湛蓝，凉子想起了童年的炎热夏日。这天的能见度很好，她可以看到地平线上的城市，一片既辽阔又闹哄哄的景象。她叹了口气——源在她面前的旅行床里睡得很香。这趟旅途他一直很乖，一声不吭。凉子伸手握住埃里克（Erik）的手。他依然看着书，没有抬头，不过他握住了凉子的手，用食指和拇指轻轻地抚摸着，一边读着书——他完全沉浸在阅读中。他擅长享受当下，专注于眼前的事物，不像她。凉子打量着埃里克的脸庞：一头金发是从瑞典祖先那里继承下来的，脸上长着茂密的胡须，在这趟从纽约直飞东京耗时

14个小时的航班中，这些胡须长得如此之快。他们是早上出发的，在肯尼迪机场候机，等着飞向羽田机场时，两人吃了洋葱圈，喝了咖啡。

"羽田机场离市区近得多。"他们在机场咖啡馆面对面坐着，凉子说。她抿了一口咖啡，用婴儿背巾抱着源；她说得很小声，听上去有些不确定，于是她吸了一口气，好显得沉着一些："我知道贵了一点，但等我们到了那边，你会感激我的。"

"嗯嗯……"埃里克嚼着他的洋葱圈，咽了下去，"这只是点小钱，宝贝。"

"成田机场实在太远了。"凉子一边说，一边轻轻晃着源。

"放松点。"埃里克轻轻碰了碰她的手，对她微笑着。

"我知道，我知道。"凉子咬着嘴唇。她几周前订了去东京的机票，之后她的心里就一直有种焦虑的感觉。

对凉子来说，这次旅途似乎有永远那么久。埃里克已经睡着了，嘴巴张得大大的，头仰着，戴着眼罩，脖子后面塞了一个旅行枕。凉子拿出手机，给他拍了张照片，一边傻笑着，一边心想埃里克晚点看到照片会是什么反应。那家伙无论在哪里都能睡着——也许源这么能睡就是像他。然后凉子紧张不安地翻着飞机上的触屏电视，想找点还算靠谱的电影来看。

她点开一部，很快就厌倦了，然后又换了另一部。发现什么都看不下去，什么都不能让她安心。她一直想着在飞机上看一些日本电影打发时间，可是能选的片子很少，不知道该看哪一部。最后，她选了是枝裕和（Koreeda Hirokazu）的《如父如子》，尽管她以前看过，但这次还是从头看到了尾。

英文字幕自动出现，凉子没有费心去关掉，这让她感到有点内疚——什么样的日本人会打开英文字幕呢？两个孩子出生时被调换，多年后与原生家庭重聚——这是一部家庭剧，对话充满了紧张，人们无法表达自己的真实想法。剧情让凉子情不自禁地哭了起来。她不得不闭上眼睛，屏住呼吸，忍住从心底涌上来的哭声。这全都是激素惹的祸吗？把这些涌上心头的情绪都怪到激素头上，这样的借口，她还能用多久？她努力回忆着，怀孕前是否有过这种感觉。

不过埃里克和儿子那会儿却睡着了。凉子再一次低头看着正在熟睡的源，然后又看了看正专心阅读的埃里克。这一次埃里克感受到了凉子的目光，突然抬头，合上了书。

埃里克伸了一下懒腰，打了个哈欠。"我简直不敢相信这是你爷爷写的。"他朝凉子晃了晃手中的书。

凉子看着那本书——她在飞机上看到另一名乘客也在读。她的心里生出一种既自豪又焦虑的感觉，而且说不清是自豪多一点，还是焦虑多一点。她一直在偷偷看埃里克，还有在过道另一侧读这本书的那名女子。"我能再看一下吗？"

"当然可以。"埃里克把书递给她，然后解开安全带，"我去趟洗手间。得在他们亮起系好安全带的灯之前，赶紧去一趟。"

埃里克站起身，小心翼翼地跨过在过道旁的座位上熟睡的男子的腿，生怕把对方弄醒。

埃里克太体贴了，凉子想。他知道我讨厌中间的座位。

她看着埃里克看的这本精装书的封面。

《科幻小说选集》（西古二著）。

凉子翻到最后一页，看到了她祖父的黑白照片。这张面孔，她小时候随处都能看到，祖父的所有宣传资料里面都有这张照片。源的名字也是取自祖父——源一郎的简称。源长大以后，会成为诗人还是科幻小说家呢？他会用英语还是日语和她说话？他愿意在纽约上日语课吗？毕竟其他小孩都是被父母逼着，不情不愿去上的。他会不会因为母亲没有让他学难学的汉字，长大后而讨厌母亲呢？或者，如果他长大后不会说日语，正是因为母亲没有逼着他学，他会不会因此而怨恨呢？凉子用手指轻轻地在祖父的脸庞上滑过。源长大以后，会长得像祖父吗？照片中的祖父现在看起来和她父亲简直一模一样。

源一郎。她故意在源的名字中省略了"一郎"两个字。一郎，这是凉子一辈子都不想再听到的名字。一郎伯伯——源长大之后永远都不会像他一样。这一点凉子可以肯定。

凉子的目光顺着封套往下看，看到了祖父下面的那张照片，那是一位金发碧眼的年轻女子，快 30 岁的样子。

译者简介

芙洛·邓索普，在俄勒冈州波特兰市出生和长大，毕业于里德学院，主修英语文学。目前居住在东京……

凉子在想，这位译者居然自己跑来东京！而她一直恨不得马上逃离这座城市。凉子从未去过俄勒冈州的波特兰市——这座城市远在美国西海岸，其文化可能与她在东海岸的新家截然不同。但是即便如此，凉子也非常肯定，无论怎样她都宁愿选择波特兰而不是东京，哪怕自己从没去过波特兰。她看着芙洛的照片，有点羡慕这个长得漂亮、英语和日语都很流利的美国女孩，而且最重要的是，这个女孩在凉子的故乡活得比她好，比她快乐。

埃里克重新坐到凉子旁边，她合上书，递给他。

"这本书真的很棒，你知道吗？"他小心翼翼地把书塞进面前的袋子里，"里面的故事很疯狂。你都读过吗？"

"差不多。爷爷过去常常给我和堂妹园子读这些故事，就在我们一天天长大的时候。我父亲也一样。"她再次看着祖父的笔名，书的封面在埃里克面前的袋子里露了出来。名字用的是黑色的罗马字体，可她的脑海里却燃起了爷爷名字的汉字，那是一串明亮又多彩的字符。家人啊！真是千言万语也说不清。"他会在我入睡之前给我读这些故事。这些故事是爷爷写给园子的。"

"我在前言读到过。"埃里克轻轻地碰了碰凉子的手臂——他知道姐妹俩有多亲密。凉子抿了抿嘴唇，没有回答。两人看着还在熟睡的源。埃里克停顿了一下，继续说："等这小家伙长大了，我们可以给他读这些故事。我刚刚读了一篇关于机械猫的怪诞故事。你爷爷怎么这么喜欢猫呢？"

凉子微笑着。"天呐，我爷爷对猫可着迷了——他超级喜欢猫。他过去常说，一个社会是好是坏，通过人们对待猫的态度和方式就能判断。我一直不敢肯定——"两人被广播打断了。

"女士们先生们，飞机很快就要着陆了。请系好安全带，收起小桌板，将座椅调回垂直位置。Mina san, kore

kara⋯⋯"

凉子发现自己听到日语播报就会心不在焉。这门语言对她来说已经变得陌生，散发着异国情调。她的耳朵逐渐适应了英语，听到英语反而更自然。她更喜欢用英语表达情感，而且总觉得日语会压抑自己真正的感受。之前机舱乘务员用日语跟她打招呼，她是用英语回答的。现在凉子觉得自己这样做有些傻，所以有一丝后悔，可她不过是想小小地抗议一下——不要根据我的外表来分三六九等，她想。万一我是来东京参加奥运会的美国日裔呢？不过这会儿凉子觉得对机舱乘务员有点抱歉——她只是在做自己的工作。就算她先入为主，把自己当成日本人又怎么样呢？

凉子再次看向窗外，看着下方的庞大城市。

这座可怕、寂寞、令人生畏的城市。为了和埃里克在一起，为了在纽约生活，她逃离了这座城市。自母亲的葬礼以来，她就没回来过，如果不是父亲还住在这里，她宁愿永远不回来。她劝过父亲，让他搬到纽约，这样离她、埃里克和源更近，但他只会在 Skype 上摇摇头，然后谈话就结束了。

飞机斜飞着。她瞥见浅草地区的一片红色屋顶，在混凝土、玻璃和金属的海洋中很不起眼，接着就消失了。

▲▲

　　"非日本人士请走这边。"机场一位有点上了年纪的乘务员用英语对埃里克说，挥着手示意人们分别排队过安检。乘务员站在一块巨大的广告牌下，上面写着：

　　欢迎来到 2020 年东京奥运会

　　服务员看着用婴儿背巾抱着源的凉子，用日语说道："日本人士请走这边排队，拜托了。"

　　"她最后说的那句是什么意思？"埃里克小声对凉子说。

　　"你得排队走那条线，"凉子指着入口对埃里克说，"我得带着源在这边排队，因为我们是日本人。真希望我们能一起过安检。"凉子在想，到底谁出的文件，让一家人分开过安检。她在哪里出生，埃里克在哪里出生，又有什么区别呢？

　　他们是一家人，这才是最重要的。

　　"别担心，亲爱的。过了安检我们就见面了。"埃里克放开凉子的手。

　　他向源挥手，源咯咯笑着。

　　"跟爸爸挥挥手，"凉子对源说，拿着他的小手挥了挥，"说'拜拜，一会儿见'。"

　　源看起来有点不高兴，因为爸爸走开了，轻轻地哭了一声。

凉子轻轻地晃着源。任何痛苦的迹象都让她心烦。刚生完小孩都会这样吗？还是自己反应过度了？自己的母亲刚生完的时候，是否也会这样？这些问题凉子从来没问过，想问的时候已经来不及了。一想到母亲，凉子就更难受了——她告诉自己不要想这些事情。"嘘，小源，"她轻声说，"我们马上就能见到爸爸了。"

凉子看着埃里克走到为外国人设的另一条通道——外国游客纷纷赶来观看奥运会开幕式，这条队伍显然要长得多。日本人的队伍则短得多。

"哦，宝贝？"他越过两条线之间的警戒线叫道，"'谢谢'怎么说来着？"

"Arigato gozaimasu。"凉子一字一顿地说着，这样埃里克可以跟得上。一名入境官员正在盯着两人看。

"Arigato gozaimasu，"他重复着，边说边鞠躬，"Arigato gozaimasu。"

凉子笑了。埃里克的发音出奇的好。

▲▲

他们从传送带上拿起行李，轻轻松松地推着过了海关。凉子在寻找通往单轨列车站的标志，他们可以坐到滨松町站，然后换乘 JR 山手线，再往西坐到她父亲的新家。周围人兴奋地用日语轻声交谈着，那声音充斥在她的耳朵里；她无法阻挡周围所有人的说话声，这让她感到不知所措，头晕目眩。她不得不用力眨眼来集中注意力。

"凉子！"埃里克拉了拉她的衬衫袖子。

她转过身，顺着埃里克手指的方向看去。他正指着某个人——一个男人。一个一瘸一拐走向她的男人。

凉子情不自禁地捂住嘴。

这是她第一次亲眼看到父亲（可以这么说）用他的金属义肢走路。他在 Skype 上没有给她看过，也没有提过一句。虽然凉子通过电话和医院的医生和护士交流过，知道发生了什么事情，可她还是没有做好心理准备。凉子觉得很羞愧，不仅是因为内心的震惊，更因为她还把震惊都写在脸上了。父亲发生车祸时，自己本应该陪在他身边。为什么自己花了这么长时间才来看他？凉子觉得自己的脸因为羞愧而变红了。

"凉子！"父亲一边喊，一边挥着手，咧着嘴对源笑着。父亲快步走过埃里克，亲了亲凉子的脸颊，朝源微笑着。"Okaerinasai。"——欢迎回家——他轻声说。

凉子突然觉得眼里噙满了泪水，喉咙哽咽。

"Tadaima。"——我回来了——这是她唯一能说出来的话。

凉子的父亲突然意识到忽略了埃里克，转过身跟对方握手，埃里克也鞠躬回礼。于是，三个人在这支有趣的"舞蹈"中来来回回，不知道是该握手，还是该鞠躬。

最终，凉子的父亲紧紧抱住埃里克，用英语说道："埃里克！欢迎！"

"你好，太郎先生。"埃里克尴尬地转身，朝着凉子，"啊……亲爱的……'好久不见'怎么说来着……？不，等一下，我想起来了！"埃里克再次看着凉子的父亲，清楚地说道，"Hisashiburi！"

"是啊！Hisashiburi，埃里克。你的日语……非常好！"

"哪里，太糟糕了。"埃里克不好意思地挠挠脸颊，"我都忘了。"

"你知道……提高日语的最好方法是什么？"太郎问。

"不知道，"埃里克说，"是什么？"

"烧酒，"太郎说，用手比画着举起杯子喝酒的样子，"啤酒也行！"

两人都笑了。

尽管语言不通，可是看到父亲和埃里克聊得很开心，凉子笑了。

父亲转过身对她和源说话，边说边挠着源的下巴："看看他……我的孙子！多英俊的小伙子！看看他的眼睛——还有那鼻子！来吧，这边走。"

"爸爸……我告诉过你，不用来接我们，"凉子用日语说，"我们可以坐列车过去的。"

"带着小源？还有这么大的行李箱？不行的。"太郎摇了摇头，"坐出租车方便多了。"

"你开车过来了？"凉子问。

太郎看着她，装作没听见这句话里头那呼之欲出的潜台词。

可是，你一条腿还怎么开车？

"当然了！"父亲说，熟练地抓住她的行李箱把手，拉着往前走。他又用英语说："埃里克，跟我来。我的出租车……这边！"

▲

"埃里克，看！"太郎指着出租车窗外，"东京塔！"

"Sugoi desu ne！"埃里克试着用凉子在飞机上教给他的日语说道：太棒了，不是吗！

凉子看着父亲，他毫不费力地开着车，脸上带着幸福的笑容。她把源抱紧了一些，父亲和埃里克在前排聊得不亦乐乎。她真是太傻了，竟然没想到——父亲可以用义肢开车。他左边那条义肢懒懒地搁在搁脚处，因为踩刹车和油门只需要用右脚。幸好父亲在日本开出租车，而不是在欧洲——手动车他肯定没法开。不过美国人和日本人更青睐自动挡。凉子看见后座贴着一篇新闻报道，太郎自豪地站在出租车前面，那条义肢非常显眼。文章标题是："东京独腿出租车司机！"

今天路上很堵，但凉子的父亲知道所有的小路和捷径。他对这座城市了如指掌——难怪他不愿离开。他开车一如既往地小心，但直觉告诉她，父亲今天开得比平时还要稳，特别是对源来说，非常稳当。

凉子感到眼皮沉重。源又开始打盹了，外面的光线让凉子昏昏欲睡。她那紧张的兴奋感褪去，被时差带来的困倦所替代，但是她不想睡觉。她想看着父亲和埃里克愉快地聊天。她真心为他俩感到自豪。

凉子看着熟睡的源。看呐，小源。这才是你长大后的模样。凉子拼命地想着这句话，好像这样它就能从自己的眼睛里"嗖"地一下飞出来，好像这样她就能让这句话活起来，变成一道屏障，在儿子睡着的时候，保护他。看着爷爷和爸爸，向他们学习，这样你长大以后也会变成好人。做一个好人，小源。向爷爷和爸爸学习，这样你就永远不会变成伯伯那种人。

▲

太郎开了很久的车，回到了家。他把出租车停在了有车篷的车道上，坚持要自己拿行李。他让埃里克先带着凉子和源进屋，因为两人都昏昏欲睡，快要睡着了。

"去休息一下吧，"太郎说着，轻松地从后备厢里拖出重重的行李箱，"你们睡我楼上的房间，我给源准备了一张小床，那个房间更宽敞。我在楼下房间睡。去吧！进屋去！"

埃里克抱着源直接上了楼，什么也没问。凉子在走廊里徘徊，想和父亲聊聊。

"你怎么还在这里？"太郎把行李拿进来，放在走廊上，"去睡觉吧。我们明天早上再聊。"

凉子忍着哈欠。"晚安，爸爸。"

"晚安，凉子。你回来真是太好了。"

凉子走上楼，她惊讶地看到楼下卧室的门底下有一缕光亮。要是爸爸忘了关灯，那说明他真的老了。

听着埃里克和源轻柔的呼噜声，还有楼下偶尔传来的脚步声，凉子很快就睡着了。

凉子一早就被源的动静惊醒了。她下床抱起儿子，让埃里克继续睡。她轻手轻脚地抱着源下了楼，免得吵醒其他人。凉子拿起报纸，走进厨房，关上门。喂完源之后，她冲了一点咖啡。今天是奥运会开幕式。

凉子给自己倒了一杯黑咖啡，坐在厨房桌前看报纸。她翻看着与奥运会有关的文章。看到这个标题时，她停顿了一下：

浅草著名文身师不幸身亡

大岛健太郎，46岁，男昨天被发现死于其浅草的文身店。这位深居简出的文身师在同行中颇有名气，是浅草最出色的艺术家之一。警方呼吁当地社区知情者提供线索。

警视厅福山警官否认了在文身师背后发现刀子的传言，同时呼吁镇上居民不要对此事进行"猜测"，避免"以谣传谣"。福山还表示将对此事开展彻底调查。

凉子暗暗想着，等下要给埃里克看这篇报道，而且会帮他翻译成英文。因为埃里克老喜欢说，日本出台了严厉的枪支管制法律，犯罪率也低，比美国"安全"。看吧？凉子会告诉他，日本并不像人们想象的那样完美。没有哪里是安全的（……我也不安全）。凉子会把最后一句嘲讽留给自己。

厨房的门打开了，她父亲揉着眼睛走了进来。

"早上好，"太郎说着，走过来挠了挠源的耳朵后面。

"早上好。"凉子让父亲抱着源，从橱柜里拿出一个杯子，倒了一杯黑咖啡，递给父亲。

"谢谢。"太郎用空着的手接过杯子，一边对着源做鬼脸。他看了一眼桌子，看到凉子早上一直在看的报纸，"我们得把那张纸当纪念品留着。东京举办奥运会可不是常事！上次还是 1964 年。在你出生之前！太神奇了，小源会在这里度过 2020 年奥运会的时光。"

凉子喝了一口咖啡。"爸爸你最近去买菜了吗？冰箱里没什么东西了。"凉子紧张地笑了笑。为什么自己用日语说话这么紧张呢？她感觉自己就像完全变了个人。她希望像过去一样逗父亲开心，但好久没说日语了，她很担心说错话。

"瞧你说的，"太郎说。凉子松了口气，因为父亲看出来她是在开玩笑。"等埃里克醒了，我们就一起去买菜，对吧，小源？"他看着源，然后抬头看着天花板，好像想起了什么："埃里克吃什么？"

"他吃什么都行。"

"好小子。没有比挑食的人更让人讨厌的了。"

他们在尴尬的沉默中坐了一会儿。凉子看着自己的手。太郎对着源嘟嘟嘟地吹着，每次源都会发出咕噜声和咯咯咯的笑声，太郎也跟着笑。

凉子还想跟父亲开个玩笑。

"你昨天来机场接我们的时候，忘记关楼下的灯了吗？"凉子摇摇头，"有人开始老年痴呆了……"

这次太郎完全没笑。是自己讲得不好笑吗？还是自己惹父亲不高兴了？有什么严重的问题吗？她的胃咚咚咚地响了。太郎放下咖啡杯，用另一只手抱着源。"凉子……有一件事我必须告诉你。"

凉子看着父亲。他的声音中充满了严肃。

"对不起，我没早点告诉你，但你和埃里克太累了，坐了这么长时间的飞机。而且……嗯，我现在还是告诉你吧。比起我的解释，也许你自己看更容易。"

太郎用空着的那只手扶着桌子边，慢慢站了起来。

"跟我来。"

太郎走出厨房，凉子跟在后面。父亲的义肢在地板上发出咔哒咔哒的脚步声。走廊没有窗户，所以有点昏暗。父亲带着凉子来到楼下卧室的门口，轻轻地敲了敲门。

另一边传来低低的声音："进来吧。"

父亲打开门，示意凉子进去。

她走进房间。身体僵住，心底一片寂静。她的面前有个人坐在地板上，驼着背，坐在暖桌前。两套被褥叠放在橱柜边，正准备收起来。

坐在暖桌前的男人跪坐着。

"凉子。"他说。

她瞪大了眼睛，说不出话来。

"凉子。"那人低头鞠躬，头一直低到了榻榻米上，声音颤抖着，"对不起。"

"凉子……"这次是她父亲的声音，"我们……"

她摇了摇头。

跪坐着的男人紧张地抬起头看着她。

他居然敢。他居然敢回来。

凉子走过他，走向拉门。父亲抱着源，她很想把源抱过来，走出这个房间，但她感觉自己被定住了。她能感觉到父亲和伯伯在身后看着自己，她知道他们在等她的回应。但她要怎么回应？她只想带着源和埃里克逃得远远的，回到纽约，逃离所有痛苦和迷茫，回到事情没那么复杂的地方去。

他做了那么多。居然敢回来。

凉子打开拉门，走到外面的花园，关上了门。

这个花园比中野的老房子要小。

太阳刚刚升起，凉子望着矮房子的屋顶，远处是摩天大楼。她听到一声轻柔的猫叫声，低头看到一只小三花猫蹭着自己的腿。她跪下来，抚摸着猫，猫发出愉悦的咕噜声。

"真是一团糟，对吧，小猫咪？"猫用奇怪的绿色眼睛看着她。凉子发现白色的猫毛上有血迹。"你也打架了，是吧？"

凉子用手指抚摸着它柔软的毛发，猫"喵——喵——"地叫着。

凉子仔细地打量着这只猫——它看起来跟爷爷最喜欢的直美一模一样。园子也喜欢那只猫。小时候，她会求爷爷让直美跟姐妹俩一起睡在被窝里。那只猫常常爬到被窝里取暖，特别是在冬天。它最喜欢待在园子的腿中间。小园子，去世的时候父亲都不在身边。现在他又跑回来，希望得到家人的原谅。真的，他怎么不

- 猫与东京 -

烂在地狱里。

凉子身后的拉门打开了，但她没有转身看是谁。

"宝贝？"她听到埃里克的声音，心跳得有点厉害。

猫被埃里克吓了一跳，跳到低矮的花园墙上，不过待在那里观望着，等待着。

凉子转身看到埃里克，他用背巾抱着源。埃里克端着两杯咖啡，递给了凉子一杯。她接过来，喝了一小口。咖啡已经凉了，很苦。

"一切都好吗？"埃里克端详着她的脸，"爸叫我出来找你聊聊。"

"其实不怎么好……"

"我猜那是你的一郎伯伯？"埃里克用头朝着房子的方向示意。

"是的。"

"嗯。"埃里克坐在台阶上，放下咖啡，轻轻地晃着源。

"我不知道该怎么办。"看着源宁静的脸，凉子稍微平静了一些。

"如果你愿意，我们可以走。"埃里克突然说道，"你不必面对这一切。"

凉子想象着跟埃里克和源一起离开，又想到自己的父亲，他会是什么感受。"我不能这样对爸爸。"

"是啊……"埃里克停顿了一下，"你跟和你伯伯说过话吗？'

"我不想说。"

"也许你应该聊一下？哪怕把自己的想法告诉他也好。"

"你不懂，埃里克。"凉子的心跳得更快了。她感到自己的血液在升温，她一边说，一边用力摇了摇头："这不是你的家。这不是你的文化。这不关你的事，你不了解日本。"

"对不起，"埃里克平静地说，"我不是想告诉你该怎么做。关于日本，我有很多不了解的地方。"他停顿了一下，努力地思考着，接下来该用什么词来表达。"但是我了解人。如果我们不交流，不倾听彼此，如何能了解任何事情？我相信他有话要告诉你，但更重要的是，他应该听一听你的故事。他需要知道你的感受。"埃里克用大手抓住凉子的肩膀，温柔地抚摸着。"这一切都不是你的错，凉子。我永远支持你的决定，无论你想做什么。"

"对不起，埃里克。"凉子眼中泛起泪水，然后又抹掉了它，"我不应该对你发火。我会和他谈一下的。"

"你想进来的时候就

进来吧，无论多久都行。"埃里克站起身，走向拉门。

"不，等等。"凉子抬头看着埃里克，他在门口停了下来。她深吸一口气，继续说："我想在外面和他谈。在这里，在花园里。这样似乎更好一点。"凉子站起身，"你能跟爸爸说，把他叫到这里来吗？"

"当然。"

埃里克走进去，关上拉门。猫仍然坐在墙上，凝视着。

凉子离开屋子，走向池塘。她俯看着水面，金色的晨光倾泻在水面上。闪闪发光的锦鲤在光影之间懒洋洋地游动。

这时一个真正黑暗又可怕的念头进入凉子的脑海。她可以离开，独自一人。她可以爬过花园的墙，永远消失。她不必面对这一团乱麻；她可以独自一人，自由自在。她可以像现在坐在墙上看着她的流浪猫一样——迷失在这座城市中。然后变成自己真正讨厌的样子。

变得像他一样。

凉子听到拉门打开的声音。

她闭上眼睛，脑海中闪现出东京的景象。她突然意识到，这座城市里有数以百万计的生命。所有这些生命，所有这

些闹剧。所有的家庭，还有深藏在心底的家人。凉子能清清楚楚地看到这一切，这些年来，奥林匹克体育场越修越宏伟，城市里的建筑，就如同江户的沼泽中盛开又凋零的花朵，一直延续着，直到时间的尽头。

这座城市永不停歇，在冷漠中继续前行。

凉子想睁开眼睛，可她睁不开。因为只要睁开眼睛，就要面对非常现实的问题，一个只有她自己才能解决的问题。她紧闭双眼，脑海里，脉搏的跳动咆哮着，她听到城市在背景中尖叫。所有这些可怜、孤独、受伤的人们，全都禁锢在自己的监狱里。

凉子的脑海里，很多声音汇聚成一个声音尖叫着。她的声音也在其中。她和其他人，成千上万的人，穿梭在地铁站和建筑物、公园和高速公路之间，过着各自的日子。城市通过管道传送他们的排泄物，用金属容器运送他们的身体，保留着他们的秘密、希望、梦想、痛苦和烦恼。

因为她也是其中的一部分，不是吗？她与这座城市的一切都有联系，而且永远如此。即使她躲在几千公里之外，躲在 Skype 聊天屏幕后面，也不能改变这一点。她就是东京。

凉子深吸一口气，睁开眼睛，转过身来。她的伯伯正跪在樱花树下——这棵树比中野那棵老树年轻。现在是夏天，

- 猫与东京 -

它的叶子还是绿油油的，到了秋天，叶子会飘落到地上腐烂，入冬之后，树枝会被白雪覆盖，但春天到来，又会开出满树的花。她看着他的脸。一滴眼泪沿着他的脸颊滚下来，那滴泪分开来，变成了两条河流。他看起来又老又瘦，牙也掉了。

他孑然一身，就像她一样，就像每个人一样。失落，又孤独。

凉子的双手仍在颤抖，她紧紧地握了握。她跪在他面前，用落语家最常用的姿势跪着。现在轮到他来听了，但自己要讲的故事不好笑，不会有什么喜剧性的跌宕起伏。她会给他讲一个活生生的故事，他是如何毁掉这个家的，他是如何抛弃自己的堂妹，任由她死去，他又是如何伤害她的父亲的。她会告诉他，自己有多么讨厌他，她还没有原谅他，也许永远都不会原谅他，但她现在有了自己的孩子，她在源的脸上看到了他的脸。她还会告诉他，一家人该如何互相包容，也许，也许有一天，如果他能本本分分，扮演好自己在这个家里的角色，也许到了那一天，自己会原谅他。

可是，讲这个故事之前，自己还是有义务对他说些什么。这是日本文化，无论她在纽约住了多久，这种文化永远都是自己的一部分。凉子向伯伯低下头，头挨着地面。她用响亮、清晰的声音，带着毫不动摇的信心说——

"欢迎回家。"

他低头回应，另一滴眼泪落在草地上。"我回来了。"

"现在，请听我说。"

◢◣

猫背上的肌肉拱起来，动了动。

它突然厌倦了看着女孩和那个紫色头巾的男人说话。它在这里的任务已经完成，它已经看够了。猫站起身子，懒洋洋地跳到附近的一片屋顶上，沐浴着晨光，慢慢地走过屋顶。

再一次，消失在这座城市中。

致　谢

哎呀！从童年时挺起胸膛大胆宣布"我要成为一名作家！"，到第一本书出版，真是一段漫长的旅程。幸运的是，在这段漫长的旅途中，我遇到了很多乐于助人的朋友。我想感谢其中的每一个人，所以这份致谢名单会有点长。

首先，我要感谢我伟大的编辑波皮·莫斯廷—欧文。这本书一开始写得七零八落，但你理顺了许多零碎的部分，没有你的帮助，这本书将难以成书。我无法描述你给我的帮助有多大，尤其是，你如此包容我在书中加的那些译注、照片、漫画，还有我那蹩脚的幽默感。《开幕式》一章谨献给你。

我要感谢我的经纪人埃德·威尔逊，从我们在福尔斯相识的第一刻起，我就一直为你的优秀、乐观和热情而折服，谢谢你，埃德。我要感谢 J&A 的海伦妮·巴特勒，感谢有贺真理子为本书画的漫画，感谢塔姆辛·谢尔顿对本书的仔细校对，感谢卡门·巴利特制作的精美猫咪封面。我还要感谢柯丝蒂·杜尔、杰玛·戴维斯以及 Atlantic 的所有人，感谢你们的激情、友好和热情款待。

我想对贾尔斯·福登和斯蒂芬·本森致以深深的谢意。贾尔斯，你为本书提供了很多灵感。斯蒂芬，我在写作本书期间，你提供了很多支持和建议。感谢你们两位。

我还要感谢我的各位老师：特雷扎·阿佐帕迪（你是对的）、维斯纳·高斯沃西（你也是对的）、阿米特·乔杜里、亨利·萨顿、菲利普·朗格斯科夫、安娜·梅特卡夫、乔恩·库克，以及硕士和博士班的所有同学，衷心感谢你们。此外，我还要衷心感谢大不列颠笹川基金会在我写作本书以及我读博期间给予的帮助和支持。

我要感谢以下各位，他们在过去的日子里给了我诸多帮助（可能连他们自己都没意识到）：丹尼斯·霍顿、卡尔文·钦、布赖恩·布兰查德、特蕾莎·王、詹姆斯·菲利普（你的名字是什么，小子？）、亚力克西斯·麦克唐奈、蒂姆·耶洛赫迈、阿什·琼斯、瑞安·本顿、西·卡特、乔恩·福特、博博、菲尔博、史莱姆、安达、The Claw、斯图波特、鲁弗斯、加曼、弗罗、奇斯、苏茜·克罗斯兰、安德烈·古斯赫斯特—穆尔、奈杰尔·米林顿、斯蒂芬·巴格拉斯、卡拉·斯普拉德贝利、彻丽·张、肖恩·布朗、尼尔·多金、迈克尔·兰兹、小山麻纪、克里斯·安布林、冈北有由、塞布·德埃斯丹、玉井阳子、鸣海沙兰、文森特·吉莱斯皮、吉尔·拉德、布伦丹·格里格斯、松、崛先生、鹤冈老师，还有真正的小川老师。此外，我想在此对我早期的写作搭档卢克·麦克达夫致以缅怀和敬意。

我要衷心感谢以下各位阅读了本书，并提供了诸多宝贵建议：浅乡浩子、雅各布·罗林森、保罗·库珀、马修·布莱克曼、石黑直美、苏珊·伯顿、迪帕·阿纳帕拉、罗斯·贝纳、戴夫·林奇、费利西蒂·诺特利、罗恩·布坎南、莉齐·布里格斯、萨拉·沙阿斯、萨姆·韦斯特、威尔·诺特、沙琳·特奥以及埃利萨。

最炽热、最动人、最温情的感谢献给布拉德利家族叽叽喳喳的各位：爸爸（这本书特别献给您）、妈妈（谢谢您一直以来的付出）、鲍勃（"复制猫"一章是为你写的）、蒂姆（没有哪章是专门为你写的，不过书中很多内容都有你的功劳），AJ、克莱尔、梅格、莫莉、芙洛丝、利兹（致敬已故的奶奶、爷爷、鲍勃叔叔、汤姆、杰克、苏茜和特丝）。万分感谢娜娜与格兰普斯、Compsty团队。此外，我还想深深感谢道格拉斯、杰姬、丹尼尔、贝西、托马斯和埃德加。一并感谢老妈和威利，还有奥斯马斯顿奶奶和爷爷，你们在我心中。

正如本书可能存在诸多错误一样（非常有这个可能），本书引言对萩原朔太郎《青猫》一诗的译文如有任何错误，均源自我本人的创造性翻译（我相信芙洛会译得更好——请给她发电子邮件）。本书因个人原因而非无知或疏忽造成的各种错漏，我深表歉意，并请各位海涵。《坠落的言语》一章的很多灵感源自威廉·T.沃尔曼的《穷人》一书，还有近藤聪的动画电影《东京教父》。此外，YouTube网站上的纪录片《破碎之城——东京山谷区》（SANYA, Tokyo, Broken city）也是非常宝贵的资源。书中乔治阅读时提到的两首俳句在文中没有注明作者，它们分别是松尾芭蕉和夏目漱石（日本猫书之父）的作品。

我要感谢每天给我带来激励的多位导演、音乐家、作家和艺术家（篇幅所限，在此一并表达谢意），还有这些年来我遇到的、所有美好而热情的日本人，关于我倾心已久的这个国家，他们讲述了很多故事，这些故事给了我很多灵感。

最后，我要感谢朱莉·尼科和潘西·普斯金斯（我的两位喵星人），没有她们，这本书也就不会问世。